고양이를
처방해 드립니다

2

NEKO WO SHOHO ITASHIMASU.2

Copyright © 2023 by Syou ISHIDA
All rights reserved.

c/o The Appleseed Agency Ltd, Japan.
First original Japanese edition published by PHP Institute, Inc., Japan.
Korean translation rights arranged with PHP Institute, Inc.
through Danny Hong Agency

고양이를 처방해 드립니다 ②

이시다 쇼 장편소설

박정임 옮김

다온책방

차
례

제1화 | 이별하고 싶지 않은 당신에게
고양이를 처방해 드립니다

문득 발밑이 질퍽질퍽하다는 사실을 깨달았다.

오타니 모에는 주변을 둘러보았다. 자신도 모르는 사이 어두침침한 골목길에 들어와 있었다.

조금 전만 해도 인파가 넘치는 가와라마치 거리를 걷고 있었다. 가와라마치 거리는 교토 시내에서도 손꼽히는 번화가로, 늘 관광객과 청년들로 붐비고 저녁이 되면 인파는 더욱 늘어난다. 모에도 평상시라면 대학 수업이 끝나고 친구들과 카페에 가거나 쇼핑을 하는 등 인파의 일부가 되었을 터였다. 하지만 오늘은 혼자였다.

분명히 북적거리는 인파를 피해 다코야쿠시 거리 서

쪽으로 향하고 있었는데 어째서인지 낯선 곳에 있었다. ㄷ자 모양의 골목길 오른쪽과 왼쪽, 정면에 서 있는 낡은 상가 건물까지 모두 낯설었다. 상가 건물은 출입문이 열려 있어서 안쪽으로 이어진 복도가 훤하게 보였다.

"여기가 어디지?"

모에는 아무도 없는 막다른 곳에서 혼자 중얼거렸다. 정신을 완전히 딴 데 두고 있었던 모양이다. 이러니까 미덥지 못하다, 위태로워 보인다 같은 말을 듣는 것이다. 하지만 고민에 빠져 길을 잘못 들기는 처음이었다. 스스로가 한심해서 깊은 한숨을 쉬었다.

이대로 어딘가에서 시간을 보내며 그 사람을 피해버릴까. 친구 집에 가서 하소연이나 늘어놓으며 외면하면 된다. 전화가 울어도 안 받으면 그만이다. 그래, 계속 외면해버리자.

그렇게 하면 이별을 미룰 수 있을까?

그러다가 문자로 이별 통보를 받을지도 모른다. 차라리 그게 상처가 덜할까.

모에는 낡은 상가 건물을 바라보며 우두커니 서 있었다. 이 질퍽질퍽한 골목길에 서 있는 동안 저절로 상황이 바뀌면 얼마나 좋을까. 신이 나타나 마법의 지팡이로 그와의 이별을 막아주진 않을까. 어떤 방식이든 좋다. 일단 불편한 상황은 피하고 싶다. 눈을 돌리고 싶다.

시간만 헛되이 흐르고 슬픔은 커져갔다. 오랜만에 그를 만나는데도 전혀 기쁘지 않았다. 오히려 그가 오지 않기를 바랐다. 코를 훌쩍이며 골목길에서 나오려고 몸을 돌린 순간이었다. 어디선가 희미하게 소리가 들렸다.

"거기, 잠깐만!"

뒤를 돌아보았지만 아무도 없었다. 다시 소리가 들렸다. 멀리서 들려오는 소리였다. 멀고, 높은 곳에서.

모에는 천천히 위를 올려보았다. 흐린 하늘을 향해 솟아 있는 낡은 건물. 그 건물의 꼭대기 층 창문이 열려 있었다. 4층인지 5층인지, 꽤 높았다. 놀랍게도 그곳에서 누군가가 아래를 내려다보고 있었다.

"여기, 여기!"

다시 외치는 소리가 들렸다. 높은 톤의 코맹맹이 소리. 역광 탓에 잘 보이지는 않았지만, 흰색 옷을 입은 남자였다.

남자가 상반신을 창밖으로 내밀자, 모에는 놀라서 숨이 멎을 뻔했다.

"위, 위험해요!"

"아니요, 아니요. 전 위험한 사람이 아닙니다. 좋은 사람입니다."

표정은 보이지 않지만 웃고 있는 듯했다. 골목길에는 모에 혼자였으니, 자신에게 말을 거는 것은 확실했다. 교토 억양이 강한 사투리가 높은 곳에서부터 들려왔다.

"모처럼 여기까지 왔으니까 올라오세요. 가장 위층 안쪽에서 두 번째 방이니 망설이지 말고 들어오세요."

"아, 아니요. 전, 망설이는 게 아니라."

"정 그러면 제가 그쪽으로 갈까요? 그냥 뛰어내려도 될 것 같은데. 아니야, 안 돼. 아니, 아니. 될 거 같아. 밑지는 셈 치고 해볼까."

남자는 그렇게 혼잣말을 중얼거리며 몸을 앞으로 크게 굽혔다. 모에는 기겁해서 큰 소리로 외쳤다.

"기다려요! 안 와도 돼요!"

모에는 정면에 있는 좁고 긴 건물로 황급히 뛰어 들어갔다. 필사적으로 계단을 뛰어올라 꼭대기 층에 도착한 모에는 안쪽에서 두 번째 방의 문을 두드렸다. 군데군데 도장이 벗겨진 철제문은 건물과 마찬가지로 낡아 있었고 무거워 보였다. 아무리 두드려도 대답이 없었다. 수상쩍기도 하고 무섭기도 했다. 하지만 그 어리벙벙한 말투, 온화하고 상대를 신뢰하는 듯한 교토 사투리가 자신을 부르고 있었다.

모에는 손잡이를 잡고 돌렸지만, 문은 저항하듯 움직이지 않았다. 그래도 모에는 포기하지 않고 있는 힘껏 손잡이를 돌렸다.

마침내 문이 열렸다. 낡고 허름한 건물 분위기와는 달리 내부는 환했다. 안으로 들어가자 접수처인 듯한 작은 창구가 보였다. 병원이구나, 생각하며 모에는 고개를 빼고 내부를 들여다보았다. 작은 일인용 소파가 하나 있을 뿐 사람은 없었다.

"실례합니다."

아무도 대답이 없었다. 아까 그 남자는 어떻게 된 걸까. 다시 불러보았지만, 아무런 반응이 없다.

설마 정말로 뛰어내린 건 아니겠지? 걱정스러운 마음으로 바깥에 귀를 기울였지만, 소란스럽지도, 사이렌 소리가 들리지도 않는다. 실내도 정적에 휩싸여 있다.

어쩔 수 없이 돌아가려고 몸을 돌린 순간이었다. 여성의 날카로운 목소리가 들렸다.

"니케 선생님, 뭔데요?"

안쪽에서 화가 잔뜩 난 목소리가 들렸다. 방이 하나

더 있는 듯했다. 모에는 조심스럽게 안으로 들어갔다. 반쯤 열려 있는 문틈으로 간호사 복장을 한 여성의 뒷모습이 보였다. 여성은 두 손을 허리에 얹고 누군가를 내려다보고 있었다.

"밖에 있는 사람을 굳이 불러들이다니. 한가해요? 한가하죠?"

"뭘 그리 화를 내고 그래요."

조금 전 그 남자의 목소리였다.

"건물 앞까지 왔는데 그냥 가려고 하니까 그랬어요. 잠깐 이야기를 듣는 정도는 괜찮잖아요."

"뭐가 괜찮아요. 중요한 예약 손님이 아직 안 왔는데, 자꾸만 순서를 건너뛰면 어떡해요."

"하지만 그 손님이 오질 않으니까 할 일도 없고."

"역시 한가한 거 맞네요."

각도를 바꿔서 문틈을 엿보니 난처한 표정의 남자가 보였다. 서른 살 정도의, 온화하고 친절해 보이는 남자는 흰 가운을 입고 있었다. 마침 의사가 고개를 드는 바람에 모에와 눈이 마주쳤다.

"앗, 어서 오세요. 얼른 들어오세요."

의사는 덕분에 살았다는 듯 반갑게 웃었다. 뒤돌아본

간호사와도 눈이 마주쳤다. 시원스러운 눈매에 피부가 하얀 미인이었다. 모에보다 조금 연상이려나. 스물다섯 정도로 보였다. 험악하게 미간을 좁히고 있는 얼굴은, 분명 환영하는 표정은 아니었다.

"저기, 저는……"

"들어오세요. 이쪽에 앉으세요."

의사의 권유에 모에가 들어가려고 하자, 간호사는 아무 일 없던 듯 새침한 표정으로 방을 나갔다. 모에가 들어간 곳은 진료실이었다. 의사가 시키는 대로 의자에 앉아 방 안을 둘러보았다. 간이 의자와 책상, 그리고 컴퓨터가 전부였다. 병원에서 볼 법한 의료 기구는 하나도 없었다. 이곳의 진료 과목은 대체 뭘까.

의아한 표정으로 진료실 안을 둘러보고 있는 모에를 향해 의사는 밝게 웃었다.

"하하하. 신경 쓰지 마세요. 지토세 씨가 말은 무섭게 하지만 상냥한 면도 있답니다. 이곳은 '고코로 병원'입니다. 보시는 바와 같이 저와 간호사 둘이서 소소하게 운영하는 곳이라, 사실 새로운 환자는 받지 않습니다. 하지만 모처럼 여기까지 와주셨으니 특별히."

고고로* 병원?

모에는 당황했다.

"저기, 저는 정신과 상담을 받아야 할 만한 고민은 없는데요."

"아하하하."

의사는 밝게 웃고는 놀라서 눈을 동그랗게 뜨는 모에를 의식하는 기색도 없이 말했다.

"하지만 이렇게 일부러 찾아오지 않으셨습니까."

"저는 여길 오려고 한 게 아니에요. 그냥 부르니까 궁금해서."

"불러도 오지 않는 사람도 있습니다. 왔다고 해도 들어오지 않는 사람도 있고요. 당신은 자발적으로 왔습니다. 스스로 계단을 올랐고, 문을 열었죠. 정말로 싫었다면 다리도 손도 안 움직였을 겁니다."

의사는 책상을 향해 몸을 돌리고는 컴퓨터 키보드를 두드리기 시작했다.

아무런 마음의 준비도 없이, 정말로 진료가 시작되었다. 정신의학과에 온 것은 처음이었고, 대학교에 있는

• 일본어로 '마음', '정신' 등을 뜻함.

이별하고 싶지 않은 당신에게

상담 센터조차 이용한 적이 없었다. 딱히 제삼자에게 고민을 이야기하고 싶다고 생각한 적도 없었다.

"성함과 나이요."

젊은 의사는 묘하게 가벼운 느낌을 주었다. 부드러운 교토 사투리에 이끌려 마음의 벽이 허물어졌다.

"오타니 모에입니다. 곧 스물둘이 돼요."

"오늘은 어떻게 오셨나요."

"어떻게……."

내가 고민이 있어 보이나? 힘들어 보이나?

조금 전까지 괴로운 생각에 빠져 있던 건 사실이다. 하지만 그건 사소한 일이다. 의사에게 상담할 만큼 거창한 일이 아니다. 그저 조금 괴로웠을 뿐이다. 마음속에 묻어두면 이내 사라질, 굳이 말할 필요도 없는 고민이다.

괜찮다는 말을 하려고 의사를 보았다. 의사의 태도는 진지하기는커녕 오히려 재미있는 이야기가 나오겠다는 듯 기대에 차 보였다. 무심하면서도 마음속을 꿰뚫어 보는 듯한 신비한 눈빛.

모에가 불쑥 내뱉었다.

"사랑하는 사람과 헤어지고 싶지 않아요."

"그렇습니까."

의사는 미소 지으며 고개를 끄덕였다.

"고양이를 처방하겠습니다. 지토세 씨, 고양이 데려오세요."

의사가 진료실 안쪽의 커튼을 향해 말하자, 조금 전의 간호사가 들어왔다. 아직도 화가 풀리지 않은 듯 미간을 모으고 있었다.

"니케 선생님. 이 고양이는 관리하지 않으면 안 돼요."

"아, 역시 지토세 씨야. 뭐든 알아서 해준다니까. 지토세 씨가 없으면 우리 병원은 굴러가질 않아."

"흥, 거짓말."

말과 달리 간호사의 표정은 그리 싫지 않은 듯했다. 간호사는 들고 있던 이동식 케이지를 책상 위에 두고 커튼 안쪽으로 사라졌다.

뭐지, 이 상황은?

황당해하는 모에를 향해 의사는 플라스틱 이동장을 빙글 돌렸다. 측면이 망사로 되어 있어서 내부가 보였다. 그곳에 고양이가 있었다.

"어? 고양이?······."

"그렇습니다. 고양이입니다."

의사는 자랑스럽게 말했다. 모에는 몸을 굽혀 이동장

이별하고 싶지 않은 당신에게

안을 들여다보았다.

갈색 바탕에 검은색 줄무늬. 쫑긋 서 있는 커다란 삼각형 귀, 다부진 얼굴에 야무진 입가.

고양이지만 늠름하다. 고양이지만 아름답다.

"너무 예쁘다……."

"그렇습니까? 꺼내볼까요?"

의사가 이동장 문을 열자, 고양이는 밀물처럼 매끄러운 동작으로 밖으로 나왔다. 그리 크지는 않았다. 몸체의 문양을 보고 모에는 자신도 모르게 손으로 두 뺨을 감쌌다.

"우와, 표범 무늬야! 귀여워!"

"네, 간사이 지방의 중년 여성들이 즐겨 입는 무늬죠. 요란하다느니 과하다느니 타박을 받는 무늬이기도 하지만, 고양이는 마냥 귀엽기만 하니 신기하죠. 요 녀석은 아직 어려요. 앞으로 크면서 더 간사이 스타일이 되어가겠죠. 이 고양이를 일주일 동안…… 응? 뭐라고?"

표범 무늬의 고양이는 장식품처럼 꼿꼿하게 앉아서 눈을 크게 뜨고 의사를 응시하고 있었다. 의사는 고양이에게 얼굴을 가까이 대고는 코끝을 비볐다.

"간사이가 아니라고? 오사카만 그렇다고? 맞다. 간사

이 사람 전부가 그렇다고 하면 안 되지. 미안, 미안. 내가 잘못했어."

의사가 싱긋 웃자, 고양이는 멋대로 이동장 안으로 들어가버렸다. 대화가 진짜 통하는 것처럼 보였다.

"그러면 이 오사카 스타일의 고양이를 일주일 동안 챙겨주십시오. 처방전을 드릴 테니 접수처에 있는 걸 받아 가세요. 자, 그럼."

의사는 작은 종이쪽지와 함께 수첩을 내밀었다. 처방받은 약을 기록해두는 수첩이다. 흔히 볼 수 있는 수첩으로 모에도 갖고 있었다.

수첩을 받아 든 모에는 눈살을 찌푸렸다. 표지에 인쇄된 '복약 수첩'이란 글자에 까만 펜으로 두 줄을 긋고, '고양이 수첩'으로 바꿔 적어놓은 것이다. 마치 아이들 낙서 같았다.

"여기에 매일 먹은 것과 배출한 것을 적어주세요."

"먹은 것과…… 배출한 것?"

"네. 들어가면 나오는 게 기본이니까요. 어디에 어떤 식으로 배출했는지도 상세하게 적어주세요. 들어간 것과 나온 것이 잘 맞아떨어지도록 부탁합니다."

"잠깐만요. 설마, 이 고양이를 데려가라는 건가요?"

이별하고 싶지 않은 당신에게

"그 설마가 맞습니다."

의사의 가벼운 말투에 모에는 기가 막혔다. 고양이를 맡는다니, 그렇게 간단히 받아들일 일이 아니다. 모에는 단호하게 고개를 저었다.

"안 돼요, 절대 못 해요."

"하하하, 오타니 씨는 조심스러운 성격이군요."

"아니, 그게 아니라 자신이 없어요. 고양이를 돌볼 자신이."

모에는 힘없이 고개를 떨구었다. 하지만 의사는 전혀 개의치 않고 표범 무늬 고양이가 들어 있는 이동장을 억지로 떠맡겼다.

"자. 이제 오타니 씨도 오사카 스타일 그룹에 합류한 겁니다. 잘됐네요."

잘되지 않았다. 여러모로 잘되지 않았다. 이곳은 교토인 데다가, 표범 무늬 옷도 좋아하지 않는다. 하지만 무슨 말을 해도 의사는 실실 웃기만 할 뿐이다. 모에는 거의 자포자기한 채 이동장을 들고 진료실을 나왔다. 다른 손님은 없었고, 텅 빈 대기실 소파가 있을 뿐이었다.

"오타니 씨, 이쪽으로 오세요."

접수처에서 조금 전에 보았던 간호사가 흰 손을 흔들

며 모에를 부르고 있었다.

"처방전 주세요."

진료 절차는 다른 병원과 다를 바 없었지만, 일반적으로는 의사가 지나가는 사람을 불러들이거나, 고양이를 맡기지는 않는다. 작은 종이쪽지를 간호사에게 주고, 대신 무거운 종이 가방을 건네받았다.

"지급품입니다. 설명서가 들어 있으니 자세히 읽어보시기 바랍니다."

종이 가방 안에는 그릇과 납작한 플라스틱 상자, 몇 종류의 봉지가 들어 있었다. 모에는 설명서를 꺼내 읽었다.

☑ 이름: 고테쓰. / 수컷. 4개월. 벵갈.

☑ 식사: 아침과 저녁에 적정량.

☑ 물: 상시.

☑ 배설물 처리: 적당한 때. 배뇨는 하루 2회에서 4회, 배변은 하루 1회에서 2회가 평균입니다. 매번 색깔, 냄새, 형태, 양을 체크해주세요. 비뇨기계에 이상이 생기지 않도록, 고양이와 사람 모두가 스트레스를 받지 않는 배설 환경을 만들어주세요. 이상.

이별하고 싶지 않은 당신에게

설명서를 몇 차례나 반복해서 읽었다.

조금 전 의사가 말했던 배출이란 건, 배설을 말하는 거였나. 간호사를 쳐다보니 이미 눈을 내리뜨고 다른 업무를 보고 있었다.

"저기, 배설이란 건 용변을 말하는 거죠?"

"궁금한 점이 있으면 선생님께 물어보세요. 그럼 안녕히 가세요."

"색깔이니 냄새니 하는 건."

"안녕히 가세요."

"응가를 말하는 건가요?"

"안녕히 가세요."

간호사는 담담하게 인사만 반복할 뿐 그 이상은 대답해주지 않았다. 어쩔 수 없이 고양이가 들어 있는 이동장을 들고 병원을 나오자, 낡은 건물의 벽과 복도가 현실을 일깨웠다. 정신을 놓고 있다가 이런 이상한 일에 휘말렸다.

신이 마법의 지팡이로 고민을 해결해준 것이 아니다. 정신과 의사에게 고양이를 처방받은 것이다.

모에는 이것이 좋은 일인지 아닌지 판단할 수 없었다.

하지만 집으로 돌아온 지 이미 세 시간이 지났다. 고양이가 화장실을 가지 않는 건 뭔가 문제가 있기 때문이 아닐까.

"뭐가 마음에 안 드니?"

쿠션을 껴안은 채 고테쓰에게 이야기했다. 고테쓰는 단정하게 앉아서 털을 고르고 있었다. 모에는 조금 거리를 둔 채 그 모습을 지켜보고 있었다.

모에가 살고 있는 맨션은 아버지가 얻어준 곳으로, 대학생 혼자 살기에는 넓고 고급스러웠다. 현관부터 이어지는 짧은 복도, 그리고 주방과 침실. 집에 도착한 모에는 먼저 고양이를 어디에 둘지 고민했다. 주방은 고양이가 무언가를 잘못 먹을 수도 있어서 위험하다. 모에는 침실로 이동한 후 방문을 닫고 이동장에서 고테쓰를 꺼냈다. 그 순간 고테쓰는 쏜살같이 침대 밑으로 들어가버렸다.

그 날렵함은 인간이 어떻게 해볼 수 있는 수준이 아니었다. 아무리 불러도 바닥에 납작이 엎드린 채 틈새로 빤히 쳐다보기만 할 뿐이었다. 삼각형 귀를 쫑긋 세우고, 온통 까만색뿐인 커다란 눈으로 날카롭게 경계심을 드러냈다.

이별하고 싶지 않은 당신에게

부르면 부를수록 역효과일 듯했다. 모에는 병원에서 준 그릇에 사료와 물을 담아 침대 옆에 두었다. 가만히 지켜보고 있자, 고양이는 포복 전진 하듯 한 발 한 발 천천히 다가왔다.

지금은 사료를 말끔하게 먹어치우고 얌전하게 앉아 있다. 어렸을 때 조부모님 댁에서 고양이를 키웠기 때문에 그 귀여움과 변덕스러운 성격은 익히 알고 있었다. 그 고양이는 굉장히 뚱뚱하고 보드라웠고, 안으려고 하면 늘 미끄러지듯 빠져나갔다. 하지만 자신이 직접 키운 경험은 없어서 지금은 반가움보다 불안감이 더 컸다.

설명서에 따르면 고테쓰는 생후 4개월의 벵갈 고양이다. 밝은 갈색 바탕에 얼굴과 다리 윗부분에는 거무스름한 줄무늬가 있었다. 고양이 얼굴을 한 호랑이 같았고, 등은 온통 얼룩무늬였다. 그 모습이 무척이나 귀여웠다. 짙은 갈색 고리가 테두리를 두르고 있어서 완전히 표범 같았다. 윤기 나는 짧은 털이 무늬를 더욱 또렷하게 부각했다.

모에는 스마트폰으로 벵갈 고양이를 검색해보았다. 사람을 잘 따르고 애교가 많으며, 운동신경이 좋은 활발한 고양이라고 나왔다. 털색은 갈색과 흰색, 회색이 많은데, 고테쓰의 털색이 가장 인기가 많은 듯했다. 새끼는 3개월 정도면 성묘가 된다. 하지만 몸집이나 행동은 계속해서 변하기 때문에, 앉은키가 30인치 정도인 고테쓰는 지금도 성장 중일 것이다. 좀 더 클 거라고, 그 이상한 의사도 말했었다.

사료도 먹었고 물도 마셔주었다. 하지만 준비한 화장실에는 아직 다가가지 않는다. 모에는 거리를 유지한 채 병원에서 받은 설명서를 다시 읽었다.

"배뇨는 하루에 2회에서 4회. 배변은 하루에 1회에서 2회가 평균. 응가는 아직 괜찮지만 그래도 오줌은 한 번 싸야 하지 않을까. 고테쓰, 화장실 안 가고 싶어? 내가 뭐 잘못한 거 있니?"

사료와 물그릇, 그 옆에 나란히 놓은 플라스틱 상자.

병원에서 준 화장실은 창고형 마트에나 있을 법한 얇은 상자였다. 모래 봉투를 뜯었을 때도 깜짝 놀랐다. 크기가 제각각인 자갈이 들어 있었는데, 봉투를 연 순간 먼지가 잔뜩 일었다. 눈앞에서 시멘트를 깨부순 느낌이었다.

여하튼 상자에 모래를 깔고 화장실을 준비해두었다.

남은 건 기다리는 것뿐이다.

이별하고 싶지 않은 당신에게

고양이가 어떤 식으로 배설하는지는 어렴풋이 알고 있었다. 조부모님 댁에는 부엌 구석에 상자가 놓여 있었고, 고양이가 새침한 얼굴로 그곳에 앉아 있었던 기억이 났다. 하지만 동물이라고 해도 방해하면 안 될 것 같아 뚫어지게 쳐다보지는 않았다.

고테쓰는 여전히 화장실에 다가가지 않는다. 이럴 줄 알았으면 할아버지 댁네 고양이가 용변을 보는 모습을 좀 더 가까이서 봐둘 걸 그랬다는 생각이 들었다.

"모래가 부족한가? 좀 더 넣어보자."

모래를 더 넣으려는 순간, 인터폰이 울렸다. 모에는 화들짝 놀랐다.

료지였다. 완전히 깜박했던 것이다.

오늘은 화요일이었다. 얼마 전까지만 해도 들뜬 마음으로 그가 오기를 기다렸을 터였다. 료지는 부동산 회사에 근무하고 있어서 수요일이 정기휴일이었다. 본가에서 생활하는 료지는 휴일 전날이면 퇴근길에 모에의 집에 들러 그대로 묵었다. 다음 날에는 모에가 강의를 빠지고 함께 시간을 보냈다.

그런 패턴이 1년 가까이 이어졌다. 하지만 이번 달에는 료지가 바쁘다는 이유로 오지 않았다. 안 그래도 요즘 들어 그의 태도가 서먹서먹하다고 느끼던 참이었다. 대답도 건성이었고, 눈을 마주치지도 않았다. 어딘가 귀찮아하는 듯한 건조한 웃음에 모에는 불길한 예감이 들었다.

그리고 어제는 '할 이야기가 있으니 퇴근길에 들를게.'라는 내용이 담긴 짧은 문자메시지를 받았다. 아무리 생각해도 좋은 이야기는 아니다. 지겨워진 걸까, 싫어진 걸까. 아니면 다른 좋아하는 사람이 생긴 걸까.

그 병원에 다녀오기 전까지는 우울한 생각에 빠져 있었는데, 고테쓰를 돌보느라 그런 일들을 까맣게 잊고 있었다. 모에는 마음의 준비를 하지 못한 채 방문을 닫고 현관으로 나갔다.

료지는 정장 차림을 하고 서 있었다. 인사 대신 손을 살짝 들어 보였지만, 어딘가 거북해 보이는 얼굴이었다. 안으로 들어온 후에도 불편한 듯 시선이 흔들렸다.

갑자기 집 안의 온도가 내려간 듯한 기분이 들었다. 그전에는 그가 와준 것만으로도 행복한 공기가 방에 가득했었다. 료지는 스물다섯으로 모에보다 어른이었다. 상냥하고 침착하며 현명한, 자랑스러운 애인이었다.

"뭐 좀 먹을래? 아니면 마실 거 줄까? 아, 맞다. 새로운 한국 드라마가 방영된대. 학교 친구가 추천했어. 진짜 재밌다고."

"아니, 됐어. 저기, 모에, 그것보다 할 얘기가……."

"영화도, 새로운 게 나왔대. 왜 있잖아, 전에 보고 싶다고 했던 영화. 벌써 나왔어. 빠르지? 근데 리뷰는 그저 그렇던데. 그보다 피자라도 시킬까?"

모에는 불길한 분위기를 어떻게든 무마시키려고 끊임없이 떠들었다. 료지의 난처해하는 얼굴은 애써 외면했다.

헤어지고 싶지 않아. 우리는 아무 문제 없어. 헤어지려는 이유를 정말 모르겠어.

료지가 무슨 말을 하려던 순간, 침실에서 커다란 소리가 났다. 고테쓰가 우다다 뛰어다니고 있었다.

"지금, 무슨 소리지?"

료지가 놀라서 물었다.

"고양이야."

"고양이? 고양이 키웠어?"

"아니. 조금 이상한 일이 있었는데, 그게…… 병원에서 고양이를 처방해줬어."

"병원에서? 농담이지?"

료지는 쓴웃음을 지었다. 침실에서는 우다다 소리가 이어지고 있었다.

모에는 살짝 문을 열고 안을 들여다보았다. 침대 위에서 발톱을 세워 시트를 끌어당기고 있는 고테쓰와 눈이 마주쳤다. 고테쓰는 눈을 크게 뜨고, 마치 걸렸다는 듯 동작을 멈췄다.

료지도 문틈으로 안을 엿보고 있었다.

"와아, 진짜 고양이네. 언제 키우기 시작한 거야?"

"내 고양이가 아니야. 롯카쿠인가 다코야쿠시인가, 그 부근에 있는 병원에서 일주일 동안 함께 살라며 줬어. 복약 수첩…… 아니, '고양이 수첩'이랑 같이."

모에의 말에 료지는 이해할 수 없다는 듯 눈썹을 찡그렸다.

"뭐야 그게. 무슨 뜻이야?"

"이상하지만 진짜야."

"……흐음."

료지는 믿지 못하겠다는 표정으로 말했다.

"고양이라……. 키우는 건 괜찮지만, 네가 너무 의지할 것 같은데."

방문을 열고 침실로 들어간 료지는 낮은 자세로 고테

이별하고 싶지 않은 당신에게

쓰에게 다가갔다. 침대 위에 있던 고테쓰가 몸을 살짝 뒤로 뺐다.

"멋진 고양이네. 작은 표범 같아. 만지면 할퀴려나?"

료지는 그렇게 말하면서 손을 뻗으려고 했지만, 고테 쓰는 이미 눈치챈 듯 침대에서 내려왔다. 그러고는 가뿐 한 발걸음으로 구석진 곳으로 갔다.

료지는 아쉬운 듯 침대로 다가가 고테쓰를 가만히 바라보았다. 조금 전의 불길한 분위기는 사라지고 없었다. 모에는 곧바로 료지 옆으로 가서 그의 어깨에 머리를 기대었다.

고테쓰가 있는 공간에서는 두 사람의 거리도 예전과 똑같아졌다.

거짓말처럼 고양이 효과가 나타난 건지도 몰라. 모에 는 그 의사에게 감사했다. 설마 연애 문제를 고양이로 해결할 줄이야. 료지의 눈빛은 다정했다.

"고양이, 엄청 귀엽네. 혼자 사는 여자들이 요즘 고양 이 많이 키운다고 들었어."

"응, 응."

모에는 료지의 다정한 눈빛에 넋을 잃은 채 그의 시선 끝을 따라갔다. 고테쓰가 차례로 사료와 물이 든 그릇에 코를 대고 킁킁거리더니, 그 옆에 놓인 모래 상자 가장 자리의 냄새를 맡았다.

"아, 혹시 화장실 가려는 걸까."

"오, 그런 거 같은데."

료지도 덩달아 몸을 내밀었다.

고테쓰는 느긋한 동작으로 한 발 한 발 상자 안으로 들어갔다. 그러고도 한참 동안 허리를 내리지 않고 사각사각 소리를 내며 모래를 밀어내고 있었다. 어쩌면 자신을 지켜보는 게 마음에 들지 않는 것은 아닐까. 사람들의 눈길이 신경 쓰이는지도 모른다.

하지만 재밌다는 듯 고개를 빼고 있는 료지에게 방 밖으로 나가자는 말이 나오지 않았다. 이 공간에서 나가면 그의 웃음도 사라지고, 이별 이야기를 하게 될지도 모른다는 생각이 머리를 스쳤다.

"앗, 앉았어!"

료지의 말에 모에가 고개를 돌리자, 고테쓰가 모래에 엉덩이를 가까이 댄 채 꼬리를 올리고 있었다. 상자 테두리에 가려 잘 보이지 않았지만, 미세한 움직임을 봐서는 볼일을 보고 있는 듯했다.

다행이야. 잘됐다.

겨우 1분 정도 지나자 고테쓰는 엉덩이를 들었다. 그리고 앞발로 사각사각 모래를 긁었다. 그 동작이 너무 귀여워서 모에도 료지도 미소 지었다. 더 자세히 보고 싶어서 두 사람은 고테쓰에게 다가갔다.

그다음의 한 방이 컸다. 모래가 확 퍼졌고, 상자에서 자갈이 튀어나왔다. 위험하다고 판단한 순간에는 이미 고테쓰가 앞발을 길게 뻗어 수차례 모래를 긁어낸 후였다.

이토록 격렬하다니. 조금 전까지는 아이들이 모래놀이를 하는 정도였는데, 지금은 마치 포클레인으로 자갈을 뿌리고 있는 듯했다. 고테쓰는 몸의 방향을 바꿔, 플라스틱 테두리에 뒷발을 올리고 앞으로 몸을 기울였다. 온 힘을 쏟은 혼신의 한 발. 도망칠 틈도 없이, 료지의 얼굴을 향해 돌팔매질을 하듯 자갈을 뿌렸다.

"우앗! 아파!"

"까아악!"

모에도 황급히 도망쳤다. 방 안은 모래투성이가 되었고, 뽀얀 모래 먼지 속에서 료지가 도망친 곳으로 검은 물체가 날아갔다.

그것은 고양이 똥이었다.

료지는 머리와 얼굴에 뒤집어쓴 모래를 필사적으로

털어내고 있었다. 거기에 고양이 똥이 날아갔다는 사실을 그는 아직 모르고 있었다.

***

"그래서? 남자친구는 머리에 똥을 묻힌 채로 집에 간 거야?"

레오나는 그렇게 말하고는 크게 웃음을 터뜨렸다.

캠퍼스 정원에 설치된 카페 야외석에는 학생들이 가득했다. 레오나의 웃음소리가 너무 커서 옆자리의 여학생이 이쪽을 보고 있었다. 모에는 부끄러워서 자세를 낮췄다.

"그만해. 넌 웃음소리가 너무 커."

"미안, 미안. 그치만 너무 재밌잖아. 고양이 똥을 뒤집어썼다니……."

레오나가 다시 웃음을 터뜨리려고 하자, 모에가 살짝 눈을 흘겼다.

"내가 깨끗하게 닦아줬지. 이미 모래가 묻은 상태라서 쉽게 떨어지기도 했고."

"하하, 덕분에 실컷 웃었어."

레오나의 표정은 즐거워 보였다.

"여하튼 잘됐네. 그 덕에 남친이랑 다시 좋아졌지?"

"응, 뭐."

모에는 대답을 얼버무렸다. 지방에서 교토의 대학으로 진학한 모에에게 동급생 레오나는 가장 친한 친구였다. 학교에서도, 수업이 끝난 후에도 자주 함께 시간을 보냈다.

모에는 요즘 들어 남자친구의 태도가 데면데면하다는 이야기를 레오나에게 했었다.

두 사람의 옷 취향이나 행동은 정반대여서, 모에는 여성스럽다는 말을 자주 들었고 레오나는 사내아이 같다는 말을 듣는다. 하지만 같이 대화를 나누면 즐거웠다. 각자의 다른 취미가 서로의 행동 범위를 넓혀주었다.

"근데, 남자친구랑은 왜 틀어졌는데? 뭔가 짚이는 거 없어?"

레오나의 질문에 모에는 고개를 저었다.

"전혀. 싸운 것도 아니고, 뭔가 화난 것 같지도 않고."

"감정적인 편이야?"

"그런 타입은 아니야. 늘 차분하고."

어젯밤 모래를 다 털어낸 료지는 내일은 휴일 근무라

면서 돌아갔다. 대화도 하지 못했으니 관계를 회복한 것
은 아니다. 그저 이야기를 회피한 것뿐이다.

"흐음. 전에 그 사람 사진 보여줬었잖아? 상냥한 사람
같던데. 꽤 잘생겼고. 어떻게 사귀게 된 거야? 미팅?"

"응. 동아리 친구가 주최한 미팅에 료지도 왔었는데
내가 한눈에 반해버렸어."

모에의 표정이 부드러워졌다. 교우 관계나 넓히자는
마음으로 참가한 미팅이었지만, 료지를 보고 한눈에 반
해버렸다.

"한눈에 반하는 일, 나한텐 불가능해."

레오나는 쓴웃음을 지었다.

"한눈에 반한다는 말을 부정할 생각은 없어. 외모도
그 사람의 일부니까. 하지만 그 사람의 내면도 제대로
본 거 맞아?"

"봤지. 료지는 상냥하고 성실한 사람이야."

"정말? 외모의 추가 옵션은 아니고?"

놀림을 받아도 아무렇지 않았다. 료지는 모에의 완벽
한 이상형이었고, 그 마음은 절대 흔들리지 않았다. 그
래서 더욱 놓치고 싶지 않았다.

불현듯 우울한 기분이 들었다. 이전에는 늘 화요일 밤

부터 수요일까지는 묘지를 위해 일정을 비워두었다. 간혹 그가 오지 못하는 수요일에도 갑자기 만나게 될지도 모른다는 생각에 필수 과목까지 결석했었다.

하지만 오늘은 혼자 고민하며 지내기가 싫어서, 오랜만에 수요일에 학교에 왔다.

그는 아마도 다음 주 화요일 밤에 올 것이다. 그 전에 뭔가 타개책을 생각해내야만 한다. 더는 고양이에 의지할 수 없었다. 고테쓰는 일주일만 처방받은 것이다.

어제 고테쓰는 침실을 모래투성이로 만들어놓고도 전혀 기죽은 모습도 없이, 표범 무늬의 귀여운 등을 둥글게 말고 잠들어버렸다. 모에는 어쩔 수 없이 모래 속에 섞인 고테쓰의 똥을 긁어모은 후 '고양이 수첩'에 똥의 형태를 기록했다. 하지만 공중으로 날아갔다가 떨어진 탓에 정확한 모양을 기록할 수는 없었다.

오늘은 집이 또 어떤 상태일까. 다시 처참한 상황이 되어 있을 것 같아 우울했다. 모에는 머그잔을 두 손으로 쥔 채 한숨을 쉬었다.

"고양이를 키우는 사람들은 다 청소 때문에 애를 먹는 건가? 모래가 그렇게까지 튀는 줄은 몰랐어."

"우리는 안 튀는데?"

레오나는 이미 얼음만 남은 아이스커피를 빨대로 빨아들이고 있었다. 그 소리가 너무 커서 모에는 레오나의 말을 제대로 듣지 못했다.

"안 튄다고? 뭐가?"

"똥 묻은 모래. 우리 고양이는 안 튀는 모래를 사용하거든."

"뭐? 다른 모래도 있는 거야?"

"그럼. 모래 종류가 얼마나 다양한데."

"그래? 몰랐어. 병원에서 준 걸 그냥 썼는데."

어제의 그 모래 먼지는 거의 공해 수준이었다.

"그 병원 이야기도 이상했어. 나카교 어디쯤인데?"

"다코야쿠시 거리를 걷다가 우연히 발견했어. 그보다 모래 말이야. 안 튀는 모래는 어떤 거야? 어디서 팔아?"

"절박한가 보네? 재밌다. 반려용품 파는 곳에 가면 대체로 몇 종류씩은 있는데, 더 다양하게 보고 싶으면 대형 펫 숍으로 가면 돼. 전철 선로 변에 대형 체인점이 있으니까 수업 끝나고 가볼래?"

"갈래, 갈래."

모에가 다급해하는 모습을 보고 레오나는 다시 크게 웃었다.

레오나를 따라 도착한 반려용품 매장은 대형 슈퍼마켓 한 층의 절반을 사용하고 있었는데 상상 이상으로 넓고 깨끗했다. 높은 천장과 밝은 조명에, 벽이 유리로 되어 있어서 개방감도 있었다.

무엇보다 놀라운 것은 다양한 상품이었다. 마치 식료품 매장처럼 선반이 길게 이어져 있었고, 온갖 물건들이 빼곡하게 진열되어 있었다.

수많은 상품에 놀라 어리둥절한 모에를 보고 레오나가 웃었다.

"그렇게 놀랐어?"

"당연히 놀라지. 이게 전부 펫 용품인 거지? 너무 넓고 너무 많다."

"웬만한 테마파크 저리 가라지? 없는 게 없어. 캣 타워에 귀여운 침대까지. 전부 고양이 용품은 아니지만. 강아지 것도 꽤 많아. 저쪽 봐."

레오나는 반대쪽 매장 끝을 가리켰다.

"열대어 종류도 엄청 많아. 그리고 곤충류도 있고. 여기에 오면, 사람들은 참 다양한 생명을 키우는구나 하는 생각이 들어."

"반려동물 업계가 엄청나구나."

모에는 반려동물을 키워본 적이 없어서 실제로 무언가를 사기 위해 펫 숍에 온 것은 처음이었다. 쇼핑몰에서 지나가다 본 적은 있었지만, 그때는 유리 케이스 안에서 장난치고 있는 강아지와 새끼 고양이를 보고 미소를 지었을 뿐이었다.

귀여운 강아지와 새끼 고양이. 그들도 사람과 마찬가지로 날마다 필요한 물건이 있다는 사실을 깨달았다.

"자, 모래를 찾자, 모래."

레오나는 매장 안을 훤히 꿰고 있는지 곧바로 모래가 진열된 곳으로 안내해주었다. 진열대를 본 모에의 얼굴이 굳었다.

"자, 잠깐만……. 이 엄청난 양은 뭐야?"

시리얼처럼 보이는 봉지가 끝없이 진열되어 있다. 종류도 시리얼보다 다양했다.

"이게 전부 고양이 모래? 왜 이렇게까지 많은 건데?"

"용도가 다르거든. 원재료나 형태도 다르고 처리 방식의 차이도 있고. 너희 건 어떤 화장실이야?"

"어떤 화장실이라니? 평범한 화장실이야. 습식이고 비데가 있고 발 매트랑 휴지걸이는 라벤더 색깔이고."

"아니, 아니, 아니."

이별하고 싶지 않은 당신에게

레오나가 손사래를 쳤다.

"너희 화장실 말고 고양이 화장실. 너 웃긴다."

"아, 고양이. 응? 고양이 화장실은…… 플라스틱 케이스처럼 생긴 상자인데."

"시스템 토일렛?"

"시스템? 글쎄…… 전동은 아닌 것 같은데."

모에의 눈빛이 흔들렸다. 자신의 무식함이 조금 부끄러웠다.

"하하하. 시스템은 그런 의미가 아니라, 단순하게 서랍식으로 되어 있는 걸 말해. 아래쪽에 서랍이 있고 오줌이 모래를 통과해 서랍에 떨어지는 구조인데, 플라스틱 케이스라면 2단식이 아닐지도. 그러면 굳는 모래가 좋겠는데."

레오나는 몸을 굽혀 선반에 있는 모래 봉지를 유심히 살폈다.

"우리 건 변기에 흘려보내지 않고 쓰레기로 버리는 건데, 변기에 버릴 수 있는 것도 꽤 많아. 톱밥도 있고 실리카겔이나 식물성으로 만든 것도 있어. 아무거나 삼키는 녀석에게는 이게 좋겠다."

레오나는 양손에 모래 봉지를 들고 하나하나 꼼꼼히

살펴보고 있었다.

모에는 그저 우두커니 서 있었다. 고테쓰에 대해 아는 거라고는 수컷이고 생후 4개월이며, 벵갈이라는 것뿐이었다. 모래의 종류만도 이렇게 많다니. 모든 게 규모가 달랐다.

이렇게 공부를 많이 해야 하는 거야? 고양이 키우는 일이 이렇게 어려운 거였어?

레오나는 멍하니 있는 모에를 발견하고 웃었다.

"모에, 어떡할래? 오랫동안 키울 거면 상황을 보면서 시험해봐도 좋겠지만, 그 고양이는 네 고양이가 아니잖아. 그러면 지금 있는 걸로 견뎌보든가, 아니면 일단 굳는 타입으로, 입자가 굵은 걸로 해볼래?"

"그럴래."

"그럼 이걸로 하자."

레오나가 골라준 것은 고양이 얼굴이 크게 인쇄된 봉투였다. 탈취, 굳는 타입, 날림 방지라고 적혀 있었다. 편백나무 조각인데 현미 스낵을 잘게 부숴놓은 듯한 형태였다.

"사료도 볼래?"

레오나의 물음에 모에는 진열대를 슬쩍 쳐다보았다.

이별하고 싶지 않은 당신에게

끝도 없이 이어진 진열대를 보니 현기증이 이는 듯해서 모에는 포기했다. 너무 다양하고 너무 많아서 지나치다는 생각이 들었다.

계산을 끝내고 잠시 쉬기로 했다.

"고마워. 이렇게 종류가 많을 줄이야. 깜짝 놀랐어."

"그렇지? 이 정도면 거의 고양이가 상전 같은 때도 있다니까. 고양이나 개에 관해서는 계속해서 과도해지는 느낌이 들어."

"내 말이."

레오나의 의견이 같아서 안심했다. 레오나는 담백한 성격이라서 평상시에도 무언가에 과몰입하는 인상은 없었다.

지금 와서 보니 그 기묘한 병원에서 고양이를 건네받았을 때, 곧바로 레오나에게 연락했으면 좋았을 걸 그랬다는 생각이 들었다. 하지만 어제는 료지 일로 머릿속이 복잡해서 레오나가 고양이를 키운다는 사실을 잊고 있었다.

"레오나는 고양이 이야기를 별로 안 하네? 고양이 집사라고 하면 왠지 고양이 생각밖에 없고 고양이 사진만 잔뜩 올리는 이미지인데."

"그런 사람도 많지만 우리 집은 조금 다른 것 같아. 보통 집사라고 하면……."

레오나는 몸을 비비 꼬았다.

"우리 고양이, 얼마나 귀여운데. 튕기는 것도 애교 부리는 것도 미치도록 귀여워…… 뭐 이런 느낌이지만."

그리고 이번에는 등을 쭉 폈다.

"우리 고양이는 그냥 거기에 있을 뿐이야. 그냥 고양이가 있습니다. 이 차이를 알겠어?"

"몰라."

솔직하게 고개를 젓자, 레오나는 가볍게 웃었다.

"단순히 가족의 일원이라는 뜻이야. 아빠, 엄마, 오빠, 나, 고양이. 물론 귀엽지. 하지만 뭐랄까, 아무리 귀엽다고 해도 가족의 행동을 일일이 사진 찍거나 친구에게 이야기하거나 하진 않잖아."

"그렇지……."

"물론 고양이는 고양이야. 사람이랑은 다르지. 가족이지만 언제까지고 어린 아기 같은 느낌. 원래 오빠가 친구한테 받아 온 고양이인데, 어째선지 오빠는 전혀 따르지를 않아서 결국 엄마의 고양이가 됐어. 그래서 우리 집 고양이지만 엄마의 고양이야."

이별하고 싶지 않은 당신에게

"흐음."

엄마의 고양이라는 말이 달콤하진 않지만 따뜻하다. 집집마다 반려동물의 위치가 다르구나 하고 이해했다.

두 사람은 펫 숍을 나왔다. 레오나가 아르바이트 하러 갈 시간이었다.

"마음 같아선 너희 집에 가서 고양이에 대해 이것저것 가르쳐주고 싶지만, 이번 달에는 다른 지방의 중학교 수학여행 예약이 잔뜩 들어왔거든. 일주일 동안 밤까지 근무시간표가 빽빽하게 차 있어. 아니, 중학생에게 교토의 물두부를 먹이는 건 너무 사치스럽지 않아?"

교토의 관광지에는 물두부집이 많다. 레오나가 아르바이트를 하는 곳은 난젠지 근처에 있는 노포 요릿집이다. 교토에 막 왔을 때는 레오나가 아라시야마나 기요미즈데라 등 유명한 관광지에 데려가주곤 했었다. 그러다가 료지랑 사귀게 된 후로는 수업 끝나고 카페에 들러 수다를 떠는 정도가 다였다. 이렇게 같이 외출한 것은 오랜만이었다.

집에 돌아오니 집 안이 조용했다. 개라면 주인이 돌아오면 반가워서 야단법석일 텐데, 아무리 침실 문을 닫아두었다고 해도 지나치게 고요했다.

조금 불안해졌다. 정말로 침실에 있는 걸까. 발소리 하나 들리지 않는다. 설마 집 밖으로 빠져나갔거나 하는 일은 없겠지.

조심스럽게 문을 열어보았다.

순간, 상황이 이해되지 않았다. 커튼이…….

레이스 커튼이 갈기갈기 찢어져 있고 구멍이 숭숭 뚫려 있었다. 드문드문 레일에서 떨어져 나간 커튼이 대롱대롱 매달려 있었다.

"아…….."

모에는 힘이 빠져 그 자리에 주저앉았다. 약간의 각오는 했었다. 어제도 시트에 구멍이 났었다. 아, 그래도 커튼이 이렇게까지 처참하게 망가졌을 줄이야. 커튼은 더이상 커튼이 아니었다. 발기발기 찢긴 얇은 천이 초라하게 매달려 있을 뿐이다.

고테쓰는 창틀에 단정하게 앉아 옅은 초록색의 커다란 눈으로 모에를 응시하고 있었다. 방문이 닫혀 있지 않았다면 이렇게 당당하게 응시하는 고양이가 커튼을 엉망으로 만든 범인이라고는 생각하기 힘들었을 것이다.

그리고 바닥이 다시 모래 범벅이 되어 있었다. 모래를 얼마나 많이 긁어댔는지 사방팔방으로 튀어 있었다.

그나마 다행스럽게도 똥은 플라스틱 상자의 모래 안에 남아 있었다. 모래가 굳어 있는 건 소변 때문일 것이다. 배뇨는 하루 2회에서 4회 배변은 하루 1회에서 2회가 평균적이라고 했다. 모래가 굳은 덩어리가 두 개니까 두 번 배뇨한 것이리라.

여하튼 배설에는 문제가 없다. 하지만 커튼은 회복 불능이다. 료지가 오기 전에 새로 달아야겠다고 생각했다.

그를 떠올리자 마음이 무거워졌다. 료지가 올까. 만약온다면 어떤 식으로든 이야기가 진행될 것이다. 모에는 깊게 한숨을 쉬었다. 그 소리에 고테쓰가 창틀에서 내려왔다. 카펫 때문인지 발소리 한번 나지 않았다. 날씬하고 기다란 몸. 표범 같은 반점이 뒷다리 허벅지까지 흩어져 있다. 뾰족한 턱의 자그마한 얼굴에서는 귀여움이 날카로움을 이겼다.

사람으로 치면 귀여운 얼굴의 슈퍼모델이라고 할까.

고테쓰는 천천히 방 안을 돌아다녔다. 흡사 런웨이를 걷는 듯한 우아한 동작에 모에는 눈을 뗄 수 없었다. 방안을 어슬렁거리던 고테쓰가 나른한 동작으로 플라스틱 상자로 다가갔다. 모에는 퍼뜩 정신이 들었다.

"고테쓰, 잠깐만! 새 모래로 바꿔줄게."

모에는 황급히 플라스틱 상자 안의 모래를 쓰레기봉투로 옮겼다. 그리고 물티슈로 상자를 깨끗하게 닦은 후 새로 사 온 모래 봉투를 열었다. 편백나무 냄새가 진하게 풍겼다.

"냄새 좋다! 고테쓰, 이게 훨씬 좋아."

상자 안에 모래를 까는 동안에도 향긋한 냄새가 났다. 무엇보다 먼지가 일지 않아서 마음에 들었다. 레오나 덕분이다. 고테쓰가 있는 동안 레오나가 놀러 왔으면 했다. 녹록지 않은 레오나가 고테쓰의 귀여움에 녹아드는 모습을 보고 싶었다.

***

고코로 병원의 문을 열자, 오늘은 접수처에 간호사가 앉아 있었다. 미인이지만 붙임성이 없는 여성이다. 간호사는 눈만 살짝 올려 뜨며 말했다.

"오타니 씨, 안으로 들어가세요. 선생님이 진료실에서 기다리고 계십니다."

교토 사투리는 단어의 억양이 독특하다. 쌀쌀맞으면서도 '선생님'의 억양에는 친근함이 느껴졌다. 교토에

막 왔을 때는 말끝을 길게 늘어뜨리는 것이 사투리인지, 친근감을 표하는 것인지 알 수 없었다. 하지만 교수님이나 손윗사람에게도 '선생니임' 하면서 말끝을 길게 늘어뜨리는 리듬에 지금은 익숙해졌다.

교토 사투리를 좋아한다. 고양이처럼 매끄럽다는 생각이 들었다.

모에가 진료실로 들어가자 의사가 앉아서 기다리고 있었다.

"안녕하세요, 오타니 씨. 상태는 좀 어떠세요?"

의사는 상냥하게 물었다. 상태는 좋지도 나쁘지도 않다. 모에는 고테쓰를 넣은 이동장을 조용히 책상 위에 내려놓았다.

"뭐, 그냥 그래요."

"그렇습니까? 조급해하실 필요는 없습니다. 처음에는 대체로 그 정도이니까요. 서서히 좋아집니다."

처음에는? 서서히?

모에는 이상하다는 듯 눈썹을 찡그렸지만, 의사는 태연하게 미소 짓고 있었다.

"기록은 하셨습니까?"

"아, 네."

가져온 수첩을 건네자, 의사는 첫날 기록부터 꼼꼼하게 읽어갔다. 일주일 동안 고양이의 배변과 배뇨 상태를 꼼꼼하게 기록하면서, 대체 왜 이런 일을 시키는지 너무도 궁금했었다. 정신과 의사의 지시가 아니었다면 농담이라고 생각했을 것이다.

오늘은 화요일이다. 지난주부터 료지와는 핸드폰으로 평범한 연락을 이어갔지만, 오늘 '할 이야기가 있어. 들를게.'라는 짧은 문자를 봤을 때는, 아무래도 고양이 효과가 없어진 듯하다고 자조했다.

"네. 꼼꼼하게 적어주셨네요. 오타니 씨, 올곧은 분이시군요. 남의 고양이라고 해서 얼렁뚱땅 넘어가지 않으셨네요. 가끔 그런 사람도 있거든요. 매사를 자신의 방향에서만 보고 멋대로 비틀어버리는 사람이."

"매사를 비틀어버린다고요?"

모에는 의사의 말이 이해되지 않아서 고개를 갸웃했다. '고양이 수첩'에 대한 이야기를 하는 걸까. 배변량이나 사료를 주는 횟수를 속인다거나? 기록을 게을리한다거나?

의사는 여전히 수첩을 보고 있었다. 꽤 신중하게 확인하는 듯했다.

이별하고 싶지 않은 당신에게

"자신도 모르는 사이에 스스로에게 유리하도록 바꿔 버린다는 뜻입니다. 자신도 모르기 때문에 바꿔버렸다는 걸 깨닫지 못하지만 말이죠. 흐음, 이틀까지는 문제가 없었지만, 사흘째부터는 좋지 않았나 보군요. 어떻게 된 거죠?"

눈을 내리깐 채 살짝 미소를 짓고 있었지만, 의사의 목소리는 진지했다.

모에는 문득 깨달았다. 이건 장난이 아니라 이 병원의 치료 방식이다. 모에는 의사와 마찬가지로 진지하게 대답했다.

"그날부터 고양이 모래를 바꿨어요. 펫 숍에서 사 온 톱밥으로."

"그렇습니까. 그래서?"

의사가 고개를 들었다. 미소를 지으며 이야기를 들어주고 있다.

"괜찮은 줄 알았어요. 좋은 나무 냄새도 났고, 먼지가 적다고 봉투에 적혀 있어서 좋겠거니 했죠. 그런데."

"고양이는 싫어했다?"

"네."

이야기하는 동안 편백나무 냄새가 되살아났다. 이 방

어딘가에 그 톱밥이 있는 것처럼 선명하게. 향기가 좋고 탈취 효과도 뛰어나다고 강조했었다. 하지만 고테쓰는 모래를 바꾼 뒤로 플라스틱 상자 근처에는 절대 다가가지 않았다. 모래를 바꾼 그날 밤, 고테쓰는 멀찍이 떨어져서 자세를 낮춘 채 플라스틱 상자를 바라보기만 할 뿐이었다.

곧 익숙해지겠지.

그렇게 생각하고 아침을 맞았지만, 모래는 처음 깔아줬을 때와 마찬가지로 평평한 상태였고 고테쓰가 들어간 흔적은 없었다. 아직 내키지 않은 듯했다. 모에는 크게 신경 쓰지 않고 사료와 물을 챙겨준 후 학교에 갔다. 평상시처럼 수업을 듣고, 친구와 점심을 먹고, 저녁에 귀가했다. 그리고 플라스틱 상자를 본 후 깜짝 놀랐다.

모래는 처음과 똑같은 상태였다. 발자국은커녕 조금의 흐트러짐도 없었다.

모에는 당황했다. 고양이는 비뇨기계 질병을 앓기 쉽다고 인터넷에 나와 있었다. 어제저녁부터 한 번도 화장실을 사용하지 않았다는 것은 좋지 않은 징조다.

"하지만 볼일을 보긴 한 거죠? 화장실이 아닌 곳에."

의사는 '고양이 수첩'을 보면서 말했다. 모에는 고개

를 끄덕였다.

"네. 종이 상자 위에."

집 안 곳곳을 기어다니며 수색한 결과 버리려고 묶어둔 종이 상자가 젖어 있는 걸 발견했다. 배변의 흔적이 이렇게도 반가울 줄이야. 모에는 마음 깊이 안도했다.

"그 후로 다시 병원에서 지급한 모래로 바꿨습니다."

"흐음. 고생 많으셨겠네요."

의사는 수첩을 조심스럽게 덮었다. 진지한 표정이다.

"모래 냄새만은 도저히 양보할 수 없다는 고양이도 있습니다. 싫어하는 냄새 속에서는 나올 것도 안 나옵니다. 좋은 냄새인지 아닌지는 문제가 아닙니다. 취향도 고양이마다 달라서 어려운 지점이죠. 모래라는 게 별거 아닌 것 같지만 사실 고양이의 삶에서 몇 퍼센트를 점하는 중요한 부분입니다. 모래라는 건 이미 고양이 자체입니다."

의사는 진심 어린 목소리로 말했다.

무엇을 주장하고 싶은지 그 의미를 알 수 없어서 모에는 멍하니 있었다.

"여하튼 요 일주일 동안에 고양이 효과가 있었던 것 같군요. 고생 많았어."

의사는 이동장 안을 들여다보며 고테쓰에게 다정한 미소를 지었다. 그리고 이동장을 들었다.

"아……"

모에는 무슨 말인가를 하려고 했다. 의사가 그 소리를 들었는지 동작을 멈췄다.

요 일주일간을 떠올리자, 눈 안쪽이 뜨거워졌다. 고테쓰의 야성적인 아름다움은 어딘가 근접하기 힘들어서, 조부모님 댁의 고양이처럼 머리를 쓱쓱 쓰다듬을 수도 없었다. 작은 얼굴에 비해 몸이 길어서 누워 있을 때면 묘하게 느슨해 보이는 것도 재밌었다. 무서워서 머리는 만지지 못했지만, 그 대신 가느다란 몸을 천천히 쓰다듬었다. 등에서 엉덩이, 그리고 꼬리 끝까지 조심스럽게 쓸어내렸다.

광택이 있는 표범 무늬는 정말로 아름다웠다.

"고테쓰, 바이 바이. 안녕이네."

눈물이 솟았다. 고테쓰는 이동장 안에 엎드려 모에를 보고 있었다. 자신을 보고 있다는 사실이 기뻤다.

"고테쓰, 인사해야지. 지토세 씨, 고양이 데려가요."

등 뒤의 하얀 커튼을 향해 부르자, 그 무뚝뚝한 간호사가 들어왔다.

이별하고 싶지 않은 당신에게

아, 고테쓰가 가버린다. 모에는 반사적으로 손을 뻗으려다 멈췄다.

간호사는 똑같은 이동장을 들고 있었다.

"지토세 씨는 역시 눈치가 빨라. 새로운 고양이를 가져왔군."

"선생님, 이 고양이도 관리가 필요합니다."

간호사는 퉁명스럽게 말하고는 고테쓰가 들어 있는 이동장을 받아 들면서 동시에 의사에게 새로운 이동장을 건넸다. 그리고 진료실을 나갔다.

의사는 망사 문이 모에를 향하도록 이동장을 돌렸다. 그곳에는 또 고양이가 있었다.

"이번에는 이 고양이를 일주일간 처방해볼까요."

고양이는 망사 문 너머로 모에를 보고 있었다. 정삼각형 귀에 커다란 눈. 고테쓰보다 옅은 갈색이었고 무늬는 또렷한 검은색이었다.

모에는 영문을 몰라 의사를 보았다. 의사는 생글생글 웃고 있었다.

"저…… 이 아이도 벵갈입니까?"

"네. 겉모습은 비슷해도 성분이 다릅니다."

"그러니까, 다시 고양이를 처방받으라는 건가요?"

"완치가 되지 않았으니까요."

의사는 단호하게 말했다.

"이 고양이를 일주일 동안 챙기시면서, 전과 마찬가지로 수첩에 먹은 것과 나온 것을 적어주십시오. 처방전을 드릴 테니 접수처에서 필요한 물품을 수령해 가시기 바랍니다."

의사는 다시 고양이가 들어 있는 이동장을 강제로 밀어붙였다. 두 번째 '설마'였다. 망연히 진료실에서 나오자 간호사가 모에를 불렀다. 이전과 똑같은 무게의 종이 가방 안에는 설명서가 있었다.

☑ 이름: 노엘. / 암컷. 5개월. 벵갈.

☑ 식사: 아침과 저녁에 적정량.

☑ 물: 상시.

☑ 배설물 처리: 적당한 때. 배뇨는 하루 2회에서 4회, 배변은 하루 1회에서 2회가 평균입니다. 매번 색깔, 냄새, 형태, 양을 체크해주세요. 비뇨기계에 이상이 생기지 않도록, 고양이와 사람 모두가 스트레스를 받지 않는 배설 환경을 만들어주세요. 이상.

이별하고 싶지 않은 당신에게

또 화장실 이야기뿐이야…….

"저기, 죄송한데요."

"궁금한 점이 있으면 선생님께 여쭤보세요. 그럼, 안녕히 가세요."

간호사는 쌀쌀맞게 대꾸하며 다른 업무를 하고 있었다. 하지만 모에는 물러서지 않았다.

"이 모래, 저번 것과는 다른데요?"

"궁금한 점이 있으면 선생님께 여쭤보세요. 그럼, 안녕히 가세요."

"모래가"

"안녕히 가세요."

"고양이의 삶이."

"안녕히 가세요."

간호사는 무표정이었다. 모에는 간호사의 대답을 포기하고 의사에게 물어보기 위해 진료실로 돌아가려고 했다. 그러자 간호사가 날카롭게 막아섰다.

"니케 선생님은 예약 환자를 기다리고 있습니다. 궁금한 점이 있으면 제가 대답해드리죠."

언제는 선생님께 물어보라더니, 사람을 완전히 진상 취급하네. 진짜 제멋대로인 여자야.

모에는 화가 치미는 걸 느꼈다.

하지만 간호사의 태도가 너무 태연해서 일단 불만은 눌러두었다.

"모래 말입니다. 지급해주신 이 모래."

모에는 모래 봉투를 꺼내서 수납처 테이블에 올려두었다. 저번 것과는 다르게 원재료가 종이였다.

"이 모래는 고양이가 싫어할지도 몰라요. 고테쓰는 그 자갈처럼 생긴 모래가 아니면 안 했어요."

"아."

간호사는 겨우 그 문제였나 하는 표정으로 대답했다.

"그건 실제로 써보지 않으면 알 수 없습니다. 크기나 발바닥에 닿는 감촉 등."

그리고 자신의 손바닥을 응시했다.

"손바닥의 이곳에 꽉 모이는 느낌 같은 거요. 난 딱딱한 건 싫지만, 딱딱한 걸 좋아하는 애도 있어요. 니케 선생님도 딱딱이 파였을 거예요. 엉덩이에 까슬까슬하게 닿는 감촉이 좋다면서."

화장실 휴지 이야기라도 하는 걸까. 모에는 고개를 갸웃거리면서 듣고 있었다. 니케라는 의사와 지토세라는 간호사, 두 사람의 휴지 취향 따위에는 관심 없다.

　　　　　　　　이별하고 싶지 않은 당신에게

"고양이 모래, 저번 걸로 주실 순 없나요? 이 아이가 화장실을 안 가면 골치 아파요."

"그러면 아까 쓰던 걸로 가져가세요."

간호사는 수납처의 작은 창구에서 모습을 감췄다.

이 병원의 내부 구조는 어떻게 되어 있을까. 건물 자체는 세로로 긴 형태로 폭이 깊어 보이지는 않았다. 병원치고는 진료실이 너무 좁았고 진료도 간단했다. 모에는 문득 레오나와 갔던 펫 숍을 떠올렸다. 숲처럼 빽빽하게 늘어선 진열대와 대량의 반려용품. 수요가 있으니 진열했겠지만, 그 모든 것이 동물에게 필요할 것 같지는 않았다. 절반 정도는 인간의 이기심이 아닐까.

간호사가 돌아왔다. 고테쓰가 사용하고 남은 자갈 타입의 모래를 건네주었다.

"여러 가지 모래로 시도해보시고 안 되면 다시 방문해주세요."

간호사의 말투는 차가웠지만 거부하는 느낌은 아니었다. 하나부터 열까지 전부 이상한 병원이었다.

하지만 이번에는 이전의 모래, 새롭게 지급받은 모래, 거기다가 집에 사둔 목제 모래도 있다. 세 종류나 있으니 그중 하나는 마음에 들겠지. 모에는 짐을 끌어안고 건물을 나왔다.

집에 돌아와 이동장 문을 열자 고양이는 머리만 내밀었다. 고테쓰보다 옅은 갈색으로, 얼굴은 동그랗고 털에 깊이가 있다. 줄무늬도 또렷하고 강렬했다. 같은 종임에도 얼굴 모양이 전혀 달랐다. 커다란 눈은 살짝 치켜 올라갔다. 기가 센 여자아이의 느낌이랄까.

"노엘, 잘 부탁해."

모에는 몸을 굽혀 눈높이를 맞췄다.

노엘이 납작해졌다. 그렇게 생각한 순간, 총알처럼 뛰어올라 이번에는 침대 밑이 아니라 커튼레일 위로 올라갔다.

눈 깜짝할 사이의 일이었다. 어마어마한 속도. 아무런 발판도 없이 벽을 딛고 올라갔다. 능숙한 듯 가느다란 레일 위에 앉아 있었지만, 아무리 봐도 위험해 보였다. 모에는 허둥댔다.

"안 돼! 위험해. 내려와!"

정면에서 손을 뻗자, 노엘은 세모난 귀를 접으며 어금니를 드러냈다. 황급히 손을 거뒀다.

장난 아닌데?

　　　　　　　　　　이별하고 싶지 않은 당신에게

고양이 어금니의 날카로움에 몸이 움츠러들었다. 조부모님의 고양이는 얼굴이 뚱뚱하고 컸으며, 언짢은 듯한 소리를 낸 적은 있어도 이를 드러낸 적은 거의 없었다. 고양이에게 제대로 위협을 받은 적은 이번이 처음이었다. 손을 뻗으면 분명 깨물거나 할퀼 것이다.

어쩔 수 없이 포기하고 사료와 물을 준비했다. 그리고 고테쓰가 사용했던 자갈 타입의 모래를 넣은 화장실까지, 세 개의 화장실을 늘어놓고 조금 떨어진 곳에서 지켜보기로 했다.

하지만 아무리 기다려도 노엘은 내려오지 않았다. 커튼레일 위에서 자세를 낮추고 슬며시 앞으로 나왔다가 뒤로 물러나기를 반복했다. 엉덩이가 레일 끝부분에 닿으면 뒷다리가 허공에 뜨는 게 싫은 것인지, 다시 앞으로 간다.

"혹시 못 내려오는 거야? 고양인데?"

올라갈 때처럼 벽을 따라 내려오면 될 것 같은데, 그게 안 되는 모양이다. 안타까운 듯 바닥을 보고 있을 뿐이었다. 하지만 모에가 손을 뻗으면 확실하게 싫은 티를 내며 물러난다.

"그럴 거면 왜 올라간 거야? 아, 말도 안 돼. 어떡해."

'고양이, 커튼레일'이라고 스마트폰으로 검색해 보았지만, 레일 위에서 귀엽게 자고 있는 고양이 동영상이나 고양이는 커튼레일 위에 오르는 것을 좋아한다는 정보만 나왔다. 여하튼 고양이는 엉덩이부터 내려오는 걸 못하는 듯했다. 머리부터 뛰어내릴 수 있게 하려면, 노엘이 무서워하지 않을 높이까지 디딤대를 만들어주면 된다.

하지만 받침대도 사다리도 없었다. 뭔가 높이가 있는 것, 디딤대로 사용할 만한 물건이 뭐가 있을까.

"맞다! 트렁크!"

훌륭한 생각이라고 자찬하며 옷장을 열었다. 트렁크는 가장 안쪽에 들어가 있었다. 앞쪽에 있는 짐들을 끌어내자 옷과 가방이 눈사태처럼 쏟아졌지만, 힘겹게 밀쳐내고 가방을 억지로 끌어냈다. 이 정도면 노엘이 뛰어내려도 괜찮을 것이다.

"이리 와, 노엘!"

신나서 뒤를 돌아보니 노엘은 어느새 발밑에 있었다. 입을 꼭 다물고 모에를 올려다보고 있었다. 그리고 유연한 동작으로 방 안을 돌아다니더니, 우물우물 사료를 먹기 시작했다.

아, 사료를 먹어줬어.

모에는 멍하니 그 모습을 지켜보면서, 그럴 거면 조금만 빨리 내려올 것이지 하고 생각했다. 집 안은 강도라도 든 것처럼 완전히 아수라장이었다. 그런데도 노엘이 물을 마시는 모습에 그저 안심할 뿐이다.

노엘은 고테쓰보다 몸이 작았고, 등에는 비뚤어진 작은 반점이 흩어져 있었다. 엉덩이랑 네 발에는 검정색 줄무늬가 있었다. 등의 일부분만 빼면 줄무늬 고양이에 가깝다.

표범 무늬와는 다른 등 무늬가 재미있다. 뭘까, 이 무늬는. 커다란 동그라미와 작은 동그라미. 털이 긴 편이라 확실하게 보이지는 않았지만, 삐뚤삐뚤한 동그라미에 점이 네 개.

아! 모에는 순간 무언가가 떠올라 웃음을 터뜨렸다.

"노엘…… 누군가에게 등을 밟혔니?"

등 무늬가 동물의 발자국처럼 보였다. 언뜻 고양이 발 모양 같기도 했다.

너무 귀여운 나머지 혼자 소리 내어 웃었다. 노엘이 물그릇에서 얼굴을 들고 왜 그러냐는 듯 고개를 갸웃거렸다.

다시 고양이가 있는 일주일이 이어진다. 예상외로 기

뻐서 계속 헤벌레 웃었다.

하지만 인터폰 소리에 웃음이 사라졌다. 료지였다.

방 안엔 옷장에서 흘러나온 막대한 양의 물건이 흩어져 있었다. 감출 수 있는 수준이 아니다. 어쩔 수 없이 노엘이 있는 침실 문만 닫고 현관으로 나갔다.

료지는 지난주와 마찬가지로 서먹서먹한 표정으로 서 있었다. 엉망인 집 안으로 료지를 들이고 싶지 않았다. 하지만 돌려보내기 전에 료지가 먼저 안을 보고 말았다. 료지는 놀란 표정이었다.

"무슨 일이야? 엉망진창이잖아."

"그게…… 고양이가."

"고양이가 어쨌는데?"

료지가 미간을 찡그렸다. 집 안으로 들어오더니 미심쩍은 시선으로 어수선한 바닥을 두리번거렸다.

"고양이는 안 보이는데 어떻게 된 거야? 괜찮아?"

"안에 있어."

료지가 걱정하는 것 같아 침실 문을 열었다. 하지만 노엘이 보이지 않았다.

"응? 어디로 갔지? 노엘! 노엘!"

침대 밑을 들여다보고 이불을 들쳐봤지만, 노엘이 없

이별하고 싶지 않은 당신에게

다. 어딘가 틈새로 숨어버렸나. 방 안을 둘러보던 모에가 기겁했다. 또 커튼레일에 올라가 있었다.

"노엘! 왜 또 거기에 올라간 거야?"

노엘은 가느다란 레일 위에 배와 네 발을 여유롭게 올린 채 엎드려 있었다. 늘어뜨린 줄무늬 꼬리가 흔들리고 있다.

손을 뻗었다가는 또 성질을 낼지도 모른다. 이번에도 혼자서 무사히 내려오기를 바라며 걱정스러운 얼굴로 바라보고 있는 모에 옆으로 료지가 다가왔다.

얼굴에 의아해하는 표정이 역력했다.

"저 고양이, 어딘가 저번하고는 색깔이 조금 다른 거 같은데?"

"응. 다른 고양이야."

료지의 눈빛에도 목소리에도 의아함이 가득했다. 커튼레일에서 내려오지 못할까 봐 걱정하고 있는 걸까.

"이 고양이도 병원에서 맡긴 거야. 사료와 모래도 전부 지급해줬고, 그리고 또 복약 수첩…… 아니, '고양이 수첩'도 줬어."

"흐음."

료지는 탐색하듯 방 안을 둘러보았다.

"저건?"

그의 시선은 옷장 밖에 나와 있는 트렁크에 멈춰 있었다. 이런. 얼른 치워놓을걸. 어수선한 집 안에 트렁크까지. 그가 의심하는 것도 무리는 아니다.

"아, 저건 잠깐 쓸 데가 있어서 꺼낸 건데. 안 그래도 치우려고."

"고양이를 맡고 있으면서 여행은 아니지 않아?"

"아니⋯⋯."

뜻밖의 말에 모에는 멍해졌다. 료지는 눈을 마주치려고 하지 않았다.

"있지, 모에. 어떤 이유인지 모르겠지만, 경솔하게 맡지 않는 게 좋아. 동물을 보살피는 건 힘든 일이야."

"아니야. 이 아이는 병원에서 처방받은 거야. 나카교구에 있는, 고코로 병원이란 곳에서."

"흐음. 그래? 그럼 괜찮지만."

전혀 괜찮지 않다. 모에가 료지를 가만히 응시해도 그는 모에를 보지 않았다.

료지는 걱정하는 것이 아니라 나를 믿지 않는 것이다.

"미안. 오늘은 그냥 갈게. 이야기는 나중에⋯⋯ 네가 좀 진정되면 하자."

이별하고 싶지 않은 당신에게

료지는 아주 잠깐 웃어 보이고는 돌아갔다. 모에는 한참을 그 자리에 서 있었다. 그의 언동에 충격을 받은 것이다. 모에의 이야기가 이상했던 건 사실이다. 정신과 병원에서 고양이를, 그것도 일주일 주기로 빌려준다니.

하지만 그의 말투로 보면, 마치 모에가 남의 고양이를 멋대로 데려와 방치하는 것처럼 느껴진다. 모에가 아무리 믿음직하지 못하고 불안해 보인다고 해도 그건 너무하다.

문득 정신을 차리고 보니 노엘이 어느새 발밑에 있었다. 올려다보는 눈동자는 금빛이다.

"노엘. 네 덕분에 이별 이야기는 미루어진 거 같네."

모에가 쭈그려 앉자 노엘이 코끝을 들어 올렸다. 고양이 효능으로 다시 이별을 회피할 수 있었다. 그런데도 왜일까.

무척 슬프다.

***

레오나는 말없이 모에의 이야기를 들어주었다. 미간을 찡그린 채 카페 의자 등받이에 몸을 젖히고 있다.

오늘은 토요일이다. 둘이서 가라스마에 있는 카페에 왔다. 학교에서도 계속 만나지만, 핫플레이스 카페의 디저트는 다른 이야기다. 진한 바스크 치즈 케이크는 일부러 찾아올 만한 가치가 있다. 교토에서 평판 좋은 카페의 대부분은 은둔처나 가정집 스타일을 콘셉트로 하고 있는데, 이 카페도 예스러운 분위기를 풍기고 있다. 평점 사이트에서는 별 넷.

"어떻게 하면 고양이가 쾌적하게 배변할 수 있을까, 이 말이지?"

레오나는 쫀득쫀득한 말차 바스크 치즈 케이크에 가느다란 포크를 꽂으며 떨떠름한 얼굴로 말했다.

"응."

모에는 벚꽃 치즈 케이크를 주문했다. 포크로 자르자 단면이 맑은 벚꽃색을 띠었다.

"마음에 안 드는 게 분명해."

"하지만 너희 집에 온 뒤로 분명히 매일 배변을 하기는 했지?"

"물론이야."

'고양이 수첩'에는 지난번 기록에 이어 식사와 배설에 관해 상세하게 적고 있었다. 그리고 스마트폰으로 사진을 찍어두었다. 모에는 몇 장의 사진을 레오나에게 보여주었다.

"어때? 상태는 나쁘지 않은 것 같지?"

"으응. 그러네. 그걸 꼭 보여줄 필요는 없었는데."

"똥은 잘 나와. 근데 매번 모습이 조금씩 달라. 모래에 안 닿으려고 한다거나, 화장실 구석에 찔끔할 때도 있고 집 안에 실수할 때도 있고. 그리고 화장실 다녀온 뒤에는 나를 부르러 오는 것 같아. 뭔가 하고 싶은 말이 있는 눈빛으로 쳐다봐."

"그렇구나."

레오나는 진지한 얼굴로 대꾸했다.

노엘이 집에 온 지 나흘이 지났다. 노엘은 고테쓰보다 더 장난꾸러기였다. 집에 있는 모든 물건에 흥미를 보였다. 가장 먼저 스마트폰이 습격을 당해 너덜너덜해졌고, 쿠션의 솜은 전부 밖으로 나왔다. 커튼 레일은 쉼터였다. 무릎 위로 올라와서 머리나 몸을 비벼대다가도 모에가 만지려고 하면 커튼 레일로 도망가버렸다.

걱정이 되는 건 배설할 때의 행동이었다. 노엘은 심하게 모래를 긁어대지는 않았다. 주변을 냄새 맡거나 서성거리는 것은 고테쓰와 마찬가지였지만, 어딘가 불안해 보였다. 화장실에 들어간 후에 도망치듯 나오는 것도 신경 쓰였다.

"모래는 뭘로 했어? 전에 샀던 거로 사용해?"

"처음에는 병원에서 준 자갈로 된 걸 깔았고, 그다음에는 종이 재질로 된 거. 하지만 뭐랄까, 왠지 풀이 죽어 보인달까. 어제는 편백나무 모래도 깔아봤어. 사용하기는 하는데 싫어하는 기색이 역력해."

힘없이 수염을 떨구는 고양이의 모습이 이다지도 가슴 아플 줄은 몰랐다. 눈을 크게 뜬 채로 입은 꼭 다물고 있다. 무표정에 가까워서 힘없이 떨군 수염이 더욱 애수를 자아냈다.

"모래는 그래도 다 사용한다는 거네. 그러면 문제는 모래가 아니라 다른 걸 수도 있지. 예컨대 사료."

"사료?"

"응."

레오나는 바스크 치즈 케이크의 마지막 한 조각을 입에 넣은 후 눈을 마주쳤다.

"계속 신경이 쓰였는데 말이지. 우리, 자리 잘못 잡은 거 같아."

"아…… 화장실?"

모에도 신경이 쓰였다. 카운터와 테이블 자리가 있었는데, 모에가 안내받은 곳은 내부에 있는 화장실 근처의 테이블 자리여서 손님이 빈번하게 지나다녔다. 화장실 문 앞에서 대기 중인 사람도 있어서 원하지 않아도 시야에 들어왔다.

"뭐, 사람이 많으니까 어쩔 수 없기는 한데. 식사 중에 화장실이 눈에 들어오면 식욕이 떨어지지 않아? 화장실을 사용하는 사람도 신경 쓰일 거고. 그러니까 사람처럼 화장실과 사료가 가까이에 있는 걸 싫어하는 고양이도 있지 않을까."

"그러고 보니 같은 방에 사료랑 물이랑 화장실을 전부 늘어놨네."

"조금 떨어뜨려보는 건 어때? 환기가 잘되는 곳으로 옮기는 것도 좋겠고."

"응. 그렇게 해볼게."

갑자기 시야가 넓어진 기분이었다. 그래, 열심히 연구하고 이런저런 방법으로 시도해보면 된다.

한 가지에만 몰두하면 사고가 둔해지는 느낌이 들 때가 있다. 문득, 그 의사의 말이 떠올랐다. 모에에게 올곧은 사람이라고 했었다. 그리고 매사를 자신의 방향에서만 보고 비틀어버리는 사람도 있다고.

분명 다른 뜻이 있는 건 아니다. 하지만 생각하게 된다. 똑바로 걷고 있다고 생각했는데 어느새 삐뚤게 걷고 있던 적은 없었을까. 똑바로 가려다가 오히려 삐뚤어진 적은 없을까.

두 사람은 카페를 나왔다. 레오나가 저녁 아르바이트를 하러 가기까지는 아직 시간이 남아서 쇼핑이라도 하려고 시조 거리로 향했다.

"있잖아. 네가 갔었다는 이상한 멘탈 클리닉, 여기서 그렇게 안 멀지?"

"응. 데라마치 거리 근처야."

"고양이를 빌려준다니 재밌기는 한데 조금 이상해. 우리 오빠가 고양이 입양 센터에서 일하고 있어서 더 신경이 쓰이네. 지금 잠깐 가보면 안 될까?"

레오나는 흥미진진한 표정이었다. 병원을 구경하러 가는 건 좀 그렇기는 하지만, 안내하는 정도는 괜찮지 않을까. 모에는 가라스마 거리에서 북쪽으로 향했다. 시조 거리를 지나 다코야쿠시 거리에서 동쪽으로 꺾었다. 처음 병원에 갔을 때와는 반대 방향에서 접근한 것이다.

"그 병원, 혹시 동물병원이나 펫 숍을 같이 운영하고

있어?"

"아니. 그건 아닌 것 같은데. 좁은 건물이고 사무실을 하나만 쓰거든."

"그러면 고양이를 어디서 데려오는 거지? 혹시 그 선생님이 키우는 고양인가? 여하튼 이상한 병원이네."

"확실히 이상한 병원이지."

그렇게 말하고 웃었지만, 현실적으로 생각해보면 기묘한 이야기였다. 료지가 의심했던 것도 무리는 아니다. 그를 떠올리자 마음이 무거워지면서 얼굴이 흐려진다.

"왜 그래? 갑자기 어두운 얼굴을 하곤."

"료지 말이야. 다음 주 화요일에 다시 집에 온다는데."

"만나기 싫어?"

"그런 건 아닌데……."

모에는 눈을 내리깔았다. 헤어질 바엔 만나고 싶지 않다. 이런 감정은 모순일까. 하지만 그가 좋은 이야기를 할 것 같지 않았다.

레오나는 모에를 신경 쓰면서도 똑바로 정면을 응시하고 있다.

"다른 사람의 애인에 대해 이러니저러니 떠들기는 싫지만……."

그리고 말없이 걷기만 했다. 모에가 웃었다.

"괜찮아. 얘기해봐."

"정말? 그럼 말할게. 아무리 평일밖에 못 만난다고 해도, 대학생인 애인이 수업을 빠지게 만드는 건 좀 그렇지 않나 생각했어. 학점 모자라면 어떡할 건데? 책임질 건지 물어봐. 이상, 뒷담화 끝."

레오나는 일부러 농담처럼 말했다. 두 사람은 한동안 말없이 걸었다.

얼마 전이었다면, 료지에 대한 부정적인 말에 분명 반박했을 터다. 하지만 지금은 가슴에 치밀어 오르는 것이 있다.

"……맞아. 분명 책임지지 않을 거야."

"응. 그래서 요즘 네가 학교에 오는 게 더 기뻐. 나도 수업보다 알바를 우선시할 때도 있으니 큰소리칠 입장은 아니지만. 어? 벌써 데라마치 거리가 보이는데? 우리 지나친 건가?"

"앗, 정말이네. 분명 후야초 거리까지는 안 갔었는데."

모에는 걸어온 길을 돌아보았다. 교토 시내에서도 특히 나카교구 주변은 좁은 길이 바둑판처럼 교차하고 있다. 가라스마 거리나 가와라마치 거리는 큰 도로여서 착각할 일이 없지만, 좁은 도로의 위치는 외우기 힘들다. 후야초 거리는 남북으로 뻗은 도로다. 그 도로에서 서쪽으로 뻗은 첫 번째 길이 도미노코지 거리. 두 도로의 거리는 기껏해야 5미터다.

그 짧은 거리안에서 질퍽질퍽한 골목길이 보이지 않았다.

모에는 두 도로 사이에서 멈췄다.

"이상한데?"

"혹시 한 블록 너머가 아닐까? 이 주변은 원래 좀 복잡하잖아."

"그런가……."

기억이 확실하지 않았다.

"그런 것도 같네……."

"저쪽으로 가보자."

레오나는 망설임 없이 앞장서서 북쪽으로 걸었고, 한 블록 너머의 롯카쿠 거리로 나왔다.

그곳에서 동서남북을 오르락내리락하면서 주변을 빙빙 돌았다. 하지만 아무리 눈을 크게 뜨고 봐도 그 골목길은 보이지 않았다.

"뭐지? 왜 없지?"

"안 되겠다. 처음부터 핸드폰으로 검색해볼 걸 그랬네. 무슨 병원이라고 했지?"

"고코로 병원. 근데 이 근처에 분명 있어야 해. 두 번이나 갔었는걸."

"이 주변은 원래 복잡해. 교토 출신인 나도 툭하면 길을 잃는데 뭐. 고코로 병원…… 어디 보자…… 응?"

"왜? 뭔데?"

"한 곳도 안 나와."

레오나는 눈을 크게 떴다.

"홈페이지도 없고 병원 사이트에도 없어. 리뷰도 하나 없어. 리뷰가 없다는 게 말이 되나?"

기억도 애매하고 정보도 없다.

점점 불안해졌다. 하지만 꿈이 아닌 건 확실했다. 집에서 노엘이 모에의 귀가를 기다리고 있다.

"아! 찾았다!"

레오나의 말에 모에는 핸드폰으로 달려들었다.

"어디?"

"고코로 선생님의 병원. 나카교에 있는 스다 동물병원의 스다 선생님은 무척 친절하고 실력 있는 의사……. 에이, 동물병원이잖아. 헷갈리네."

　　　　　　　　이별하고 싶지 않은 당신에게

다른 곳이라는 걸 알고 두 사람은 실망했다. 그 후에도 주변을 샅샅이 뒤졌고, 검색도 해보았지만 아무런 실마리도 찾지 못했다.

"안 되겠다. 알바 갈 시간이야. 오늘은 포기하자."

레오나는 태연했지만, 모에는 초조했다. 이러면 자신이 거짓말을 했거나 망상에 빠진 것이 된다.

"레오나. 병원은 진짜 있어. 정말로 거기서 고양이를 데려왔다니까."

그러자 오히려 레오나가 놀란 듯했다.

"당연히 그렇겠지. 그게 아니면 귀신도 아니고. 그게 더 무서워. 그보다, 고양이 화장실 말이야. 쾌적, 청결이 기본이야."

"고마워."

안도감으로 눈시울이 뜨거워졌다. 그래. 집에 가면 노엘이 쾌적하게 용변을 볼 수 있도록 환기가 잘되는 곳을 찾아주자. 그리고 환기도 해줘야지. 고양이가 스트레스를 느낀다면 점점 자신에게도 스트레스가 될 테니까.

***

노엘을 돌려주는 날인 화요일, 이번에는 남은 모래를 가져가지 않았다. 반납해야 한다면 사서 줄 생각이었다.

이번에는 골목길이 바로 나타났다. 토요일에 레오나와 돌아다녔던 도로의 사거리에서 꺾어진 부근이었다. 찾아냈다기보다, 여기였지 하고 불현듯 깨달은 느낌이었다.

병원 문을 열자 간호사가 접수창구에 앉아 있었다. 퉁명스러움이 아름다움을 돋보이게 하는 듯한 냉랭한 표정. 그러면서도 여성스러운 매력이 느껴졌다. 지토세라고 했었지. 이름도 예뻐서 기억하고 있었다.

"오타니 씨, 진료실로 들어가세요."

진료실에서는 의사가 기다리고 있었다. 의사는 니케라고 하는 이상한 이름이었던 것으로 기억한다. 모에가 의자에 앉자 아무 말도 하지 않았는데 의사는 고개를 끄덕였다.

"아, 오타니 씨, 원래 이런 겁니다. 고양이 때문에 굉장히 힘든 시간을 보내셨죠. 이제 얼마 안 남았습니다."

"……그 말씀은, 혹시 또."

"일단 수첩을 좀 보여주시죠."

수첩을 건네자 의사는 지난주와 마찬가지로 꼼꼼하게 수첩에 적힌 내용을 읽었다. 모에는 노엘이 든 이동장을 무릎에 올려 안고 있었다.

"흐음. 이 녀석은 어떤 모래든 싫어하면서도 사용은 해주었나 보군요. 하지만 싫다는 표현을 하는 것도 잊지 않았고. 요구가 많은 고양이였습니까? 조금 귀찮은 타입이었네요."

마치 고양이의 성격을 분석하는 듯했다. 의사의 말에 노엘이 울음소리를 높였다.

"이런, 미안. 난 암컷도 좋아한단다. 전 상대가 원하는 걸 예측해서 알아서 해준답니다. 만약 그 예측이 틀렸다고 해도 나름 알아서 해준 거니까, 알아서 잘해주는 남자인 거죠. 흠, 화장실 위치를 욕실 옆으로 옮겼더니 순순히 들어갔군요. 환풍기나 창문이 있는 곳은 냄새가 쉽게 빠지죠. 이것저것 고민해주셔서 감사합니다. 알아서 해주길 바라는 여자의 비위를 맞추는 건 꽤 힘든 일이었겠군요."

"그건……."

확실히 노엘은 어리광을 부리고 싶어 하는 분위기를

발산하면서도, 좀처럼 다가오지 않는 까탈스러운 고양이였다. 의사 말대로 알아서 해주길 바라는 여자의 느낌이 있다.

하지만 힘들다는 생각은 하지 않았다. 고양이에게 휘둘리는 것도 보살핌의 일환이고, 고양이를 위해 공부하고 노력하는 것도 반려인의 기본자세다. 그렇게 들인 품과 시간에 비해 되돌아오는 귀여움이 더 컸다.

"노엘은 아주 착한 아이였어요. 돌보는 게 쉽지는 않았지만, 엄청 착한 아이였어요."

"고양이가 오타니 씨에게 잘 맞았나 보군요. 다행입니다. 노엘, 이제 돌아갈까?"

의사는 손을 뻗어 노엘이 든 이동장 손잡이를 잡았다. 모에의 무릎 위에서 고양이의 무게가 사라졌다.

"지토세 씨, 고양이 데려가세요."

의사가 하얀 커튼 너머를 향해 말하자, 간호사가 들어왔다. 손에는 다른 이동장을 들고 있다. 그리고 조금 전 접수처에 있을 때보다 더 언짢은 표정이다.

"선생님. 환자가 올 때마다 순서를 건너뛰면 예약 환자를 놓칠 수도 있어요."

"하하하. 의사로서 환자를 놓치는 일은 없습니다. 하

지만 조금은 기다리게 해도 되지 않겠어요? 그러라고 소파를 둔 거니까."

"전 책임 안 져요."

간호사는 차갑게 말하며 이동장을 교환하고 나갔다. 의사는 경박한 느낌으로 웃었다.

"하하하, 신경 쓰지 마세요. 우리 간호사는 의외로 친절하답니다."

모에는 복잡한 기분이었다. 이 기묘한 대화에는 익숙해졌지만, 자신이 갑자기 끼어든 환자였다고 생각하자 조금 불편한 기분이 들었다.

의사가 들고 있는 이동장에는 분명 또 고양이가 들어 있겠지. 이번에도 일주일 동안 데리고 있는 걸까. 기쁘면서도 동시에 미안한 마음도 들었다.

"저기, 니케 선생님."

"네, 말씀하세요."

"저처럼 이렇게 사소한 고민으로 일일이 병원에 오면 민폐겠지요. 딱히 아픈 것도 아니고, 애초에 병원에서 해결할 수 있는 고민도 아니고."

좋아하는 사람과 헤어지기 싫다.

이곳에 온 계기를 떠올리자 기분이 가라앉았다. 오늘

은 화요일. 더는 들뜬 마음도 들지 않는다.

"고민에 크고 작은 게 있다고 생각하지 않습니다만."

의사는 이상하다는 듯 고개를 갸웃했다.

"고양이의 똥이 크든 작든 상관없잖아요? 들어가면 나온다. 그게 당연한 겁니다. 물론 많이 먹으면 많이 나오겠지만요. 하지만 작은 것도 제때 나오지 않으면 언젠가 막히게 됩니다. 막힌 곳에 다시 작은 똥이 쌓이다 보면 언젠가 돌이킬 수 없는 상태가 됩니다. 변비란 게 그런 거죠."

의사의 말을 진지하게 듣던 모에였지만, 중간부터 미간이 찡그려졌다. 언제부터 내 고민이 변비가 된 것일까. 혹시 처음부터 변비가 고민이었던 걸까.

"이 고양이를 일주일 데리고 있으면 상당히 호전될 겁니다. 얼마 안 남았으니 힘냅시다."

의사는 그렇게 말하고 이동장을 빙글 돌렸다. 입구 쪽의 망사를 통해 다시 정삼각형의 귀가 보였다. 모에는 얼굴을 가까이 가져갔다.

"이 아이도…… 벵갈인가요?"

"그렇습니다. 이 아이도 벵갈입니다."

의사는 당연하다는 듯 말했다.

망사 너머로 보이는 털색이 이전 고양이들과는 다르다. 거의 검은색이다. 검은 벵갈.

이런 색깔도 있구나, 하면서 찬찬히 응시했다. 안에 있는 고양이는 체격이 꽤 크다.

"참고로, 이 고양이는 나오는 것보다 넣는 것이 어려울지도 모릅니다."

"네? 지급해주는 사료로는 안 되나요?"

"예전에 캣 쇼에도 나갔던 고양이라서 근육질 몸을 만들기 위해 양고기나 말고기로 수제 사료를 만들어줬다고 합니다. 지금은 은퇴해서 근육을 키울 필요는 없다고 들었습니다. 배가 고프면 뭐든 먹겠지요. 그럼 쾌차하시길 바랍니다."

의사는 다시 이동장을 떠맡겼다. 모에는 진료실을 나왔다.

가볍게 말했지만, 중요한 이야기를 한 듯했다. 나오게하는 것도 힘든데 먹이는 것도 어렵다는 건가. 과연 일주일을 견딜 수 있을까.

접수처에는 간호사가 앉아 있었다. 몇 번 보다 보니, 이 여성이 그저 쌀쌀맞기만 한 것은 아니라는 생각이 들었다. 말투는 차갑고 눈빛도 날카롭지만, 그것은 니케

의사를 걱정할 때의 태도다. 처방전을 내밀자 다시 물품이 든 종이 가방을 내밀었다. 가방 안에는 모래와 사료, 그리고 설명서가 들어 있었다.

☑ 이름: 비비. / 수컷. 여섯 살. 벵갈.

☑ 식사: 아침과 저녁에 적정량.

☑ 물: 상시.

☑ 배설물 처리: 적당한 때. 배뇨는 하루 2회에서 4회, 배변은 하루 1회에서 2회가 평균입니다. 매번 색깔, 냄새, 형태, 양을 체크해주세요. 비뇨기계에 이상이 생기지 않도록, 고양이와 사람 모두가 스트레스를 받지 않는 배설 환경을 만들어주세요. 이상.

설명서는 생각했던 대로였다.

고양이가 모래에 바로 적응해줄지는 알 수 없다. 그리고 이 사료도 아예 먹지 않을 수도 있다.

접수처의 간호사는 모에를 보고 있지 않았다.

처방받은 고양이에 대해서 이것저것 시도해보는 것이 모에의 역할이다. 공부하고 물어보고 고민해보자. 그래서 이번에는 고양이에 대해서는 묻지 않았다.

"제가 예약 환자를 두고 새치기한 건가요?"

간호사가 살짝 눈을 들었다.

"신경 쓰지 마세요. 다들 그러니까요."

"만약 다음 화요일에 예약 환자가 있다면 전 다른 날도 괜찮은데요."

"아."

간호사는 시선을 피했다.

"예약이 되어 있기는 한지……."

"네?"

"아니, 정말로 기다리고 있기는 한지."

간호사는 걱정스러운 듯 중얼거리더니 고개를 들었다. 얼굴에는 희미한 미소가 감돌고 있었다.

"선생님은 속내를 드러내지 않아서 저도 가끔 속을 알 수가 없어요. 선생님의 환자분도 꽤 독특한 분이고요. 전 그저 진득하게 기다릴 뿐입니다."

"그런가요."

그 말은 결국 예약 환자를 제쳐도 된다는 뜻일까. 슬픈 눈빛의 간호사도 만만치 않게 특이한 사람이라는 생각이 들었다. 이내 무표정한 얼굴로 돌아온 간호사는 쌀쌀맞게 말했다.

"안녕히 가세요."

비비는 이전 두 마리의 고양이보다 몸집이 배는 컸다. 등부터 꼬리까지 군살 없이 단단한 동체. 발끝은 오징어 먹물 크림빵처럼 귀여운데 다리 윗부분은 두툼하다. 날씬한데도 가슴근육은 불끈 솟아 있다.

털은 벨벳처럼 매끈하고 아름다웠다. 언뜻 보면 검정 고양이지만, 새까만 색이 아니라 푸른 기가 감도는 회색이다. 귀는 큼직한 삼각형이고, 몸집에 비해 얼굴이 작고 콧날은 오뚝하다. 사람으로 치면, 화려한 이탈리아 남성 같달까.

"이탈리아에 가본 적은 없지만."

집 안을 우아하게 돌아다니는 비비를 바라보면서 모에는 중얼거렸다.

비비의 동작은 온화했다. 달려가서 침대 밑에 숨거나, 커튼레일로 뛰어오르지도 않았다. 하지만 조금 더 지켜봐야 할 것이다. 둔해 보이는 모에보다, 강인함과 아름다움에 있어서 모두 자신이 우위라는 듯한 당당한 발걸음이 느껴진다.

캣 쇼에 출전한 경험이 있다는 말이 떠올라 고개가 끄

086 　　　　　　　　　이별하고 싶지 않은 당신에게

덕여졌다. 물은 조금 마셨다. 병원에서 준 사료에는 아직 다가가지 않았다. 플라스틱 상자에 톱밥을 깔아 하나는 화장실 옆에, 또 하나는 침실 구석에 두었다. 노엘이 있을 때 추가로 구입한 만 원 정도 가격대의 고양이 화장실이다. 화장실을 여러 개 마련해주는 것도 좋다고 레오나가 가르쳐주었다.

"비비야. 사료가 마음에 안 들어? 양고기나 말고기는 못 주는데."

비비는 사료의 냄새조차 맡지 않았다. 아직 배가 고프지 않은 것일 수도 있다. 설령 이탈리아 요리가 주식이었다고 해도 허기지면 쌀밥도 먹기 마련이다. 하지만 혹시나 하는 마음에 고양이 사료 레시피를 검색하자 많은 글이 나왔다.

"닭고기랑 채소라. 엄청나네. 만드는 건 간단해도 그때그때 만들어야 하는구나."

스마트폰으로 검색을 하고 있자 어느새 비비가 거리를 좁혀왔다. 의외로 쉽게 친해질 수도 있겠는데? 모에도 조심스럽게 다가갔다.

하지만 다가간 거리만큼 비비는 물러났다. 경계심을 풀었던 게 아닌 모양이다. 다시 수제 사료를 검색하고 있는데 비비가 살며시 다가왔다. 모에에게 흥미가 있는 것이다.

"비비, 이리 와."

모에가 손을 뻗자, 비비는 다시 멀어졌다.

계속 같은 과정의 반복이었다. 그런 식으로 이미 집 안을 두 바퀴 정도는 돈 듯하다. 비비는 지금도 조금 떨어진 곳에서 모에를 보고 있었다.

혹시 사람이 먼저 움직이면 안 되는 건가?

모에가 가만히 있자 비비가 다가왔다. 모에는 그대로 움직이지 않았다. 마침내 비비가 조심스럽게 모에 곁으로 오더니 엎드렸다. 완전히 일방적인 규칙이다.

고양이가 옆에 와준 것만으로도 이렇게 기쁘다니.

황홀한 기분으로 비비를 관찰했다. 광택이 도는 검은 등에는 표범 무늬가 있었다. 더없이 우아하고 세련된 이탈리아 명품의 느낌이었다. 화려한 것을 좋아하는 오사카 스타일인 사람에게는 조금 아쉬울지도 모른다. 비비는 그 자리에서 한참을 엎드려 있더니, 갑자기 사료 그릇으로 다가가 주위의 냄새를 맡고는 천천히 한 입, 두 입 사료를 먹었다.

"비비, 다행이다! 먹어주는구나."

이별하고 싶지 않은 당신에게

그렇게 마음을 놓을 즈음, 료지가 찾아왔다. 오늘은 료지의 방문을 잊지 않고 있었다. 그의 진지한 표정을 보니 더는 피할 수 없겠다는 생각이 들었다.

집으로 들어온 료지는 비비를 보고 얼어붙었다. 비비는 털을 다듬고 있었다.

"모에. 안 된다니까. 자꾸 이렇게……. 이전에 있던 녀석은 어쨌어? 구입한 곳에 확실히 돌려준 거야?"

료지는 눈꼬리를 올린 채 물었다. 완전히 오해하고 있었다. 모에는 화가 나기보다 서글픔에 마음이 아팠다.

"전에도 말했지만, 이 고양이는 나카교구에 있는 병원에서 데려온 거야. 이상한 병원인데, 료지도 가보면 알 거야. 거짓말이 아니야."

"이미 알아봤어. 지난주에도 네가 그렇게 말했잖아. 하지만 그런 병원은 없었어."

"그건……."

모에는 말문이 막혔다.

료지는 괴로운 듯 입술을 꽉 다물고 있다. 어떻게 말해야 그가 알아들을까. 인터넷에는 병원에 대한 정보는 나와 있지 않았고 다른 증거도 없었다. 만약 지금 료지를 데리고 간다고 해도 건물조차 찾지 못할 수도 있다.

하지만 설령 찾지 못하더라도.

"레오나는 믿어줬어."

모에가 그렇게 말했지만, 료지는 오히려 이상하다는 듯 미간을 찡그렸다. 둘 사이에 불편한 침묵이 이어졌다.

"있지, 모에."

"……뭔데?"

"고양이는 원래 사료를 남겨?"

"뭐?"

모에는 고개를 들었다. 이별 선언을 할 줄 알았는데, 료지는 발을 할짝거리고 있는 비비를 보고 있었다.

"우린 집에서 개를 키우는데, 항상 한번에 먹어치우거든. 남기는 걸 본 적이 없어서."

료지가 다가가자 비비는 재빨리 도망갔다. 료지는 사료 그릇 앞에 쪼그려 앉았다.

"사료가 거의 그대로야. 원래 이래?"

"원래 그런 건지는 잘 몰라……. 하지만 이전 녀석들도 대체로 이런 식이었어. 조금씩 나눠서 먹던데."

말은 그렇게 했지만, 비비가 먹은 양은 사실 무척 적었다. 그 의사가 말했던 것처럼 사료가 입맛에 맞지 않는 것이다. 하지만 료지의 지적에 모에는 기분이 상했다.

모에가 믿음직스럽지 못한 건 사실이다. 하지만 고양이에게서 도망가거나 회피하지 않았다. 세 마리 모두에 대해 모르면 모르는 대로 공부하고 고민했으며, 더러운 것도 피하지 않고 마주했다. 모에는 자신의 미덥지 못함을 회피의 구실로 삼지 않기로 했다. 료지의 눈치를 보는 듯한 어중간한 상태를 더는 지속할 수 없었다.

"비비는 단백질이 많은 수제 사료에 익숙해서, 시판용 사료가 마음에 들지 않는 걸 거야. 이곳에 있는 동안에는 가능하면 직접 만들어줄 거야. 내게 맡겨진 소중한 고양이니까. 그건 그렇고, 이제 솔직하게 말해도 돼. 계속 헤어지고 싶다는 말을 하고 싶었던 거지?"

"뭐?"

"모른 척했지만, 료지가 차가워진 건 느끼고 있었어. 헤어지자는 말을 하려고 온 거잖아."

완전 자포자기였다. 좀 더 좋게 말할 수도 있었을 텐데. 그래도 최소한 울고불고는 하지 말아야지. 모에는 눈을 깜박거려서 눈물을 밀어 넣었다.

"그게 무슨 말이야? 헤어지자는 말을 왜 하는데?"

료지가 황당하다는 표정으로 말했다. 예상했던 대답과 달라서 모에도 당혹스러웠다.

"그야……."

"조금 차갑게 대한 건 알아. 그건 미안한데, 말을 꺼내기가 힘들어서……. 나, 다음 달에 도쿄로 가. 전근 발령이 났거든."

료지는 난처한 듯 눈길을 피했다.

"도쿄로 가면 자주 못 만날 텐데, 너는 외로움을 많이 타잖아. 그런 장거리 연애는 싫어할 거 같아서 말을 꺼내지 못했어. 그런 걸 견딜 수 없는 사람일 거 같아서."

전근. 발령. 예상 밖의 전개에 모에는 아무 생각도 나지 않았다.

시선 끝에 표범 무늬의 검정 고양이가 들어왔다. 비비였다. 구석에 놓아둔 플라스틱 상자에 앉아 몸을 부르르 떨고 있다.

앗, 화장실이다! 그렇구나. 비비는 사료와 화장실이 같은 공간에 있어도 괜찮구나. 나중에 '고양이 수첩'에 적어두자.

들어가면 나온다. 그것은 평범한 일이다. 사람과 사람 사이가 틀어지는 건 그런 평범한 일이 잘 안 되기 때문이겠지.

모에는 스마트폰으로 촬영한 사진을 보여주었다.

"어떻게 생각해? 조금 적지 않아?"

"음…… 그런 거 같네. 근데 뭐랄까, 난 고양이 똥까지 매일 신경 쓰지는 않아서."

"색이나 강도는 나쁘지 않은 것 같아. 근데 이전 두 마리보다 양이 좀 적어."

"하지만 이 수첩을 보면 먹은 양과 나온 양이 비례하는 것 같은데? 그 고양이가 그냥 소식할 뿐 아닌가?"

레오나는 모에가 가져온 '고양이 수첩'을 휘리릭 넘겼다. 지금까지의 고양이들의 식사와 배설에 관한 모든 것이 기록되어 있었다.

확실히 비비는 먹는 양이 적었다. 그릇에는 사료가 항상 남아 있었다. 모에는 병원에서 준 사료 외에도 삶은 닭고기나 채소를 줘보기도 했지만 그리 달가워하지 않았다. 수제 사료는 상온에 그대로 둘 수 없어서 학교에 갈 때는 건식 사료를 담아둔다.

"하지만 처음 왔을 때보다 조금 마른 거 같아."

"그야 고양이도 낯선 곳에 맡겨지면 식욕이 줄겠지.

많이 먹는 게 꼭 좋은 것도 아니고. 다음 주 화요일에는 돌려줄 거잖아. 그때까지면 이 정도도 괜찮아. 먹기도 하고 싸기도 하니까."

레오나에게 '고양이 수첩'을 돌려받았다. 오늘은 금요일이다. 요 며칠 학교 점심시간마다 레오나에게 고양이 배설에 대한 조언을 듣고 있었다. 다른 사람이라면 보여주기 꺼려지는 사진이지만, 레오나에게는 아무렇지 않았다.

이것은 무례함일까, 신뢰일까. 아니면 레오나의 인품일까.

여하튼 레오나는 모에를 믿어주었다. 그래서 모에도 다른 친구에게는 할 수 없는 이야기도 하게 된다. 이런 게 신뢰 관계라면, 료지와의 사이는 그렇지 않다.

료지는 말하기 힘들다는 이유로 전근 이야기를 해주지 않았다.

"고양이도 고양이지만 남친도 걱정이네. 도쿄로 가면 지금처럼은 만날 수 없을 텐데."

"응. 료지는 평일에 쉬니까 일주일에 한 번은커녕, 한 달에 한 번도 만나기 어렵겠지. 그래서 말을 못 꺼냈나봐. 내가 외로움도 많이 타고 참을성도 없는 애라서."

"뭐? 완전 실례잖아. 참을성 없는 건 그쪽이지. 대학생인 애인을 매주 학교에 못 가게 해놓고는."

레오나는 화를 냈다. 그렇게 오해하게 만든 건 모에였다. 자신이 약았었다고, 그제야 인정할 수 있었다.

"미안해. 료지가 아니라 나야."

"뭐가?"

"료지는 수업 빠지면 안 된다고 했었어. 하지만 같이 있고 싶어서 내가 그렇게 한 거야. 료지가 나를 의존적이고 미덥지 못하다고 생각하는 것도 당연해. 전근 이야기를 못 했던 것도 나를 혼자 두면 스트레스로 힘들어할 거 같아 걱정했던 거야. 실제로 잠깐 삐걱댄 것만으로도 그 병원까지 가게 된 건데 뭐."

사소한 엇갈림을 멋대로 큰 문제로 발전시켰을 뿐이다. 그러한 사소한 일에도 모에는 힘들어했다. 료지의 태도가 이상하다고 느꼈을 때 솔직하게 물어봤어야 했다. 외면한다고 해결되지는 않는다.

"그랬구나."

레오나는 고개를 끄덕였다.

"그렇게 괜찮은 사람이었다니. 외모에 반했다고 해서 얼굴만 번듯한 남자일 거라고 생각했어. 나도 미안해."

"아니야. 내가 오해할 만한 말만 했는데 뭐. 아까 네가 화내줘서 기뻤어. 내 사소한 고민까지 다 들어줘서 정말 고마워."

"넌 솔직하구나. 난 고맙다는 말 잘 못하는데."

레오나는 쑥스러운 표정이었다.

"그래도 고양이 똥 영상을 보여주는 건 나한테만 해. 그러다 손절당해."

"알았어. 그럴게."

"아, 그리고. 스트레스 하니까 생각났는데, 밥을 적게 먹는 건 운동량이 부족해서 아닐까? 너 말고 고양이 말이야. 벵갈이라고 했지? 분명히 활동적인 애일 텐데."

"운동⋯⋯."

짐작 가는 데가 있었다. 이전의 두 고양이와 달리 비비는 확실히 장난이 적었다.

"그 고양이, 네가 좀 더 놀아줘야 할지도 몰라. 네가 장난을 좀 걸어봐."

"하지만 다가가면 슬쩍 도망가버려."

"그러니까 고양이지. 그 도도한 거리를 절대 좁히지 않아. 장난감은 의외로 흔한 깃털 장난감이 먹혀. 없으면 같이 사러 갈래?"

"갈래!"

"리액션 끝내주는데?"

레오나는 큰 소리로 웃었다.

최근 한 달 동안 펫 숍에 몇 번을 갔을까. 이제는 매장 규모에 눈이 휘둥그레지지 않는다.

집에 돌아오자 비비가 침실에서 나왔다. 천천히 한 발씩 앞으로 내미는 모습은, 수컷인데도 검은 모피를 두른 요염한 마담 같다.

고양이가 만지면 안 되는 물건은 전부 치워둬서, 거실도 자유롭게 돌아다니게 하고 있다. 여섯 살이면 얌전해질 나이인지, 커튼이나 침대 시트도 무사했다.

"비비야, 아유 착해."

손을 내밀자 비비는 다시 움직임을 멈췄다. 비비의 일방적인 규칙은 절대적이었다.

그렇다면. 모에는 조금 전에 산 고양이 낚싯대를 꺼냈다. 가늘고 긴 막대에 화려한 색상의 끈이 여러 줄 매달려 있다. 펫 숍에 있는 수많은 장난감 중에는 전동 쿠션이나 불이 들어오는 공, 아이들도 좋아할 만한 웨이브 서킷 등도 있었다. 전부 재미있어 보였지만, 단순한 게 가장 좋다는 레오나의 조언에 따라 손으로 흔들어주는 고양이 낚싯대를 골랐다.

낮은 자세로 낚싯대를 흔들자 비비가 가만히 응시했다. 확실히 흥미를 보이는 눈빛이다.

이거, 먹히겠는데?

모에는 낚싯대를 좌우로 흔들면서 조금씩 거리를 좁혔다. 비비는 커다란 눈을 동그랗게 뜨고 낚싯대를 바라보고 있었다. 거의 코끝에 다가간 순간, 비비는 무시무시한 속도로 발을 뻗어 끈의 끝자락을 당겼다. 끈을 입에 물고 잽싸게 낚싯대를 빼앗아 멀리 달아난다.

빼앗겼다. 순식간에.

비비는 벌렁 누워서 끈을 깨물기도 하고 발톱으로 당기며 놀고 있었다. 분명히 놀고 있기는 한데 큰 움직임은 없다.

"흐흐……. 이럴 줄 알고."

모에는 가방에서 다른 낚싯대를 꺼냈다. 그리고 또 하나의 낚싯대 등장.

"어떠냐! 더블 공격이다!"

양손에 각각 다른 낚싯대를 들었다. 비비는 물고 있던 끈을 툭 떨어뜨렸다. 고양이도 깜짝 놀란 듯했다.

이별하고 싶지 않은 당신에게

"간다! 이랴, 이랏!"

고함과 함께 두 개의 낚싯대를 휘두르자, 비비는 잠시 어깨를 움츠리더니 곧바로 달려들었다. 어느 하나라도 잡으려고 양쪽 앞발을 뻗는다. 마치 만세를 하는 듯하다. 양쪽을 공격하는 건 무리라고 판단했는지, 한쪽 낚싯대로 달려들었다. 거의 빼앗길 뻔한 순간, 모에는 지지 않고 낚싯대를 앞뒤로 움직이기도 하고 높이 들었다가 바닥에 내려놓는 등 역동적인 동작으로 비비를 약올렸다.

"으차, 으찻차."

의미 불명의 고함이 계속해서 터져 나왔다. 둘 다 놀이에 완전히 몰두해 있었다. 비비가 한쪽 낚싯대를 잡아당겼다. 하지만 이미 예상했던 바였다. 모에는 곧바로 낚싯대를 놓아버리고 조금 전에 빼앗겼던 끈 낚싯대를 집었다. 비비는 다시 허를 찔린 표정이다. 놀라고 화내고 기뻐하는 등 온몸으로 반응했다.

얼마나 놀았을까.

낚싯대는 어느새 전부 너덜너덜해졌다. 비비는 낚싯대 하나만 물고 멀찌감치 가져가서 집요하게 깨물고 있다. 모에는 파김치가 되어 털썩 주저앉았다. 벌써 저녁

나절이 지나가고 있었다.

"밥 줘야 하는데…… 닭가슴살 삶아야지."

영차 하고 일어나, 주방에서 닭가슴살을 삶았다. 사료에 섞어줄까 하고 뒤를 돌아본 모에는 깜짝 놀랐다.

비비가 머리를 접시에 처박고 게걸스럽게 사료를 먹고 있었다.

"자, 잠깐만! 비비! 닭가슴살! 닭가슴살도 넣어줄게."

서둘러 닭가슴살을 꺼내서 물기를 제거하고 열기를 식혔다. 가늘게 찢어서 사료에 섞어주자, 비비는 그것도 허겁지겁 먹었다.

마음이 놓였다. 기쁘다. 그리고 미친 듯이 피곤하다.

어느새 꾸벅꾸벅 졸고 있었던 듯하다. 인터폰 소리에 잠에서 깼다. 인터폰 화면을 보니 료지였다. 황급히 현관문을 열었다.

"어쩐 일이야?"

"너, 머리가 엉망진창이야."

"아, 이건……. 그보다 금요일에 온 건 처음이네. 주말은 고객 응대로 바쁘잖아."

"응. 그치만 빨리 이야기하고 싶어서. 있지, 우리……."

"잠깐만 기다려!"

이별하고 싶지 않은 당신에게

모에가 날카롭게 제지했다. 비비가 막 화장실에서 나오는 중이었다. 살그머니 다가가서 안을 확인하자, 평상시의 두 배는 되는 똥이 모래로 꼼꼼하게 덮여 있었다.

"완전 큰 똥이네…… 비비, 잘했어."

모에는 기쁨에 찬 표정으로 료지를 보았다.

"저기 봐봐. 크고 좋은 똥이야."

"아, 응. 그래. 큰 똥이네. 다행이다."

둘이서 모래에 묻힌 고양이 똥을 바라보고 있었다.

사소한 고민도 방치하면 문제가 된다. 큰 고민이라면 더더욱, 해결하지 않으면 큰 문제가 될 수 있다. 료지의 시선이 느껴져 모에는 고개를 돌렸다. 그가 웃고 있었다.

"우리, 노력하자."

"응. 노력하자."

모에는 고개를 끄덕였다. 들어가면 나온다. 간단해 보이지만, 의외로 간단하지 않을지도 모른다. 그러니까 노력하자고 다짐했다.

이동장 안에는 고양이가 있다.

진료실 의자에 앉아 의사를 기다리는 동안 모에는 최근 3주간을 돌이켜보고 있었다. 어느 고양이든 손은 갔다. 집 안이 엉망진창으로 어질러졌다. 털 범벅, 모래 범벅. 걱정도 많이 했다.

하얀 커튼이 열리고 의사가 들어왔다. 가벼운 웃음을 띠고 있다. 모에가 말을 하기도 전에 먼저 이동장을 들어 올리더니 문에 얼굴을 가까이 대고 이야기했다.

"어떠니? 즐거웠어? 그랬구나, 다행이네. 지토세 씨, 고양이 데려가세요."

간호사가 들어와 곧바로 이동장을 들고 나갔다.

순식간이었다. 이제 고양이는 없다. 의사는 멍하니 있는 모에 앞에 앉더니 빙긋 웃었다.

"좀 어떻습니까?"

담백한 웃음 속에 따뜻함이 보인다. 고양이가 없어진 쓸쓸함을 감추듯 모에는 단호하게 대답했다.

"좋아하는 사람이 멀리 가게 됐지만 함께 노력하려 합니다."

"그러십니까. 다행이네요. 예약 환자가 기다리고 계셔서, 그럼 이만."

"저기."

모에는 허둥댔다. 예약 환자를 새치기하고 싶진 않지만, 묻고 싶은 것이 있었다. 의사는 웃는 얼굴 그대로 고

이별하고 싶지 않은 당신에게

개를 갸웃했다.

"무슨 일이시죠?"

"얼마 전에 친구랑 같이 이곳에 오려고 했는데, 도저히 찾지를 못하겠는 거예요."

"아, 그거 말씀이시군요. 교토의 도로는 복잡하니까요. 게다가 올라가라, 내려가라, 서쪽으로 가라, 동쪽으로 가라 등. 교토의 길 안내는 친절한 듯하면서 오히려 헷갈리죠."

"하지만 주변을 몇 차례나 돌았는데도 골목길도 빌딩도 찾지 못했어요. 오늘은 이렇게 금방 왔는데도요."

"보일 때는 보입니다. 원래 그런 거죠."

의사는 담담했다. 그러다가 갑자기 장난꾸러기 꼬마처럼 씨익 웃었다.

"나카교구의 후야초 거리 부근이니, 도미노코지 거리 언저리에 가면 좋은 병원이 있다든가 하는 말은 되도록 다른 사람에게는 하지 말아주십시오. 저희는 새로운 환자는 받지 않으니까요."

그때 갑자기 뒤에 있던 커튼이 거칠게 열렸다.

"선생님! 왜 아닌 척 홍보하는데요? 바람결의 소문도 너무 많이 퍼지면 곤란해지는 건 선생님이잖아요. 꾸벅

꾸벅 졸기나 하면서."

"내가 언제 졸았다고. 하하하."

"흥."

간호사는 의사를 한차례 노려본 후 다시 거칠게 커튼을 닫았다. 모에는 황당했다.

"하하하. 우리 간호사는 좀 오지랖이 넓죠. 그럼 조심히 가십시오."

"아, 저기."

"네. 또 뭔가요?"

"이거,"

모에는 '고양이 수첩'을 보여주었다.

"어떻게 할까요?"

"아, 그건 드리겠습니다. 무언가가 막힐 것 같으면 그 수첩을 보고 색깔과 모양을 떠올리시기 바랍니다."

"색깔과 모양……."

"냄새도 같이요. 그럼 안녕히 가세요."

의사는 온화하게 미소 지었다. 진료실을 나와 접수처 앞을 지났다. 간호사는 여전히 무뚝뚝하다.

"안녕히 가세요."

"네."

이별하고 싶지 않은 당신에게

병원을 나오고 건물에서도 나왔다. 바닥의 질퍽질퍽한 느낌. 멀리 보이는 높은 하늘. 전부 현실이다. 병원은 정말로 존재한다.

혹시 다시 고민이 생겼을 때 이곳에 올 수 있을까. 그런 생각을 하자 발걸음이 잘 떨어지지 않았다. 하지만 계속 이곳에 있을 수는 없다. 분명 다른 누군가도 이곳을 찾고 있을 터다. 모에는 앞으로 걸어 큰길로 나왔다. 도로명은 모른다.

교토의 길 안내는 친절한 듯하면서 무척 어렵다.

제2화 | 사랑하는 사람을 떠나보낸 당신에게
고양이를 처방해 드립니다

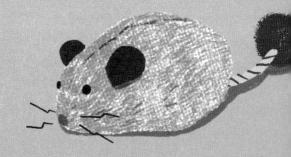

"아버님. 마을회장님의 사위가 다니는 회사의 사장님의 지인도 배우자를 잃었을 때 이러셨대요. 그러니까 별로 이상한 것도 아니에요. 이런 건 일찌감치 상담을 받는 게 좋대요."

며느리인 아유미는 젊었을 때부터 스스럼없는 성격에 늘 씩씩하고 목소리가 컸다. 다쓰야가 회사를 정년퇴직하고 아들이 세대주가 된 이후로는 아유미가 집안일을 꾸려나가고 있다.

"맞는 말이다만, 멘탈 어쩌고 하는 요즘 병원이 난 좀 그렇구나."

사토나카 다쓰야는 어깨를 들썩이며 크게 한숨을 쉬었다.

수년 전만 해도 거실이 늘 떠들썩했다. 아들 부부와 아내 메이코가 있었고, 그 중심에 손자 하야토가 있었다. 그러던 것이 반년 전에 메이코가 세상을 떠나고, 아들은 일하느라 바쁘고, 아유미도 낮에는 파트타임으로 일을 시작하면서 분위기가 달라졌다. 하야토도 좀처럼 모습을 보이지 않았다.

다쓰야는 식사 시간을 제외하고는 2층 다다미방에서 거의 모든 시간을 보냈다. 앓고 있는 질환은 고혈압과 고콜레스테롤 정도로 오십 대에 탈장 수술을 받은 것 외에는 건강한 편이었다. 건강이 좋지 않아서 집 안에 틀어박혀 있는 것이 아니다.

"하지만 아버님. 어머님 돌아가신 후로 전혀 외출을 안 하시잖아요."

"무슨 소리냐. 얼마 전에 마을 자치회 모임에도 나갔었는데."

"그게 벌써 지지난달 일이에요. 적어도 산책 정도는 하셔야지 안 그러면 다리 근력이 약해져요. 괜찮다니까요. 그 지인도 나카교구의 병원에서 나으셨대요. 뭐 대

사랑하는 사람을 떠나보낸 당신에게

단한 걸 하는 게 아니래요. 그저 조금씩 얘기를 들어주기만 하는, 무슨 요법이 있대요. 여하튼 아버님까지 우울증이라도 걸리시면 저 힘들어요. 우리 집엔 이미 방에서 안 나오는 사람이 또 있잖아요."

아유미는 눈으로 2층을 가리켰다.

그러면 자기 방에서 거의 나오지 않는 하야토야말로 멘탈 어쩌고 병원의 저쩌고 요법을 받게 해야 하는 게 아닐까.

하지만 열일곱 살 손자를 어떻게 다뤄야 좋을지 다쓰야도 알 수 없었다. 예전에는 눈치도 빠르고 영리한 소년이었다. 언제부턴가 방에 틀어박히게 되면서 지금은 그 속을 알 수 없게 되었다. 씩씩한 아유미조차도 하야토 일로 마음을 졸이고 있을 터였다.

"아버님, 한번 가보세요. 시간 때우기에도 좋잖아요."

"흐음…… 거기가 어디냐?"

"잠깐만요. 마을회장님이 적어주셨어요."

아유미는 작은 종이쪽지를 꺼냈다.

교토시 나카교구 후야초 거리로 올라가서,

롯카쿠 거리 서쪽으로 들어가서,

도미노코지 거리로 내려가서,

다코야쿠시 거리 동쪽으로 들어간다.

"이게 대체 뭔 소리냐."

"잘은 모르겠지만, 그 주변 어딘가에 있겠죠. 버스로 갈 수 있어요. 아버님, 경로우대 교통카드도 있는데 묵혀두면 아깝잖아요."

아유미는 물러설 기색이 없어 보였다. 집에만 틀어박혀 있는 시아버지의 미래가 걱정되기 때문일 터였다. 아들도 넌지시 그런 말을 한 적이 있었다. 병원 이야기도 아들 부부가 사전에 의논했을지 모른다.

한 집에 두 명의 히키코모리는 역시 감당하기 힘들 것이다. 아들 부부를 안심시키기 위해서라도 나카교구의 어쩌고 병원에 가보기로 했다.

좁고 긴 건물 안쪽으로 계단이 보여 다쓰야는 아차 싶었다.

엉망진창인 주소에 비해 병원은 의외로 금방 찾을 수 있었다. 하지만 설마 엘리베이터가 없는 5층이라고는 생각하지 못했다.

사랑하는 사람을 떠나보낸 당신에게

복도 끝에서 올려다보니 중간중간에 계단참이 있는 평범한 구조의 계단이었다.

돌아갈까도 생각했다. 하지만 몇 년 전만 해도 5층 정도는 가볍게 올라갔었다. 여기서 포기하면 자신의 노쇠함을 인정하는 게 된다.

해보자. 다쓰야는 마음을 다잡고 계단을 오르기 시작했지만, 3층 앞 계단참에 이르자 다리가 들리지 않았다. 놀랄 만큼 다리 힘이 약해져 있었다.

"……이거, 안 되겠는데."

무릎에 더는 힘이 들어가지 않는다. 무릎이 괜찮아질 때까지 잠시 쉬다가 그냥 다시 내려가는 수밖에 없다. 다쓰야는 자신이 실망스러워서 고개를 숙였다.

"뭐야? 할아버지, 왜 그러셔?"

커다란 목소리에 깜짝 놀라 고개를 드니 한 남자가 계단을 올라오고 있었다. 요란한 셔츠에 호기로운 표정. 햇볕에 검게 그을린 수상쩍은 남자였다. 남자는 순식간에 다쓰야 앞까지 와서는 버릇없는 말투로 말했다.

"할아버지, 몇 층까지 가셔?"

"그러니까, 그게 5층인데……."

"5층?"

남자의 눈이 반짝였다.

"그럼 우리 손님이시네. 5층엔 우리밖에 없거든. 내
이름은 시나 아키라, 일본의 건강을 지키는 남자지."

"어?"

설마, 이런 풍채의 남자가 병원 관계자라고? 이상한
자기소개를 듣고 나니 더욱 수상쩍게 느껴졌다.

"좋아, 내가 업어드리지."

"아니, 아니야. 무슨. 알지도 못하는 사람에게."

"사양 안 해도 돼서. 난 이 자석 목걸이 덕에, 서른일
곱이지만 몸은 이십 대라니깐요."

시나라는 남자는 그렇게 말하고 풀어헤친 가슴팍에
서 두툼한 은색 목걸이를 보여주었다.

어이쿠, 진짜 위험한 놈이었어. 무슨 요법 어쩌고가
이런 거였나.

이런 사람과는 얽히지 않는 게 좋다. 하지만 시나는
등을 내밀고 쭈그려 앉아 있었다. 그의 큰 몸집이 주는
위압감이 컸을 뿐만 아니라, 좁은 층계참에서 도망갈 곳
도 없었다. 다쓰야는 강매당할 것을 각오하고 어쩔 수
없이 시나에게 업혔다. 시나는 휘청거리지도 않고 가볍
게 계단을 올라갔다.

사랑하는 사람을 떠나보낸 당신에게

"할아버지, 몇 살이셔?"

"나, 난 일흔여덟이네."

"그럼 좀 더 노력해야겠네. 오래 살기만 하면 뭐 해. 건강해야지. 요즘 건강 제품이 판을 치지만 대부분 믿을 만한 게 못돼. 하지만 우리 자석 목걸이는 진짜야. 이걸 차면 계단도 거뜬하지. 보증기간이 무려 3년이야. 이렇게 찾아와줬으니 제일 고급 사양으로 사면 할부 수수료는 우리가 부담하지."

시나는 주절주절 떠들면서 다쓰야를 업고 5층까지 올라갔다. 숨결 하나 흐트러지지 않다니 감탄스러웠다.

1층과 마찬가지로 5층도 어두침침한 복도에 금속제 낡은 문이 늘어서 있었다. 시나는 신이 나서 가장 안쪽 사무실의 문을 열려고 했다. 명패에는 '일본건강제일안전협회'라고 적혀 있었다. 다쓰야의 목적지가 아닌 것이 분명했다.

"여기는 병원이 아닌 것 같네만?"

다쓰야가 묻자 시나의 얼굴에서 웃음기가 사라졌다. 지긋지긋하다는 말투로 말했다.

"또 병원 타령이군. 어떻게 된 거야, 대체……. 할아버지, 그거 어디서 들으셨어?"

"그게…… 마을회장 지인의, 지인의 지인이네."

"멘탈 어쩌고 하는 곳이라지?"

"응. 무슨 멘탈 어쩌고 하는 병원이 있다고."

"5층에 있는 건 우리 회사뿐이야. 당최 영문을 모르겠는데, 옆 사무실을 그 멘탈 어쩌고 하는 곳으로 착각해서 자꾸 사람들이 찾아와. 하지만 거긴 비어 있어. 들어가더라도 바로 나오셔."

"하지만."

다쓰야는 얼굴을 찡그렸다. 가짜 정보였던 걸까. 아니면 혹시 폐업했나. 시나는 의아해하는 다쓰야를 보더니 옆 사무실의 손잡이를 잡았다.

"보셔. 닫혀 있잖아. 여긴 귀신이 나오는……."

순간 손잡이를 돌리던 시나의 얼굴빛이 변했다.

"엥? 왜 돌아가는데? 안 잠갔나?"

그리고 손잡이를 당겼다. 하지만 뭔가 이상했다.

"뭐야, 이거. 문이 엄청 무겁네."

시나는 양손으로 문손잡이를 쥐고 다리를 벌려 힘을 주었다. 몸이 떨릴 만큼 힘을 주고 있는데도 문은 절반도 열리지 않았다.

"웃기지 마. 난 일본의 건강을 지키는 남자라고. 이딴

문 하나 못 열 리가 없어! 으윽!"

시나의 신음 소리가 텅 빈 복도에 울렸다. 마침내 문이 열리고, 시나는 바닥에 털썩 주저앉더니 문이 닫히지 않도록 몸으로 밀었다.

"어때? 이게 바로 우리 자석 목걸이의 힘이야."

가쁜 호흡에 어깨를 들썩이면서도 얼굴은 자신감 넘치는 미소를 짓고 있다. 다쓰야는 목을 빼고 사무실 안을 들여보았다. 조금 어두웠지만 깔끔한 실내였다. 접수처로 보이는 작은 창구에는 아무도 없었다.

"역시 병원이네."

"엥?"

시나는 주저앉은 채로 실내로 고개를 돌렸다. 그리고 크게 입을 벌렸다. 반응 하나하나가 호들갑스러운 남자다. 다쓰야는 업어주고 문을 열어줘 고맙다는 인사를 하고 안으로 들어갔다. 따라 들어오나 싶었는데, 시나는 겁에 질린 듯 입을 벌린 채 어깨를 웅크리며 문을 닫았다. 다행히 수상쩍은 목걸이는 사지 않아도 될 듯했다.

뒤에서 덜컹하는 육중한 소리가 울렸다. 그리고 슬리퍼가 바닥을 치는 타닥타닥 소리와 함께 간호사가 나타났다. 젊고 피부가 하얀 여성이었다.

"무슨 일로 오셨죠?"

"저기, 여기가 멘탈 어쩌고 하는 병원입니까?"

"멘탈 어쩌고요?"

간호사는 얼굴을 살짝 찡그렸다.

"여긴 고코로 병원입니다. 멘탈 어쩌고가 아니고요."

간호사는 병원 이름도 모르는 게 마음에 들지 않은 모양이었다. 여하튼 찾고 있던 병원이 맞는 것 같았다. 다쓰야는 쓴웃음을 지었다.

"죄송합니다. 정확하게 듣지를 못해서요. 예약도 없이 왔습니다만, 진료를 받을 수 있겠습니까?"

"환자분이시군요. 네, 들어오세요."

다행이라는 생각에 마음이 놓였다. 무거운 몸을 이끌고 일부러 온 것이다. 진료라도 받고 가야 며느리에게 면이 선다. 진료실로 들어가자 안쪽 커튼이 열리고 흰 가운을 입은 의사가 들어왔다. 온화해 보이는 청년이다.

"안녕하세요. 저희 병원은 처음이시군요. 어느 분께 듣고 오셨습니까?"

"그게······."

아까 시나라는 남자도 물었지만, 정확하게 기억나지 않았다.

사랑하는 사람을 떠나보낸 당신에게

"지인의 지인입니다만. 가보라고 한 건 며느리고요."

"그렇습니까. 새로운 환자는 받지 않고 있습니다만, 소개로 오셨다고 하니 특별히 진료해 드리지요. 성함과 나이를."

"사토나카 다쓰야. 78세입니다."

"오늘은 어떤 일로 오셨습니까."

"그게 말입니다……. 반년 전에 아내가 아무런 전조도 없이 훌쩍 세상을 떠나버렸지 뭐요. 그 뒤로 만사가 귀찮아졌다고 할까. 난 딱히 그래도 상관은 없는데, 이대로 가면 히키코모리가 되지 않을까 하고 아들 부부가 걱정하는군요."

"그러시군요."

"게다가 손자도 걱정입니다. 이제 열일곱인데 올빼미형 인간이 돼서 낮에는 방에 틀어박혀 있고, 밤이면 컴퓨터로 무언가를 하는 것 같습니다만. 학교를 가는지 안 가는지도 모르겠소. 내가 말하긴 뭐하지만, 이대로면 장래가 어찌 될지 걱정이오."

이렇게 말로 내뱉고 보니 가족이 품고 있는 문제는 심각했다. 하지만 의사의 표정을 보자 맥이 빠졌다. 의사는 가볍게 웃고 있었다.

"올빼미형이면 좋은 거 아닙니까? 밤이 더 즐거우니까요."

"즐겁다고?"

"네. 조용하고 사냥하기도 쉽고. 어두워야 더 잘 보이니까요."

의사는 정말로 즐거운 듯 말했다.

다쓰야는 고개를 갸웃했다. 의미를 알 수 없었다. 뭔가 못 듣고 놓친 게 있나. 아니면 의사로서의 견해일까.

좁은 진료실에서 의사는 컴퓨터를 향해 몸을 돌리더니 키보드를 두드리기 시작했다.

"그래도 혹시 모르니 고양이로 잠깐 찜질을 해볼까요. 지토세 씨, 고양이 데려오세요."

의사가 커튼을 향해 말하자 접수처에 있던 간호사가 들어왔다. 간호사의 두 팔에 안겨 있는 고양이를 보고 다쓰야는 기겁했다.

특대형 점박이 고양이었다. 고양이의 몸은 간호사의 두 팔 밖으로 대부분 흘러나와 있었다. 앞발과 뒷발을 쭉 뻗었고, 얼굴은 몸에 묻혔고, 두툼한 살 때문인지 무척 거북한 표정이다.

"니케 선생님! 빨리요! 무거워요! 떨어진다!"

"아, 네, 네. 하하하."

의사는 웃으면서 커다란 고양이를 받아 들었다. 아이를 안아 들듯 어깨에 고양이의 머리를 올린다.

"우와, 무겁네. 지금 몇 킬로그램이죠?"

"몰라요. 이렇게 무거운 녀석은 선생님이 직접 데리러 오세요."

어지간히 무거웠는지 간호사는 하얀 얼굴에 홍조를 띤 채로 눈을 매섭게 치켜뜨고 있었다.

"자꾸 오냐오냐하니까 이렇게 뚱뚱이가 됐잖아요. 머지않아 목걸이가 끊어질 테니 두고 보세요."

간호사는 화를 내며 나가버렸다. 의사는 고양이의 엉덩이를 톡톡 두들기며 웃고 있을 뿐이다.

다쓰야는 아직도 얼이 빠진 상태였다. 이렇게 커다란 고양이는 처음이었다. 의사가 안고 있어서 등만 보였는데, 드넓은 흰색 등에 크고 검은 얼룩점이 있었다. 기다란 다리는 마치 융단 같았다.

몇 킬로그램이나 나갈까. 의아한 표정으로 보고 있자 의사는 실실 웃었다.

"메인쿤이라는 대형묘의 피가 섞인 녀석이죠. 원래가 큰 녀석인데 보호자가 애정을 쏟는 바람에 더 커져버렸답니다. 하지만 이 정도는 돼야 효과가 좋습니다. 봅시다, 어디를 찜질할까요."

의사는 몸을 흔들어 고양이를 고쳐 안았다. 겨우 서른 살 언저리일 청년조차도 버거워한다. 십 킬로그램 정도일까, 더 나갈까 가늠하고 있었는데, 의사가 일어서더니 좁은 진료실 벽을 스쳐가며 다쓰야 뒤로 돌아왔다.

"어깨부터 할까요."

"뭐요?"

설마, 하는 순간 등 뒤로 양쪽 어깨에 고양이가 얹혔고, 주르륵 내려간 고양이는 자신의 넓적다리에 얼굴이 묻혀버렸다. 다쓰야는 바둥거렸다.

"아얏!"

"응? 여기가 아닌가?"

별안간 무게가 사라졌다.

다쓰야는 너무 놀란 나머지 눈도 깜빡일 수 없었다. 거대한 고양이가 어깨에 올려진 순간 허리가 끊어지는 듯한 느낌이 들었다. 의사는 바로 옆에서 고양이를 들고 있었다. 고양이는 마대 자루처럼 의사의 품 안에서 축 늘어져 있다.

"아픈 곳은 사실 그곳이 나빠져서가 아닙니다. 다른

곳이 긴장돼서 그곳이 아픈 거죠. 아픈 곳에 고양이를 붙이기보다는 다른 곳에 붙이는 게 좋습니다."

"고양이를 붙인다고?"

의사는 지금 무슨 말을 하는 걸까. 이번엔 또 무슨 짓을 할 작정인가 싶어 흠칫거리자, 의사는 다쓰야의 정면으로 돌아와 넓적다리 위에 고양이를 내려놓았다.

"자, 꽉 잡고 계세요."

"아니, 이보시오, 잠깐만!"

거절할 틈도 없이 의사가 손을 뗐다. 고양이는 다쓰야의 무릎 위에 엉덩이를 내리고 털썩 주저앉았다. 마치 절반으로 꺾인 방석 같았다. 황급히 두 손으로 고양이를 안아 올렸다.

"으악, 안 돼!"

고양이가, 떨어진다. 고양이가, 떨어진다.

다쓰야는 필사적으로 커다란 고양이를 그러모았다. 아직 식구들로 집안이 북적거렸을 때 마을회의 떡방아 대회에 참가한 적이 있다. 절구와 절굿공이로 제대로 친 찹쌀떡은 기계로 만든 것보다 쫀득하고 부드러워서 들어 올리면 손에서 흘러내릴 것 같았다. 떨어뜨리지 않으려고 안간힘을 쓰는 모습을 보고 주위에서 폭소를 터뜨렸다. 그 느낌이었다.

고양이를 찹쌀떡이라고 생각하자. 방금 절구로 치댄 찹쌀떡, 그 찹쌀떡의 느낌을 떠올리자.

고양이의 엉덩이가 흘러내린다. 이걸 어떻게든 수습해야 한다. 조금 전 의사가 안았던 것처럼 엎드리게 해서 안아 올릴까.

다쓰야는 고양이를 그러모았다. 두툼한 배와 등을 살살 돌려 간신히 네발을 내려뜨렸다. 양손으로 엉덩이를 단단히 쥐고 자신의 명치에 고양이의 얼굴을 올렸다. 그러는 동안에도 고양이는 언짢은 듯 입을 꽉 다물고 아무것도 하지 않았다. 자발적인 움직임 없이 완전히 몸을 맡기고 있었다.

어째서일까. 고양이 입장에서도 두툼한 뱃살이 흘러내릴 것 같으면 불안정할 터다. 그런데도 고집스럽게 움직이지 않는다. 아무것도 하지 않는다. 뭐 이런 놈이 다 있나, 당혹스러워하면서도 고양이의 배와 엉덩이를 힘겹게 고정한 후 크게 숨을 내뱉었다.

"어떠십니까. 찌릿찌릿한 느낌이 오나요?"

의사는 마주 보고 앉아서 웃는 얼굴로 물었다. 찌릿찌릿한 느낌은 접골원에서 허리에 저주파 패드를 붙였을 때 오는 느낌이 아닌가. 다쓰야는 혼란스러운 기분으로 고개를 저었다.

"그래요? 따뜻함은 느껴지십니까?"

"그건……."

듣고 보니 고양이의 온기가 옷을 타고 전해졌다.

덩치만 큰 게 아니라 털도 상당히 길었다. 귀는 예리한 각도의 삼각형이었고 바깥쪽뿐만 아니라 안쪽에도 긴 털이 자라 있다. 귀 끝은 붓처럼 털이 서 있다. 고양이 귀는 그저 얇은 삼각형의 피부라고 생각했는데 이렇게 가까이서 보니 자신과 마찬가지로 귓속 털이 촘촘했다.

아니, 같은 귓속 털이라고 해도 자신의 것과는 달랐다. 자신의 귓속 털은 이렇게 가늘고 부드럽지 않다. 동물의 귓속 털을 보고 귀엽다고 생각하게 될 줄은 몰랐다.

따뜻하고 귓속 털이 귀여운 생명체.

다쓰야는 솔직하게 고개를 끄덕였다.

"그러면 잠시 그 상태로 있죠. 그러니까, 뭐라고 하셨죠? 반년 전에 부인께서 돌아가셨다고 하셨죠. 그 뒤로 만사가 싫어졌고, 폭음, 폭식, 상습적인 클레임, SNS에서의 쓸데없는 시비, 초인종 누르고 도망가기, 빈 깡통 차기……."

"이보시오."

듣다 보니 황당했다.

"대체 무슨 말씀인지. 전부 아니오만."

"아, 그렇습니까? 반년 전에 부인이 돌아가셨다고."

"그건 맞소. 아내가 지주막하출혈로 갑자기 쓰러졌고, 그대로 세상을 떠났소. 정말 순식간의 일이라서, 그래서 지금도 실감이 나지 않는다오."

"실감은 하시는 거죠. 세상만사가 귀찮아지고 싫어지셨으니."

"내 얘기를 제대로 듣고 있소?"

"하하하."

의사는 웃고 있었다.

"있던 사람이 없어졌고, 남은 사람에게 변화가 있다면 분명히 이유가 있습니다. 사람들은 히키코모리를 나쁜 것처럼 말하지만, 제가 보기에는 전혀 나쁘지 않습니다. 좋아서 틀어박혀 있는 것이니까요."

"좋아서 틀어박혀 있는 게 아니라오. 아니, 난 좋아서 빈둥대는 게 맞지만, 세상에는 밖으로 나가고 싶어도 나가지 못하는 사람이 많소."

"자물쇠가 걸려 있다거나?"

"뭐요?"

"우리에 자물쇠가 걸려 있다거나?"

의사는 부드럽게 미소 짓고 있었다. 웃고 있는데도 그 웃음에 어떤 감정이 들어 있는지 보이지 않는다. 조금 오싹한 기분이 들어 어깨를 움츠리자, 고양이가 그 움직임을 느꼈는지 고개를 들고 다쓰야를 보았다.

깊숙한 털과 지방에 파묻혀 있어 몰랐는데, 고양이는 닳고 닳은 분홍색 목걸이를 하고 있었다. 꽤 오래된 듯 보였다.

아까 간호사의 말처럼 고양이는 살이 너무 쪄서 목걸이가 꽉 끼었다. 너무 조이면 위험하지 않을까.

"이 고양이……. 고양이에 대해 잘 모르지만, 목걸이가 너무 끼는데 괜찮은 거요?"

"그래요? 어디 보자."

의사가 몸을 내밀며 말했다. 품에 뛰어들 수 있을만큼 가까운 거리다.

"아, 진짜네요. 이제 거의 한계군요. 그럼 벗겨줄까."

그렇게 말하고 고양이의 목덜미 털 속으로 손을 넣었다. 수의사처럼 동물을 다루는 데 무척이나 능숙한 의사다. 평범한 벨트식 목걸이여서 구멍에서 핀을 뽑아 버클을 벗겼다. 고양이 목에는 흔적이 남아 있다. 불편하지는 않았을까 생각했지만, 고양이가 부르르 목을 흔들자 이내 긴 털 속으로 흔적이 사라졌다. 그리고 다시 뚱한 얼굴이 되었다.

"사람을 잘 따르는 고양이구려. 싫어하지도 않고."

"싫어하는 것조차 귀찮은 겁니다. 진짜 귀차니즘은 이런 것이죠."

"그렇군요……."

묘하게 설득력이 있었다. 이 고양이에 비하면, 자신은 훨씬 많이 움직인다. 타인이 자신의 엉덩이를 그러모으기 전에, 스스로 고쳐 앉을 터였다.

정신을 차리고 보니, 다리의 감각이 둔해진 채 욱신거리고 있었다. 커다란 고양이는 십 킬로그램은 훌쩍 넘을 듯했다.

"저기, 이제 다리가 좀 아픕니다만."

"찌릿찌릿한가요?"

"그런 게 아니라, 그저 무거워서 쥐가 났을 뿐이오."

"하하하. 그러니까, 손자분은 어떻다고 하셨죠? 야행성으로 변했다면 어두운 곳에서도 잘 보이도록 망막에 반사판이 있으면 좋습니다. 작은 빛도 반사하는 걸로요.

그거, 아주 잘 보인답니다. 빛이 증가해서 보이는 거죠. 손자분에게도 얘기해주세요. 아주 유용하다고요."

의사의 말은 어디까지가 진심인지 알 수 없었다. 모든 게 농담일까, 아니면 이것도 무슨 요법의 하나일까.

다쓰야는 진지한 얼굴로 대답했다.

"아니오, 우리 손자는 콘택트렌즈를 껴서 그런 건 할 수 없을 거요."

"이런, 안타깝네요. 꽤 편리한데. 사람들은 야행성이 나쁜 것처럼 말하지만, 그렇지 않습니다. 보지 않아도 되는 건 안 볼 수 있고, 반드시 보아야 하는 것만 눈에 들어오죠. 아주 작은 빛으로도 밤길을 걸을 수 있는 고양이처럼 말이죠."

"작은 빛……."

"손자분께는 아주 작은 빛도 닿지 않습니까? 전혀? 완전히 암흑?"

대답할 말이 없었다.

하야토 주위는 암흑일까. 만약 그렇다면 할아버지로서 자신이 할 수 있는 일은 없을까. 고양이처럼 아주 작은 빛으로도 걸을 수 있을 만큼의 강인함이 있을까. 내려다보니 고양이의 눈은 무척이나 신비했다. 입체적이면서 절반은 액체처럼 보였다.

"고양이 눈은 꼭 미즈만주˙ 같군요."

"미즈만주?"

의사가 살짝 웃음을 터뜨렸다.

"미즈만주는 처음 들어보네요. 탱글탱글한 만주 말이죠? 맛있나요?"

"네. 투명하고 팥소가 들어 있죠. 난 좋아하오만."

다쓰야는 고개를 숙였다. 다리의 감각이 완전히 없어졌다. 이제 한계였다.

"더는 안 되겠소. 고양이 좀 치워주시오."

"그런 것 같군요. 좀 풀렸나요?"

풀리기는커녕 다리가 막대기 같았다. 하지만 쓸데없는 말을 했다가는 또 무슨 짓을 할지 모른다. 저린 것을 꾹 참고 고개를 끄덕이자 의사는 양손으로 고양이를 들어 올렸다. 온기가 사라짐과 동시에 멈춰 있던 혈류가 한꺼번에 흐르자 참기 힘든 통증이 느껴졌지만 다쓰야는 아무렇지 않은 척 참았다.

"자, 고생했다. 지토세 씨, 고양이 데려가요."

• 갈분으로 만든 만주로 반투명한 질감이 특징이다.

의사의 말에 커튼이 열리고 간호사가 들어왔다. 간호사는 양팔로 고양이를 힘겹게 안아 올리고 안쪽으로 데려갔다.

다쓰야는 한참을 움직일 수 없었다. 이를 악물고 통증을 견뎠다. 조금 괜찮아진 듯해서 고개를 들자, 의사는 그 자리에서 입을 벌리고 자고 있었다.

"……선생님?"

의사는 불러도 잠에서 깨지 않았다. 조그맣게 코 고는 소리까지 들렸다. 이런 의사는 처음이었다. 이런 병원도, 이런 요법도.

천천히 일어나서, 아직 제대로 굽혀지지 않는 다리를 이끌고 한 걸음씩 움직여 간신히 진료실을 나왔다. 비틀거리며 접수처 앞을 지나갔지만 아무도 없었다.

무슨 이따위 병원이 다 있지? 다시는 오나 봐라.

비틀대며 나가려는데 접수처의 작은 창문에 간호사가 나타났다.

"잊으신 물건이요."

그렇게 말하면서 내민 것은 조금 전의 분홍색 목걸이였다. 가죽 표면에 균열이 생겼고 버클 구멍은 늘어나 있었다. 다쓰야는 눈을 끔벅였다.

"아니요, 이건 제 물건이 아닙니다만."

"잊으신 물건이요."

"이건 아까의."

"잊으신 물건이요."

"아까 그 고양이의."

"잊으신 물건이요."

간호사의 대답은 쌀쌀맞았다. 내민 목걸이를 거둬들이려고도 하지 않고 무서운 눈빛으로 압박을 가했다.

이 병원은 대체 뭐지. 다쓰야는 오싹한 기분으로 목걸이를 받아 곧바로 주머니에 넣었다. 우물쭈물하다가는 또 고양이를 붙인다고 덤빌 것 같았다. 재빨리 문을 열고 복도로 나오자, 문이 닫히기 직전에 등 뒤로 목소리가 들렸다.

"쾌유를 빕니다."

"아야야얏!"

벌써 두 번째였다.

다쓰야는 이부자리에서 벌떡 일어나, 오른쪽 엄지발가락을 양손으로 잡아당겼다.

"또 쥐가 나다니. 아얏!"

사랑하는 사람을 떠나보낸 당신에게

조금 전에는 왼쪽 다리, 이번에는 오른쪽 다리였다. 자다가 갑자기 다리에 쥐가 나는 바람에 놀라서 깼다. 다쓰야는 장딴지를 주무르면서 이를 갈았다. 분명 그 병원에서 오랫동안 고양이를 올리고 있었기 때문이다. 밤이 되자 혈류가 막혀 근육이 비명을 내질렀다. 통증은 가라앉았지만, 다시 다리의 감각이 둔해졌다.

"이거 안 되겠는데."

다쓰야는 옆에 두었던 옷으로 갈아입고 방을 나왔다. 다리를 움직이지 않으면 경련이 올 것 같았다. 거실에서는 불빛과 텔레비전 소리가 새어 나오고 있었다. 아직 밤 아홉시지만, 노인의 산책 시간으로는 너무 늦다. 아들 부부에게 쓸데없는 걱정을 끼치지 않으려고 살며시 집을 나왔다.

하늘은 어두컴컴했고, 가로등이 드문드문 길을 비추고 있었다.

주택가라서 신호등도 없고 낮에도 차량 통행이 적었다. 아내 메이코가 살아 있을 때는 저녁에 같이 산책을 했었는데, 해가 질 무렵이면 어두컴컴해서 주변이 잘 보이지 않았다. 완전히 어둠이 내리면 오히려 거리가 밝아서 눈을 찡그릴 일도 없다.

밤에 밖을 걷는 게 얼마 만일까. 훤히 알고 있는 길이라 불안하지는 않았다. 걷다 보면 다리도 풀릴 것이다. 이상한 병원에 가느니 이렇게 밤 산책을 하는 게 훨씬 나을 듯했다. 적당히 운동도 되고 기분 전환도 된다. 밤에는 그때가 떠오르지 않는다.

다쓰야는 걸음을 멈췄다. 근처에서도 제법 큰길에 속하는 곳이다. 아무도 없는 도로가 뻗어 있다.

아, 그랬지.

메이코와 둘이서 느릿느릿 걷던 길이었다. 딱히 이야기를 나누지도 않았고 경치를 즐긴 것도 아니었다. 그저 건강을 위한 일과였다.

그래도 매일 보던 풍경이었다. 거기에 아내만 없다는 사실을 깨닫는 것이 싫었다. 혼자가 되었다고, 주변에서 연민의 눈으로 보는 것도 거부감이 들었다.

갑자기 실감이 났다. 아내는 죽었다.

한참을 그 자리에 우두커니 서 있던 다쓰야는 그대로 집을 향해 발길을 돌렸다. 그때였다. 바로 옆에 있던 게시판이 불현듯 눈에 들어왔다. 마을마다 설치된 공공기물로 자치단체의 공지사항과 홍보 포스터 등이 붙어 있었다. 가로등 아래에 있어서 그럭저럭 내용은 보였다.

사랑하는 사람을 떠나보낸 당신에게

다쓰야는 한 장의 게시물을 뚫어지게 보았다.

"할아버지?"

갑자기 들려온 목소리에 돌아보니 놀랍게도 손자 하야토가 자전거에 걸터앉아 있었다.

"거기서 뭐 하시는데?"

하야토는 자전거에서 내려 옆으로 다가왔다. 귀에는 이어폰, 한 손에는 스마트폰, 등에는 커다란 배낭. 어딘가 다녀오는 길인 듯했다.

"너야말로 어쩐 일이냐."

"학교 갔다 오는 길이죠. 할아버지, 이렇게 늦은 시간에 돌아다니면 위험하지 않아?"

하야토는 의아하다는 얼굴로 어린아이처럼 물었다. 매일 몇 마디의 말은 나누지만, 제대로 대화를 하는 건 오랜만이었다.

"학교라니. 너, 학교 다니냐?"

"당연히 다니죠. 야간이지만."

"언제부터냐?"

"예전부터 다녔어."

하야토는 의아한 표정으로 다쓰야가 아까부터 응시하고 있던 게시물에 시선을 옮겼다.

"이게 뭔데? 뭘 보고 있었어요?"

"어? 그래, 하야토, 이 전단지가 언제부터 붙어 있었는지 아나?"

"몰라요. 게시판이 있는지도 몰랐는걸."

하야토가 게시판에 얼굴을 가까이 댔다.

"고양이 찾는 전단지네. 근데 왜요?"

"흐음."

다쓰야는 하야토와 나란히 서서 게시판을 보았다.

잃어버린 고양이를 찾는 전단지였다. 손글씨 위에 사진을 직접 붙였는데, 다쓰야가 보기에도 완성도가 떨어졌다. 반려인의 이름과 전화번호가 적혀 있다.

"할아버지, 이 사람을 알아요?"

"응. 얼굴이랑 이름만 알아. 이웃 마을에 사는 와타나베 씨 부부야. 나보다 조금 어릴걸."

"흐음. 고양이를 찾는 거면 SNS에 올리는 게 좋을 텐데. 방법을 모르시나. 이런 게시판에 붙여두면 누가 본다고."

"어디서 본 적이 있는데……."

"응?"

"이 고양이 알아."

사랑하는 사람을 떠나보낸 당신에게

사진 속 고양이는 틀림없이 고코로 병원에서 다쓰야의 다리에 쥐가 나게 만든 거대 고양이다.

언짢은 표정. 흰색과 검은색의 얼룩무늬에 긴 털. 뒷발을 아무렇게나 내던진 채 바닥에 엉덩이를 대고 앉아 있다. 크기도 똑같았다. 전단지에는 손글씨로 '이름 : 미치코 씨'라고 적혀 있었다. 잃어버렸을 때 차고 있던 분홍색 목걸이에 대해서도 적혀 있었다.

하야토는 전단지를 보고 슬며시 웃었다.

"여기, 미치코 씨라고 적혀 있는데, 일부러 '씨'를 붙인 건가. 부를 때도 역시 '미치코 씨'라고 부르겠죠?"

"그야 그렇겠지."

"수수한데. 그래서 더 멋있어. 할아버지, 이 고양이를 어디서 봤어요?"

"병원. 병원에 있었어."

"그렇구나. 찾아서 다행이네. 얼른 주인에게 알려주세요."

"그럴까. 병원 주소를……."

다쓰야는 문득 불안해졌다. 그 병원의 기이한 의사와 간호사가 정상적으로 응대해줄까. 찜질팩이나 저주파 치료기라고 억지를 부리며 고양이를 돌려주지 않는 건 아닐까.

"……아니다. 내일 내가 가서 확인해보고 오마."

다쓰야의 말에 하야토는 얼굴을 살짝 찡그렸다.

"주인이 가면 되는 거 아냐?"

"만약 아니면 실망할 거 아니냐."

"하지만 할아버지가 봐도 이 고양이가 맞는지 아닌지 모르잖아요. 주인이 보는 게 확실할 거 같은데."

"아니야. 괜찮아."

다쓰야는 고집을 부렸지만, 하야토는 수긍하지 못했다. 결국 병원에는 두 사람이 같이 가기로 했다.

다음 날 아침, 두 사람이 외출하려고 하자 아유미는 현관 앞에서 눈을 동그랗게 떴다.

"하야토, 이렇게 일찍 나가려고? 할아버지랑 같이?"

"응."

하야토는 아무렇지 않은 얼굴로 신발을 신었다. 아유미의 표정으로 보건대, 하야토가 아침에 외출하는 것이 상당히 드문 일인 듯했다. 걱정이 아니라 감동을 하고 있는 아유미의 배웅을 받으며 두 사람은 집을 나왔다. 병원은 같은 구에 있어서 버스로 금방 갈 수 있다. 손자와 단둘이 외출하는 기분이 신선했고 조금 긴장도 되었

사랑하는 사람을 떠나보낸 당신에게

다. 버스에 타자 다쓰야는 빈자리에 하야토를 앉히려고
했다.

"할아버지, 반대거든."

하야토가 옛날과 똑같이 귀엽게 웃었다. 웃는 모습은
어렸을 때와 조금도 변하지 않았다. 앞으로 자신이 손자
의 보호자가 될 일은 없겠구나 하고, 다쓰야는 흔들리는
버스 좌석에 앉아 생각했다. 어느새 하야토는 사춘기의
기로를 지나 어른이 되어 있었다.

야간학교에는 언제 입학했을까.

언제까지 밤낮이 바뀐 생활을 계속하려는 걸까.

평범한 인생과는 다른 삶을 걷기로 결정한 걸까.

버스 창밖을 바라보며 멍하니 그런 생각을 하다가, 문
득 그 의사가 했던 말이 떠올랐다. 아주 작은 빛만으로
도 밤길을 걸을 수 있는 고양이. 작은 빛만 있어도 고양
이는 걸을 수 있다.

"하야토."

"네."

하야토는 좌석 옆에 서서 스마트폰을 보고 있었다.

"어젯밤에 밤을 걸어봤는데 제법 걸을 만하더라."

"응."

"야행성이 꼭 나쁜 건 아닌지도 모르겠구나. 어둠 속에서는 쓸데없는 걸 보지 않아도 되고."

"오."

"그래. 밤에 다니는 학교도 괜찮을 것 같다. 그것도 인생이지."

"그럴까요."

하야토는 스마트폰에 집중하고 있었다. 다쓰야와 아유미에게는 하야토의 미래가 힘들어 보이지만, 하야토에게는 달리 비교할 것이 없다. 낮의 고양이든, 밤의 고양이든 행동하는 시간은 스스로 결정하는 것이다.

두 사람은 오이케 거리에서 내렸다. 격자처럼 좁은 길에는 노선버스가 들어가지 않는다.

"할아버지, 병원이 있는 거리 이름이 뭐야?"

"후야초 거리나 도미노코지 거리. 거기서 롯카쿠 거리나 다코야쿠시 거리로 꺾으면 돼."

어림잡아 300미터 정도, 걸어서 5분 거리다.

분명 그랬었다.

"어라? 길을 잘못 들었나."

다쓰야가 앞장서서 걸었지만, 어디에도 어제의 골목길이 보이지 않았다. 한 바퀴를 돌고 두 바퀴를 돌아서

야 간신히 후야초 거리에서 찾았다. 어제의 건물과 똑같은 외관이었다.

하지만 달랐다. 병원이 있던 건물은 좀 더 안쪽에 있었다. 어리둥절한 표정으로 건물을 올려다보는 다쓰야가 이상한지 하야토가 물었다.

"할아버지, 왜 그래? 여기가 아니야?"

"아니, 여기가 맞는데, 여기가 아니야."

좁은 5층 건물. 낡은 명패에는 '나카교 빌딩'이라고 적혀 있었다. 열려 있는 출입구 틈으로 조심스럽게 들여다보니, 복도 끝에 계단이 있었다. 그 점도 똑같았다.

"오옷! 어제 그 할아버지네?"

커다란 목소리에 놀라서 돌아보니 남자가 웃는 얼굴로 걸어오고 있었다. 화려한 셔츠에 검게 그을린 얼굴. 수상쩍은 목걸이 회사의 사장.

"일본의 건강을 지키는 남자……."

"맞아. 사장인 시나 아키라. 할아버지, 뭐야. 역시 우리 자석 목걸이를 갖고 싶었던 거네? 오, 오늘은 가족을 데려오셨군. 상관없어, 상관없어. 비싼 물건이니 가족의 동의가 있는 편이 나중에 문제가 안 생겨서 좋아."

커다란 목소리도 위압감도 어제와 마찬가지로 장난

이 아니다. 이 남자가 실재하는 걸 보면 역시 꿈이나 헛것을 본 게 아니다. 그 의사와 간호사도, 거대 고양이 미치코 씨도 이곳에 있는 것이다.

다쓰야는 건물 안으로 들어갔다. 당황한 듯한 하야토도 뒤를 따라왔다. 낮인데도 어두컴컴한 복도, 늘어선 문도 똑같았다. 다쓰야는 계단을 앞에 두고 기합을 넣었다.

하지만 발을 내딛으려는 순간 시나가 막아섰다.

"으쌰! 할아버지, 오늘도 내게 맡기셔."

"네? 아, 아니. 난."

"사양 안 하셔도 돼. 난 고령화사회와 싸우는 남자거든. 젊은 놈이 노인을 업어주는 건 당연한 일이야. 알겠나, 소년?"

시나가 말을 시켜도 하야토는 모른 척이다. 좁은 복도에서 더는 입씨름을 할 수도 없어서, 어쩔 수 없이 다쓰야는 다시 시나의 등에 업혀 5층으로 옮겨졌다. 대단하게도 시나는 호흡 한 번 흐트러지지 않았다. 뒤따라온 하야토의 호흡이 거칠었다.

"하하하! 소년, 너한테도 우리 자석 목걸이가 필요하겠어. 우리 물건은 고가품이라서 미성년자는 부모의 동의가 필요하지만, 괜찮아. 모델 변경 전의 옛날 건 아주

싸거든."

하야토는 여전히 대꾸하지 않았다.

"할아버지, 여기에 병원이 있어요?"

"응. 안쪽에서 두 번째야."

"뭐야! 또 병원 타령이야?"

시나는 호들갑스럽게 몸을 뒤로 젖혔다.

"잠깐만! 할아버지, 목걸이 사러 온 거 아니었어?"

"아니, 아직은 필요 없소. 오늘은 이곳에 있는 고양이를 보러 온 거요."

다쓰야는 눈짓으로 안쪽에서 두 번째 문을 가리켰다. 그러자 시나의 표정이 날카로워졌다.

"고양이라니."

목소리가 달라졌다. 눈빛이 험악해서 마치 다른 사람 같았다.

"이 건물에는 병원도 없고 고양이도 없어. 거긴 빈 사무실이야."

"하지만 어제 당신이 문을 열어주지 않았소."

"그건 뭔가 착각이야. 나를 이상한 일에 끌어들이지 마셔."

시나는 그렇게 말하고 병원 문 앞에 섰다. 옆에서도

들릴 정도로 거칠게 숨을 쉬며 문고리를 잡았다. 왜 저렇게까지 흥분하는지 다쓰야는 의아함에 고개를 갸웃했다. 옆에서 하야토도 마찬가지로 고개를 갸웃하고 있었다.

"이얍!"

기합 소리와 함께 문손잡이의 금속음이 복도에 울렸다. 문이 잠겨 있었다. 그러자 시나가 갑자기 만면에 웃음을 띠며 아이처럼 손잡이를 찰칵찰칵 돌렸다.

"자, 보라고! 여기엔 아무도 없잖아!"

"휴무일 아냐?"

하야토가 작은 목소리로 말했다.

"아니! 몇 년 전부터 이 사무실은 임차인이 계속 바뀌었어. 귀신 들린 사고 물건이거든."

시나는 문에서 떨어지더니 기이하다는 듯 한숨을 내쉬었다.

"그쪽에서 먼저 말했으니까 알려줄게. 꽤 오래전에 이 사무실에서 고양이 번식업을 했었어. 브리더라고 하지. 하지만 엉성한 운영으로 파산해버렸고 사장이 도망간 모양이야. 고양이를 이곳에 버려둔 채."

"그러니까……."

지금까지 담담히 듣고 있던 하야토가 처음으로 혐오감을 얼굴에 드러냈다.

"이곳에 갇혀 있었다는 뜻?"

"맞아. 듣기로는 사장이 도망간 후에도 수많은 고양이가 남겨져 있었대. 직원들이 열심히 입양처를 찾았지만 그래도 몇 마리는 남겨졌고, 결국 우리에 갇힌 채 아무도 찾아오지 않게 되었지. 그게 무슨 의미인지 알겠지. 난 고양이를 키운 적도 없고 관심도 없지만, 상상만으로도 가슴이 아파. 여기 건물주도 생명을 취급하는 세입자는 이제 절대 받지 않겠다고 하더군. 키우는 것도 금지래. 그러니까 이곳에 고양이는 없어. 할아버지, 정말로 이곳에서 고양이를 봤다면 그건 뭔가 다른 존재일 거야. 해를 끼치는 존재는 아닐지 모르지만 얽히지 않는 게 좋아. 잊어버리셔."

시나는 그렇게 말하고는 가장 안쪽에 있는 사무실로 들어갔다. 수상쩍은 남자지만 거짓말을 하는 것 같지는 않았다.

"할아버지."

"흐음…… 하지만 이건 진짜야."

다쓰야는 주머니에서 분홍색 고양이 목걸이를 꺼냈

다. 의사가 고양이 목에서 벗긴 목걸이였다. 고양이의 중량감도 따뜻함도 선명하게 기억한다. 그 고양이가 전 단지의 실종된 고양이라면 여기서 포기할 수는 없었다.

하야토는 이미 흥미를 잃었는지 다시 스마트폰에 집 중하고 있었다. 두 사람은 건물을 나왔지만, 역시 골목 길이 아니었고 출입구는 후야초 거리 도로변에 있었다. 그 건물을 찾아야 한다. 기묘한 병원이 있는 그 건물을.

"할아버지."

"그래, 안다. 넌 이제 그만 돌아가도 돼. 밤에는 학교 가야지."

"그 고양이, 찾은 것 같은데?"

"뭐?"

하야토가 스마트폰을 내밀었다. 다쓰야는 돋보기를 끼고 화면을 보았다. 화면에는 그 병원에 있던 고양이가 있었다. 언짢은 표정으로 앉아 있는 모습도 전단지와 똑 같았다. 게다가 분홍색 목걸이를 하고 있다.

"이게 뭐지? 어찌 된 거냐?"

"SNS에 '길 잃은 고양이' 태그를 넣어 검색했더니 나 왔어. 두 달 전에 사가현에서 주웠고, 현지 경찰에 신고 했대. 지금까지 보호하고 있는지는 모르겠어. DM 보내

사랑하는 사람을 떠나보낸 당신에게

볼게."

하야토가 하는 말의 절반 이상은 이해할 수 없었다. 하지만 사가현에서 고양이를 보호하고 있다는 것만은 알아들었다.

"그 사람 전화번호도 나와 있냐?"

"전화번호는 없어…… 아, 답장이 바로 왔네. 아직 보호하고 있대. 진짜인지 확인하기 위해 경찰에 연락할 테니 사진을 보내달라는데. 흐음, 그런 거구나."

"사진? 와타나베 씨에게 빌려 올까?"

"그 전단지 사진 찍어뒀으니까 그걸로 보낼게요. 그냥 근처 게시판에서 봤다고 했어. 그게 사실이기도 하고 어설프게 둘러대는 것보다는 나을 거야. 아, 답장 왔다. 그 고양이가 맞는 것 같대. 할아버지, 어떡할래요?"

다쓰야는 상황 파악이 되지 않아 대답할 수 없었다.

"어떻게 하면 좋겠냐?"

"주인인 와타나베 씨에게 연락해서 직접 데려오라고 할까요? DM 반응을 보니 좋은 사람 같아서 맡겨도 될 것 같긴 하지만."

"DM?"

"직접 대화할 수 있는 메일."

하야토는 무표정하게 말했다. 할 수 있는 만큼 노력한 다음엔 다쓰야의 의사를 존중하고 있다.

다쓰야는 생각했다. 확실히 그만 손을 떼도 될 것 같다. 이웃이라고는 해도 거의 교류도 없는 사이다. 성가시고 귀찮기도 했다.

고양이도 잘 모르겠다. 그저 크고 따뜻했다. 키우고 싶은 마음도 없었다. 고양이를 좋아하냐고 묻는다면 그렇지 않다고 대답할 것이다.

귀찮아지는 것도 번거로워지는 것도 자신의 선택이다. 다쓰야는 자물쇠가 잠긴 우리에 갇혀 있는 것이 아니라, 자유로운 몸이다. 고양이를 좋아하지 않는 것도 사실이다. 전혀 비난받을 행동이 아니다. 그 모든 것을 감안한 상태에서 선택했다.

"내 눈으로 직접 확인해야겠다. 와타나베 씨에게는 그 후에 말하기로 하고."

"그래요? 그럼 나도 같이 갈게. 일단 보게만 해달라고 부탁할게요."

하야토의 행동은 재빨랐다. 고양이를 보호하고 있는 사람과 바로 연락해서 오늘 만나기로 약속을 잡았다. 사가현으로 향하는 전철 안에서 하야토가 스마트폰을 보

사랑하는 사람을 떠나보낸 당신에게

여주었다. 임시로 보호하고 있는 사람이 올렸다는 고양이의 동영상이었다. 마치 카펫처럼 발라당 누워 있는 고양이의 배를 여러 사람의 손길이 쓰다듬고 있었다. 그 의사가 말한 대로 소중한 보살핌을 받는 듯했다.

"이 사람의 SNS에 교토 고양이 보호 센터 관계자가 답글을 달았어. 고양이를 주웠을 때는 보건소, 지자체, 경찰에 연락해달라고."

"근데 보건소에 연락하면 데려가버리는 거 아니냐?"

"유실물로 신고서를 제출하면 데리고 있을 수 있나 봐요. 자세하게 설명되어 있어."

하야토가 보여준 스마트폰 화면에는 부센터장인 가지와라라는 이름으로 댓글이 적혀 있었다. 하지만 스마트폰에 익숙하지 않은 다쓰야에게는 글자가 너무 작아서 초점이 맞질 않았다. 돋보기를 앞뒤로 움직이는 할아버지를 보고 하야토가 웃었다.

"고양이를 잃어버린 쪽에서도 마찬가지로 지자체 같은 곳에 연락해두었다면 좀 더 빨리 찾을 수 있었을 텐데. 와타나베 씨는 게시판에 전단지만 붙인 거죠? 인터넷으로 검색해보면 이렇게 찾는 법을 알려주는 사람도 있는데."

"그런 걸 생각 못 하니까 노인인 거야. 나였어도 근처 게시판이나 전봇대에 전단지를 붙이는 것 외에는 못 했을 게다."

"그 전단지에 전화번호밖에 없었지."

하야토는 그렇게 말하고 팔짱을 낀 채 창밖을 보았다. 교토역에서 동쪽으로 향하는 지선이다. 비와코 호수가 보였다. 다쓰야는 오랜만에 먼 곳까지 나가고 있었다.

손자와 둘이서, 고양이를 만나러.

***

"아버님, 마을회 임원직 맡기로 하셨어요?"

"응."

다쓰야는 식탁에 펼쳐놓은 수많은 서류 앞에서 팔짱을 낀 채 어디부터 시작해야 할지 고민하고 있었다. 이미 마을회장을 만나서 인계받은 서류였다. 노령화된 마을회에서는 늘 사람이 부족했고, 다쓰야는 큰 환영을 받았다.

"받아들이긴 했는데, 방재위원장, 부총무, 그리고 지역위원까지, 일을 세 개나 맡길 줄은 몰랐어. 뭐, 천천히 하면 되겠지."

"어머나, 세 개나요?"

아유미는 기쁜 듯, 걱정스러운 듯 복잡한 표정이었다.

다쓰야 자신도 의욕이 과하다 보면 제대로 해내지 못한다는 것은 알고 있다. 78세다. 무리하면 안 된다.

"그런 걸 좀 더 디지털화하면 어때요?"

고개를 드니 방금 일어났는지 부스스한 머리의 하야토가 앞에 앉았다. 색이 바랜 종이 파일을 집어 들었다.

"이런 거 실제로 보지도 않잖아요. 아카이브하고 종이는 처분하면 될 텐데."

"그런 알 수 없는 걸 하면 노인들은 따라가질 못해."

"다음 세대에 넘겨주기 위해서도 불필요한 서류 문화는 줄이는 게 좋아요. 잃어버리는 게 아니라 우리와 융합하는 거죠."

"뭐라는지 모르겠다."

다쓰야는 건성으로 듣고 있었다. 이해가 되지 않아서 귀에 들어오지 않는 것이다. 하야토는 졸린 듯 웃었다.

"저번의 그 게시판 보고 나중에 생각했어요. 역시 아날로그식 게시판은 필요하겠어요. 디지털에 약한 사람도 아직 많으니까. 하지만 전단지만 붙였다면 미치코 씨는 찾지 못했을걸요. SNS만 했다면 주인이 못 봤을 거고. 그러니까 양쪽을 잇지 않으면 안 되죠."

"흠, 여전히 모르겠구나."

"나랑 할아버지를 잇는다고 생각하면 돼. 학교에서 그런 이노베이션을 다루고 있는데, 우리 마을회를 모델로 하려고요."

"무슨 말인지 모르겠다. 그 장부 가질래?"

"네, 네."

하야토는 웃고 있었다.

세대 간에는 수많은 말과 감성이 엇갈린다. 이해하기 쉽지 않다. 아유미는 아직도 하야토가 절반은 히키코모리라 하고, 하야토도 다쓰야의 밤 산책을 반대한다. 다쓰야도 혁신적인 것은 달갑지 않다.

하지만 일흔여덟이 돼서 처음으로 이해를 넘어선 신비한 경험을 했다. 사가현까지 가서 확인한 고양이는 역시 병원의 그 고양이였다. 임시 보호 중인 가족의 안주인은 커다란 가마니를 안듯 미치코 씨를 데려왔다. 축처진 채 안겨 있는 모습이나, 불손한 표정으로 움직이려고도 하지 않는 태도도 완전히 똑같았다. 비와코 호숫가에서 가족이 바비큐를 하던 중, 느릿느릿 걷고 있던 미치코 씨를 아이가 발견했다고 한다. 목걸이를 하고 있어서 경찰에 신고했지만, 다른 지역으로는 그런 정보가 공유되지 않는다. 며칠 후면 미치코 씨의 보호 기간이 끝나 임시 보호자의 고양이가 될 참이었다.

엄마와 아이는 울고 있었다. 그만큼 애정을 쏟았던 것이다. 그리고 다쓰야가 분홍색 목걸이를 보여주자, 어제까지 분명히 차고 있었다며 놀라워했다. 보호하는 동안 한 번도 다른 곳에 맡긴 적이 없었고, 계속 집에서 뒹굴거렸다고 했다. 병원 이름도, 주소도 들어본 적 없다고 했다.

모든 것이 진짜이면서, 어떤 것은 환영일 거라고 다쓰야는 생각했다. 안주인이 유난히 고코로 병원에 흥미를 보였고, 어디선가 바람결의 소문을 듣게 될 것 같았다. 누군가가 병원을 찾아갔을 때 문은 열릴까. 자석 목걸이의 남자처럼 필사적이지 않으면 안 열리는 것일까.

수상쩍은 남자였지만, 나름 친절했다. 풍문을 따라 찾아온 누군가에게 자석 목걸이가 팔리면 좋겠다고 생각했다.

그리고 조만간 와타나베 씨 집에 가서 미치코 씨의 사진을 찍을 것이다. 미치코 씨를 보호해주었던 그 집에,

건강하게 지내고 있다고 보내줄 생각이었다.

　다쓰야는 지금 스마트폰 사용법을 배우고 있다.

　　　　　　　　사랑하는 사람을 떠나보낸 당신에게

제3화 하고 싶은 말이 있는 당신에게
고양이를 처방해 드립니다

대학 수업이 끝나고 집에 오니 바로 느낌이 왔다. 주방에 서 있는 엄마의 뒷모습이 들떠 있다.

위험한데. 레오나는 스마트폰으로 오빠와 주고받은 메시지를 확인했다. 이미 읽은 상태였다. 하지만 오빠는 엄마에게 연락하지 않은 것이다.

"엄마."

마지못해 엄마를 불렀다. 엄마는 새우 살에 튀김옷을 입히는 데 열중하고 있었다.

"아, 왔니? 조금 있으면 오빠 온다니까 그때까지 조금만 기다려라. 따뜻하게 먹이고 싶어서 그래."

목소리의 톤이 전혀 다르다. 가스레인지 옆에는 새우 외에도 튀김 재료가 가득했다. 그 밖에도 오빠가 좋아하는 음식이 냉장고에 가득할 것이다. 엄마의 들뜬 모습에 실망하면서도 어쩔 수 없이 말한다.

"오빠, 오늘 못 온대."

그러자 엄마가 주방에서 뛰쳐나왔다.

"뭐라고?"

"갑자기 일이 생겼대."

"난 그런 말 못 들었는데?"

엄마는 눈을 치켜뜨고 분개했다. 그 화살은 약속을 어긴 오빠가 아닌 레오나를 향했다.

"왜 빨리 얘기를 안 했니? 저녁 준비 다 해버렸잖아."

"오빠가 직접 연락한다고 했단 말이야."

"연락 안 왔어. 너라도 빨리 전화를 해주면 좋았잖니."

엄마가 얼마나 낙심할지 알고 있어서 더욱 오빠에게 직접 연락하라고 했다. 그런데도 마치 레오나가 숨기고 있었다는 듯한 말투였다.

화를 낼 거면 오빠한테, 지금 이 말을 했다가는 불에 기름을 부을 뿐이다. 엄마는 슬픈 표정으로 주방을 돌아보았다.

하고 싶은 말이 있는 당신에게

"이걸 다 어떡하니."

"그냥 먹던 대로 준비했으면 좋았잖아."

레오나는 조그맣게 말했다. 엄마는 쓸쓸하게 주방으로 돌아갔다.

오빠 도모야는 몇 년 전부터 교토 시내에서 혼자 살고 있었다. 확실하게 집에 오는 건 정월 정도였고, 그 외에는 반년에 한 번 정도 엄마의 성화에 못 이겨 얼굴을 내밀었다. 오늘은 저녁을 먹으러 올 예정이었지만 갑자기 일이 생긴 것이다. 레오나는 '엄마에게 직접 연락해줘'라고 문자를 보냈지만, 바빠서 잊어버렸을 것이다. 오빠는 온화하지만, 모든 일에 무심했다.

레오나는 스물두 살, 오빠는 스물아홉 살이다. 나이 차이가 커서 같이 살 때는 오빠가 어른처럼 느껴졌다. 하지만 레오나가 성장하고, 떨어져 살아보니 오빠의 어설픔과 조금 무신경한 부분, 그리고 소심함을 깨달았다. 가끔 아까처럼 집에 연락하는 걸 레오나에게 떠맡긴다. 아마도 집에 오라는 엄마의 압박이 원인일 것이다.

귀찮지만 나중에 오빠가 전화하게 해야지. 오빠의 목소리를 듣는 것만으로 엄마의 기분은 금방 좋아지니까.

딸랑 하는 작은 소리와 함께 발등에 고양이 하지메가

머리를 비벼댔다.

"그래, 그래."

레오나는 그대로 서서 하지메의 머리 문지르기가 한
차례 끝나기를 기다렸다. 하지메가 움직일 때마다 목걸
이에 달린 방울이 딸랑딸랑 울린다. 하지메는 쓰다듬는
걸 좋아하지 않는다. 자신이 사람의 발에 머리를 비비는
것이 그의 애교 방식이다. 온몸이 호박색 줄무늬이고,
눈도 초록색이 감도는 호박색이다. 오빠가 중학생 때 친
구 집에서 새끼 고양이를 데려왔고, 벌써 열네 살이다.

예전에는 좀 더 윤기가 흐르는 옅은 갈색이었지만, 나
이 탓인지 털색이 점점 햇볕에 그을려 노랗게 변한 다
다미랑 비슷해졌다. 눈동자 색깔은 빛바랜 다다미의 테
두리 색이다. 손바닥에 하지메가 코를 대었다. 축축하고
차갑다.

"하지메는 꼭 우리 집 다다미 같아."

얼마 전에 친구 모에와 함께 갔던 펫 숍을 떠올렸다.
그곳에는 하지메 같은 잡종은 없었다. 하나같이 인형처
럼 귀여운 고양이들이 진열장 안에서 뒹굴고 있었다. 다
다미방뿐인 낡은 주택에는 어울리지 않는, 존재 자체가
세련된 새끼 고양이뿐이었다.

하고 싶은 말이 있는 당신에게

그 아이들과 하지메는 전혀 달랐다. 고양이라는 분류는 같지만, 하지메는 하지메일 뿐 다른 어떤 고양이도 아니다. 하지메는 냄새 맡기가 끝나자 재빨리 안쪽 방으로 들어가버렸다.

스마트폰이 울렸다. 쇼스케의 문자였다.

"엄마, 나, 저녁 나중에 먹을게."

"뭐? 너까지 왜 그래? 저녁 준비 다 됐다니까."

"미안, 미안. 먼저 드세요. 쇼스케 집에 갔다 올게."

레오나는 상심한 엄마의 눈치를 보며 집을 나왔다.

십 분 정도 걸어서 구니에다 쇼스케의 집에 도착했다. 인터폰도 누르지 않고 문을 열었다.

"나 왔어. 들어갈게."

안쪽에 대고 말하자 거실에서 쇼스케의 어머니가 얼굴을 내밀었다.

"아, 레오나 왔니? 학원 갔다 조금 전에 들어왔다."

"네."

레오나는 2층으로 곧장 올라가 노크도 없이 방으로 들어갔다. 쇼스케는 등을 돌린 채 책상다리를 하고 바닥에 앉아 있었다.

"뭔데? 긴급사태라는 게. 레어템이라도 얻었어?"

말을 걸어도 쇼스케는 돌아보지 않는다. 레오나는 방 안의 책장을 훑어보며 아직 읽지 않은 만화책을 찾았다.

"신간이 없네. 뭐야, 따끈따끈한 새우튀김까지 뿌리치고 왔는데. 뭐, 나를 위해 만든 새우튀김은 아니지만."

책장의 절반은 대학 입시용 참고서인데 전부 너덜너덜했다. 어릴 적 친구인 동갑내기 쇼스케가 교토대학을 목표로 한 지 3년째. 첫 시험은 경험 삼아 보는 거고 진짜는 두 번째부터라며 여유를 보였다. 하지만 두 번째도 실패하고 이번 겨울이 세 번째 도전이었다.

쇼스케는 여전히 등을 돌리고 있었다. 전에는 등을 돌리고 있더라도 책상을 향하고 있었다. 레오나가 오면 무시하지는 않았지만 계속 공부를 하면서 상대해주었다.

그런데 최근에는 게임이나 만화에 쏟는 시간이 늘었고, 빈둥빈둥 누워 있을 때도 있었다. 입시학원은 계속 다니고 있는 것 같았지만, 슬럼프를 겪고 있다는 게 여실히 보였다.

하지만 그런 건 누구보다 본인이 잘 아는 법이다. 레오나는 쇼스케에게 부담을 주지 않으려고 시시콜콜한 이야기를 이어갔다.

하고 싶은 말이 있는 당신에게

"정말이지 우리 엄만 오빠를 너무 좋아해. 오빠가 못 온다니까 나한테 역정이야. 어쩔 수 없는 거잖아. 고양이가 사람의 사정을 봐주는 것도 아닌데."

"······고양이?"

쇼스케가 반응했다. 여전히 책상다리를 한 채 레오나를 돌아보지 않는다.

"응. 미나미구에 있는 고양이 보호 센터에서 일하는 건 알지? 입양이나 양도 문제로 엄청 바쁜가 봐. 부센터 장이라고는 하지만 사실 거의 잡일이야."

"분명 거짓말일걸."

쇼스케의 목소리에는 어이가 없다는 듯한 조소가 섞여 있었다. 레오나는 화가 났다.

오빠는 집에 오지 않으려고 거짓말을 할 타입은 아니다. 오히려 거짓말을 좀 잘했으면 할 정도다. 그 정도는 소꿉친구인 쇼스케도 알고 있을 터다.

"무슨 말이야? 일 때문이 아니면 왜······."

레오나는 화를 내려다가 깜짝 놀랐다. 쇼스케의 무릎에서 보풀이 일어나는 마 같은 가느다란 끈이 흔들흔들 움직이고 있었다.

"잠깐만!"

그 익숙한 움직임에 놀라서 쇼스케의 등 뒤로 달려들었다. 가부좌를 튼 다리 사이에는 회색에 갈색이 섞인 조그마한 털 뭉치가 있었다.

"말도 안 돼! 이거 뭐야?"

"고양이잖아."

"그건 알지. 우리 집에도 있으니까. 하지만 이건."

레오나는 다시 숨을 삼켰다. 고양이가 고개를 돌렸다. 동그란 눈동자는 회색빛이 도는 하늘색이다.

새끼 고양이 특유의 눈동자 색을 키튼 블루라고 부르던가. 불안해 보이는 하늘색 눈동자를 지닌 조그마한 고양이는 쇼스케의 무릎에서 기어 나오려고 바둥거리고 있었다. 그 짧은 앞발을 열심히 뻗어보지만 계속 헛발질이 될 뿐이다.

"귀여워!"

레오나는 고양이의 사랑스러움에 눈꼬리가 내려갔다. 목소리도 누그러진다.

"얘는 그, 먼치킨?"

"그런 거 같아."

쇼스케가 종이 한 장을 내밀었다. 레오나는 종이를 받아 들고 소리 내어 읽었다.

하고 싶은 말이 있는 당신에게

☑ 이름: 샤샤. / 암컷. 2개월. 먼치킨.

☑ 식사: 아침과 저녁에 적정량.

☑ 물: 상시.

☑ 배설물 처리: 적당한 때.

성장 과정에서 중요한 시기입니다. 무엇에든 흥미를 보이며 도전하면서 성장합니다. 무모한 놀이를 좋아하니 높은 곳에서 뛰어내리거나, 이물질을 삼키지 않도록 주의를 충분히 기울이시길 바랍니다. 실외로 나가지 않도록 해주세요. 이상.

"이게 뭐야?"

"고양이 설명서. 필요한 물건들도 같이 받았어."

고양이 사료 봉투가 눈에 들어왔다. 어렸을 때부터 드나들던 이 방에는 없던 물건들이다. 쇼스케는 예전부터 공부를 좋아했고 성적도 월등하게 뛰어났다. 스무 살을 넘긴 지금도 여전히 친하게 지내고 있어서 고민이 있으면 거의 얘기를 하는 편이었다. 입시에 실패했을 때도, 재수 생활로 힘들어할 때도 적절한 거리를 유지하며 잘 지내왔다.

그런 쇼스케가 아무런 말도 없이 고양이를 데려왔다. 손발이 짧고 몸집이 작은 먼치킨은 인기 품종이다. 귀여움을 기준으로 본다면 분명히 상위에 속한다. 하지만 그 이외의 기준도 충분히 검토했을까.

고양이는 단지 고양이라는 이름으로 묶을 수 없다. 품종에 따라 키우는 방식과 특징, 수명도 제각각이다. 만약 사전에 레오나에게 상담했다면 조언도 해주었을 것이다. 하지만 이미 데려온 새끼 고양이에게 트집을 잡고 싶지는 않았다.

"긴급사태 맞네."

레오나는 일부러 가벼운 어조로 말했다.

"그럴 리는 없겠지만, 충동적으로 데려온 건 아니지?"

"아니야. 병원에서 처방해줬어."

쇼스케는 난처한 듯 웃으면서 고양이를 바라보았다. 고양이가 다리 틈에서 나오려고 하자 쇼스케는 무릎을 세우기도 하고 허벅지로 막는 등 탈출을 방해했다.

고양이의 귀여운 행동에 넋을 잃고 보고 있던 레오나가 퍼뜩 되물었다.

"지금 뭐라고 했어?"

"처방받았다고."

"뭘?"

"고양이를."

"누가?"

"너희 오빠에게. 도모야 형, 위험해. 나카교 골목길 안쪽 낡은 건물에 있었는데, 상당히…… 위험해 보였어."

도모야 형, 위험해. 우리 오빠가, 위험해?

레오나는 다리 틈에서 기어오르는 새끼 고양이를 보면서, 최근에 친구 모에도 나카교의 골목길로 잘못 들어섰다고 이야기한 것을 멍하니 떠올리고 있었다.

레오나는 다음 날도 다시 쇼스케의 집을 찾았다. 저녁 아홉 시 반. 원래라면 남의 집을 방문하기에는 늦은 시간이다.

문이 잠겨 있을 시간이라 먼저 연락을 해두었다. 집 앞에서 전화하자, 신호음이 울리기 전에 문이 열렸다. 쇼스케였다.

"늦었네. 난제지에서 알바했어?"

"응. 엄청 바빴어. 사람들은 물두부를 왜 그렇게 좋아하는 거지? 물론 맛은 있지만, 다른 지방에는 물두부가 없나?"

"교토에서 먹는 게 운치 있고 좋잖아."

두 사람이 이야기를 나누며 2층으로 올라가려고 하

자, 거실에서 쇼스케의 어머니가 얼굴을 내밀었다.

"레오나, 어서 와라. 반면 쇼스케 넌, 시간이 늦었으니 갈 때 꼭 배웅해주고."

"알아."

쇼스케는 무뚝뚝하게 대답했다.

방에 들어가자 레오나는 먼저 고양이를 찾았다.

"고양이는?"

"저기 상자에."

쇼스케가 가리킨 것은 화장품 택배에 사용될 만한 작은 종이 상자였다. 안을 들여다보니 고양이가 벌러덩 누워 자고 있었다.

"자고 있어."

"응."

"자고 있어, 자고 있어."

"자고 있다니까."

고양이는 마치 잠버릇이 험한 어린아이처럼 몸을 비틀어 만세를 하고 있다. 하지만 발이 짧아서 어딘가 우스꽝스러워 보인다. 같이 놀고 싶었지만 이렇게 기분 좋게 자는 애를 깨울 수는 없었다. 오히려 자는 모습을 볼 수 있어서 웃음을 억누르기 힘들었다.

하고 싶은 말이 있는 당신에게

밤새도록 보고 있을 자신이 있었다. 하지만 억지로 종이 상자에서 시선을 돌렸다.

"고양이 보러 온 게 아니니까. 거기 말이야. 나도 오늘 갔다 왔어. 학교 끝나고."

"너희 오빠 있었지? 엄청 쾌활한 것 같지?"

쇼스케는 마치 동정하는 것 같았다. 착했던 동네 형이 어느새 수상한 불법 의사가 되어 있었다. 진심으로 그렇게 믿고 있는 듯했다.

레오나도 처음부터 쇼스케의 말을 의심했던 건 아니다. 나카교구의 멘탈 클리닉 이야기는 모에에게도 들었고, 같이 찾으러 간 적도 있다. 하지만 그때와 마찬가지로 오늘도 골목길은 보이지 않았다.

"없었어. 그런 건물도 병원도. 오빠한테 연락해봤지만, 백신 접종해야 할 고양이가 많아서 얘기도 거의 못 했어. 집에 올 시간도 없는 사람이 부업을 어떻게 해. 더구나 의사 흉내라니 절대 불가능이야."

"하지만 분명히 도모야 형이었어."

"쇼스케, 너 몇 년 동안이나 우리 오빠 못 만났잖아. 그렇게 평범 그 자체인 얼굴은 널리고 널렸어."

"말이 심하네."

쇼스케는 웃었다. 오빠 도모야는 마른 체형에 착해 보이는 얼굴이다. 딱히 눈에 띄는 특징이 없어서 인상에 남지 않는다. 반면 쇼스케는 눈이 크고 윤곽이 또렷하다. 잘생기진 않았지만 귀엽다고 레오나는 생각했다.

하지만 야위었다. 최근 반년 동안에 현저하게.

삼수 생활이 쉽지는 않을 것이다. 하지만 뻔히 아는 얘기를 하는 것보다는 분위기를 밝게 해주는 편이 당연히 좋다. 오빠 험담으로 분위기를 띄워보려는 순간, 종이 상자가 달각달각 움직였다.

순식간에 마음이 그쪽으로 쏠렸다.

"아, 고양이 깼나 봐."

"그런 거 같네."

레오나가 꺼내주기도 전에 종이 상자가 기울었다. 고양이는 자신의 체중을 실어 상자를 넘어뜨렸다. 회색에 갈색이 섞인 작은 털 뭉치가 타월에 감싸진 채 굴러 나왔다.

"어머머, 저 혼자 나왔어."

"이 녀석 엄청 발랄해. 깨어 있을 때는 잠시도 가만히 안 있어."

고양이는 타월에 발톱이 걸려 엎치락뒤치락하고 있

하고 싶은 말이 있는 당신에게

었다. 귀엽지만 이건 위험한데.

"오늘 이 녀석 어떻게 했어? 어머니가 봐줬어?"

"아니. 온라인 수업이라서 내가 돌봤어. 공부도 안 하고 거의 놀았어."

고양이를 보는 쇼스케의 눈길이 다정하다. 어제보다 더 다정해졌다. 아무래도 고양이가 특효약인 듯하다.

"이 녀석, 쪼그만 게 엄청 용감해. 봐봐."

고양이는 다리를 꼬물거리며 침대 옆까지 달려갔다. 그리고 시트에 달려들려고 했다. 하지만 전혀 닿지 않았고 고양이는 다시 굴렀다.

하지만 포기하지 않았다. 다시 달려든다. 그리고 넘어진다. 처음에는 그 귀여움에 푹 빠져 히죽히죽 웃지만, 고양이가 계속해서 뒹굴자 레오나는 걱정이 됐다.

"위험하지 않아?"

"괜찮아. 지켜봐봐."

쇼스케는 미소를 지으며 고양이의 모습을 가만히 응시하고 있었다. 고양이는 짧은 다리를 힘껏 뻗어 코딱지만큼 뛰어올랐다. 역시 침대 위까지는 어림없다.

"힘내, 샤샤!"

쇼스케가 주먹을 쥔다. 레오나도 마찬가지로 주먹을

쥐었다.

"샤샤, 힘내!"

둘이서 고양이의 도전을 지켜보고 있었다. 샤샤가 시트에 달려들었고, 마침내 발톱이 걸렸다. 샤샤는 놀랍게도 그걸 붙잡고 위로 올라갔다.

"해냈다! 대단하네, 샤샤."

"정말 대단해. 이 녀석, 성공할 때까지 몇 번이고 도전해. 어제는 책 위로, 조금 전에는 신발. 조금씩 높은 곳을 향하고 있어. 고양이란 동물은 정말 엄청난 속도로 성장하는 것 같아. 어제는 못 했던 일을 오늘은 해내고 있어. 하면 할수록 높이 뛰어오르게 되나 봐."

"그렇구나!"

레오나는 기쁜 표정으로 고개를 끄덕였다. 쇼스케는 분명 고양이의 모습에 자신을 대입하며 지켜보는 것이다. 도전을 통해 성장하고 성공할 때까지 포기하지 않는 샤샤처럼, 대학에 합격할 때까지 계속 노력할 것이다.

"레오나. 나, 교토대 포기할 거야."

"뭐?"

레오나는 웃는 얼굴 그대로 굳어버렸다. 쇼스케는 가볍게 웃고 있다.

하고 싶은 말이 있는 당신에게

"사실은 꽤 오래전부터 힘들었어. 그래도 포기할 수 없어서 샤샤처럼 달려들었지. 하지만 이 녀석은 조금씩 높이 뛰어오르게 되었잖아. 하지만 난 처음부터 도달할 수 없었어. 몇 번을 뛰어올라도 거리는 조금도 좁혀지지 않았어. 알고 있었지만 어디서 그만둬야 할지 결심이 서지 않는 거야. 누군가에게 그만두겠다고 말하고 싶었어. 그래서 도모야 형의……그 이상한 병원에 간 거고. 그랬더니 이 녀석을 만나게 된 거야."

쇼스케는 침대 위에 도달한 샤샤를 양손으로 들어 올렸다.

"표적 치료 효과가 있는 고양이를 사흘 동안 처방한대. 내일은 돌려주러 가야 해."

"뭐? 이 녀석 키우는 거 아니었어?"

"응. 대학 진학을 포기한 게 아니니까. 사립대이긴 하지만 가고 싶은 학과가 있어. 부모님도 설득해야 하고, 공부 방향도 바꿔서 다시 해야 해. 이렇게 귀여운 녀석이 있으면 공부는 절대 못 해. 돌볼 수 없는 걸 알면서 키울 수는 없잖아. 맞지?"

쇼스케는 샤샤와 코끝을 맞대더니 "차가워!" 하고 이내 쓴웃음을 지으며 고개를 돌렸다. 이번에는 이마를 맞대었다.

"그만두는 건 도망가는 것과는 달라. 도달할 수 없는 곳을 포기하고 새로운 곳으로 도약하는 것도 용기야."

쇼스케는 눈을 감았다.

"나도 이 녀석도 용감해."

"그렇구나."

레오나는 그 말밖에 할 수 없었다. 시간을 함께해온 소꿉친구. 이곳에서 자랄 줄 알았던 새끼 고양이. 갑자기 혼자 따돌림을 당한 기분이었다.

그러다가 문득 떠올랐다.

"내일, 병원에 가는 거지?"

"응."

"나도 갈래! 같이 가고 싶어!"

오빠를 꼭 닮은 의사가 있는 기묘한 병원. 모에도 쇼스케도 갔는데 자신만 못 가는 건 억울하다.

"꼭 갈 거야! 따라갈 거야!"

"알았어, 알았어."

쇼스케는 황당한 표정이었다. 고양이는 졸음이 오는지 손바닥 안에서 꾸벅꾸벅 졸고 있었다.

레오나는 수업이 끝나자 쏜살같이 학교를 나왔다. 아르바이트는 근무 스케줄을 변경해두었다. 곧바로 쇼스케의 집으로 가서 고양이를 데리고 나카교구의 병원으로 향할 예정이었다. 신비로운 일이 일어날 듯한 예감에 가슴이 두근거렸다.

　하지만 스마트폰을 보고 자신도 모르게 고개를 젖혔다. 오늘 밤에 집에 온다는 오빠의 문자였다.

　오빠의 귀가가 반갑기는 하지, 오빠가 올 때는 엄마가 가족 전원이 함께 식사하기를 원한다. 불참이 허용되는 것은 업무가 바쁜 아버지뿐이다.

　"왜 하필 오늘이야. 사실 나는 없어도 되잖아. 오빠만 있으면 그만이면서."

　어쩔 수 없다. 오빠가 오면 서둘러 저녁을 먹고 곧바로 나와야지.

　집에 가니 이미 오빠가 거실에 앉아 태블릿을 보고 있었다. 늘 회사가 끝난 뒤에 왔는데 아주 드문 일이었다.

　"어? 오빠, 웬일로 벌써 왔어? 아직 다섯 시밖에 안 됐는데."

　"근처에서 지원 물자 인수할 일이 있었어. 저번에 갑자기 못 와서, 잠깐 얼굴이라도 비추려고."

"별일이네. 웬일로 신경을 다 쓴대?"

"별일이라니."

도모야는 온화하게 미소 지었다. 물건을 나르다 더러워졌는지 패딩이 먼지투성이다. 머리도 덥수룩하게 자라나 있었다. 반년 전에 봤을 때는 좀 더 산뜻했었다.

아무래도 꽤 바쁜 듯했다. 지난번에 갑자기 약속을 취소한 것도, 오늘 느닷없이 집에 온 것도 불평하기 힘들었다. 오빠에게 뭐라고 했다가는 엄마도 덩달아 한 소리 할 것 같아 그것도 성가셨다. 하지만 오늘은 주방에 아무도 없다.

"엄마는?"

"초밥 사러 가셨어. 바로 가야 한다고 했는데도 저녁 먹고 가라고."

도모야는 옅은 미소를 지었다.

초밥 따위 어디서든 먹을 수 있다. 레오나는 바쁜 오빠를 굳이 붙잡는 엄마가 지긋지긋했다. 엄마는 오빠에 관한 일에는 늘 벽창호였다.

딸랑 소리가 나더니 하지메가 안쪽 다다미방에서 얼굴을 내밀었다. 작은 귀를 꼿꼿하게 세우고 옅은 올리브색 눈을 크게 뜨고 있다.

하고 싶은 말이 있는 당신에게

"오, 하지메. 잘 지냈어?"

도모야가 말을 걸자 하지메는 동작을 멈췄다. 마치 길가의 들고양이처럼 날카로운 시선이다. 한동안 도모야를 응시한 후 다시 안으로 들어간다.

"여전히 매정한 녀석이네."

도모야는 웃고 있었다. 하지메는 남자 사람을 좋아하지 않아서 도모야도, 아빠도 따르지 않는다. 아빠는 이미 예전에 하지메의 사랑을 포기하고 데면데면하게 지낸다. 반면 도모야는 항상 자세를 낮추고 말을 걸지만, 계속 무시당하고 있다.

자신이 데려온 고양이가 자신을 따르지 않으면 슬플 것이다. 하지만 도모야는 그런 감정을 겉으로 드러내지 않았고, 본가에 살았을 때도 살뜰하게 보살폈다. 하지만 고양이는 은혜나 정에 흔들리지 않는 존재여서, 아무리 최선을 다해도 자신이 선택한 상대 외에는 호의를 보이지 않는다. 가족 중에서 고양이를 가장 잘 아는 도모야가 하지메에게 냉대받는 건 일상이다.

하지만 자신의 고양이에게는 애정이 전해졌을 것이다. 혼자 사는 도모야의 집에도 고양이가 있다.

"니케는?"

"맨날 잠만 자. 깨어 있는 모습을 본 게 언제인지도 모르겠다."

"그렇구나. 하지메도 잠이 많이 늘었어. 이제 할머니 고양이야."

"사료는? 먹어?"

"천천히 먹어. 말랑말랑한 시니어용으로."

"습식 사료는 상하기 쉬우니까 조금씩 꺼내주고 남은 건 버리는 게 좋아. 학교 다니니까 매일은 어렵더라도 생각날 때마다 챙겨줘."

"응."

도모야는 온화한 성격이다. 예전부터 도모야 주변에서는 시간이 천천히 흘렀고, 이야기를 나누는 상대까지 마음이 부드러워졌다.

도모야의 핸드폰이 울렸다. 문자를 확인한 도모야가 조그맣게 한숨을 쉬었다.

"엄마야. 슈퍼마켓에 사람이 너무 많아서 조금 늦어진다고."

"저녁인데 당연하지."

"그런가."

도모야가 웬일로 근심 어린 표정으로 눈을 내리깔았

다. 아무래도 가고 싶은 듯했다.

"오빠. 일이 있으면 엄마한테 가겠다고 말하지 그래?"

"일은 없어. 단지……. 아니다. 모처럼 왔는데 그냥 가면 의미가 없지. 그래. 오늘은 저녁 먹고 가야겠다."

마치 큰일이라도 되는 듯 말했다. 시간의 흐름도 느리지만, 도모야는 때때로 어리숙해 보인다.

엄마의 귀가가 늦어진다는 소식에 레오나는 기다리는 걸 포기했다. 나중에 잔소리 좀 듣겠지만 상관없다.

"있지, 오빠. 나, 쇼스케랑 어디 가야 하거든. 엄마한테는 오빠만 있으면 충분하니까 나가도 되지?"

"쇼스케랑 데이트? 너흰 정말 항상 사이가 좋구나. 그러렴. 다녀와."

"고마워, 하지만 데이트는 아니야."

레오나는 웃었다.

"비밀인데, 정신과에 가. 쇼스케가 입시 때문에 조금 지친 것 같아. 오빠, 혹시 거기 알아? 후야초 거리 부근에 있는 멘탈 클리닉. 엄청 이상한 병원이야. 고양이를 처방해준대."

"고양이를 처방해?"

도모야가 고개를 갸웃했다.

"응. 쇼스케에게는 말하지 못했는데, 고양이를 다른 사람에게 맡긴다니 좀 이상하지 않아? 오빠는 어떻게 생각해?"

"거기, 고코로 선생님 병원 같은데?"

도모야는 부드럽게 미소를 지으며 말했다.

"거기 선생님 성함이 고코로라서 사람들이 자주 헷갈리거든. 정신과 병원은 아닌데 고양이는 있어. 쇼스케한테, 혹시 고양이랑 놀고 싶으면 우리 센터에 오라고 해. 사람에게 익숙해지는 연습 중인 아이도 있고, 살이 너무 쪄서 운동을 시켜야 하는 아이도 있으니까."

"흐음. 알았어."

어딘가 이야기가 맞물리지 않는 기분이었지만, 여하튼 도모야도 나카교구에 있는 이상한 병원을 알고 있었다. 고코로 선생님이라는 분도 꽤 유명한 의사인 듯했다.

쇼스케의 집에 가니 쇼스케가 학원 수업을 마치고 기다리고 있었다. 샤샤는 이미 이동장 안에 있었다. 레오나는 자그마한 고양이의 무게를 조금이라도 오래 느끼고 싶어서 자신이 이동장을 들었다. 두 사람은 병원으로 향했다.

"어제, 고마웠어. 진학 이야기할 때 같이 있어줘서."

"고맙긴. 너희 부모님도 그리 놀라지는 않으시던데?"

"그야, 이미 삼수생이니까. 게다가 내가 지원할 대학은 다른 지방이라서 합격하면 독립해야 하잖아. 돈이 얼마나 들지 걱정하느라 정신이 없으셨을 거야."

"그래도 부모님은 너한테 최선을 다하시잖아. 우리집은 오빠한테만 집중하고 난 거의 방치 수준이야. 학교도 나 혼자 정했지, 알바하고 늦게 들어와도 무관심하지. 너희 어머니가 오히려 내 귀가를 걱정해주시잖아. 훨씬 자상하셔서."

"소꿉친구의 부모는 원래 그런 거야. 레오나가 문제가 아니라, 내가 보기에도 도모야 형이 좀 세속적이지 않은 사람 같아 보여. 그래서 걱정하는 마음도 이해가가. 도모야 형 인기 많지? 뭐랄까, 모성 본능을 자극하는타입?"

"여동생 입장에서 그런 건 알고 싶지 않아. 온몸이 근질근질한 기분이야."

레오나는 어깨를 으쓱해 보였다. 도모야는 독신이다. 애인이 있는지 없는지는 모르겠지만, 동물에만 매달려서 그런 쪽에는 숙맥이지 싶다. 아마 애인보다 고양이를 더 소중하게 대하지 않을까.

"발밑."

쇼스케가 말했다.

"계단 있어."

"응?"

발밑을 보니 출입구의 낮은 계단에 자신의 발끝이 걸려 있었다. 어느새 좁고 긴 건물 앞이었고, 출입구 안쪽으로 어두침침한 복도가 뻗어 있었다. 레오나는 어리둥절했다.

"여기야?"

"응."

"언제 온 거야?"

"무슨 소리야? 하여튼 이상한 녀석이야. 들어가자."

계단을 오르자 5층에 정말로 병원이 있었다. 실내는 깔끔했고 접수처에 간호사가 앉아 있었다.

"구니에다 씨, 고양이 반납이군요. 선생님이 기다리고 계시니 들어가세요."

기가 세 보이는 여성이었다. 레오나는 쳐다보지도 않는다. 일반적으로 진료실에는 환자만 들어갈 것이다. 하지만 애써 왔으니 고양이를 처방하는 이상한 의사를 만나보고 싶었다.

"간호사님, 전 친구인데요, 같이 들어가도 될까요?"

"환자분이세요?"

간호사가 눈을 들었다.

"아니요, 그냥 따라왔는데요."

"환자분이군요."

간호사는 담담하게 말했다.

"그럼 안으로 들어가세요. 선생님이 기다리십니다."

친절함이라고는 눈곱만큼도 없는 여자였다. 쇼스케가 진료실로 들어가자 레오나도 이동장을 들고 따라 들어갔다. 두 사람이 들어가자 진료실은 움직이기도 불편할 정도로 비좁았다.

"어우, 왜 이렇게 좁아? 코가 닿겠다, 아주."

"응. 그렇지? 나도 정신의학과는 여기가 처음인데 뭔가 좀 이상해."

쇼스케는 의자에 앉고 레오나는 고양이가 든 이동장을 든 채 서 있었다. 좁아서 등이 벽에 닿았다. 진료실은 좁기만 한 게 아니라 아무런 의료기기도 없이, 간이 의자와 책상, 컴퓨터만 놓여 있었다. 그저 이야기를 나누는 공간처럼 보였다. 이런 곳이 고코로 선생님의 병원이라고?

"……흐음."

"응? 뭔데? 불만이 있는 것 같은데?"

"별로. 그냥, 병원에 가기 전에 왜 나한테 말하지 않았을까 생각했어. 네가 힘들어하는 줄도 몰랐어."

"아니, 그게, 너한테 말하면 미적거리지 말고 당장가라고 할 거 같아서."

쇼스케는 겸연쩍은 표정이었다. 그 말을 들으니 마치 자신이 무신경한 사람처럼 느껴졌다. 레오나가 반박하려는 순간, 안쪽 커튼이 열리고 하얀 가운을 입은 남자가 들어왔다.

"안녕하세요, 구니에다 씨. 아, 얼굴이 좋아졌네요. 고양이가 꽤 효과가 있었나 보군요. 정말 다행입니다."

의사는 생글생글 웃으면서 의자에 앉았다. 그리고 웃는 얼굴 그대로 레오나를 보았다.

"이런, 이런. 이쪽 분은 그냥 두면 안 되겠는데요."

"오……."

오빠.

그 말이 나오려는 순간, 간신히 입을 다물었다. 너무 놀라서 뺨이 실룩였다.

그냥 닮은 수준이 아니다. 눈앞의 남자는 오빠 도모야

의 판박이였다.

이 정도면 쇼스케가 착각한 것도 무리가 아니다. 얼굴의 윤곽, 피부색과 살결, 게다가 목소리까지 똑같았다.

하지만 표정은 도모야와 달랐다. 도모야는 이런 식으로 실실 웃지 않으며, 말투도 도모야와 달리 뭔가 노인네 같았다. 방금 집에서 오빠를 만나고 온 탓에 차이점이 훨씬 도드라졌다. 분명히 다른 사람이다. 하지만 너무 빼닮아서 섬뜩하기까지 했다. 엉거주춤한 자세로 있는 레오나에게 의사가 말했다.

"어? 무슨 일이시죠? 볼이 살룩살룩합니다만."

"실룩실룩이겠죠."

레오나는 곧바로 받아쳤다. 오빠와 똑같은 얼굴로 경박하게 말하는 모습에 화가 치밀었다.

"하하하, 그렇습니까. 구니에다 씨는 어땠습니까? 누군가가 이제 그만해도 된다는 말을 해주었나요?"

"아니요."

쇼스케는 고개를 끄덕였다.

"제가 말했습니다."

"그러셨습니까. 다행입니다. 누군가가 해주었으면 하는 말은 자신이 하는 게 가장 빠릅니다. 정확하고요. 만약 말하기 힘들 때는 고양이 손을 빌리세요. 냥펀치로 자극을 줄 테니까요. 쾌차를 빕니다. 그럼 이만."

의사가 레오나를 보았다. 생글생글 친근감은 있지만, 어딘가 세심하지는 않다.

"우리 병원은 처음이시죠. 이름과 나이를."

"네?"

레오나는 당황했다.

"가지와라 레오나입니다. 스물두 살이고요."

"오늘은 어떤 일로 오셨습니까?"

"아니, 저는 그냥 친구 따라서 고양이를 데리고 왔을 뿐인데요."

고양이 이동장을 의사 쪽으로 밀었다. 그러자 의사는 다시 레오나 쪽으로 이동장을 밀었다.

"하고 싶은 말은 스스로 하는 게 가장 빠릅니다. 정확하고요."

마치 자신이 불만이 있는 사람처럼 말하자, 레오나는 화가 났다.

"전 하고 싶은 말 따위 없습니다."

갑자기 의사가 엉덩이를 반쯤 들고는 소스라칠 만큼 얼굴을 가까이 댔다.

하고 싶은 말이 있는 당신에게

"흠. 오랫동안 고양이를 복용하기는 했지만 지나치게 의존한 듯하군요. 원만한 가족관계에는 고양이가 가장 좋습니다만, 지나치게 의존하는 건 좋지 않습니다. 좀 더 자립적이어야 합니다."

고양이란, 하지메를 말하는 걸까. 어떻게 알고 있지?

섬뜩함을 넘어 무섭다. 우연으로 치기에는, 이 의사는 도모야와 너무 닮았다. 실없는 장난은 하지 않는 오빠가 실없이 굴고 있는 것 같아서 기분이 이상했다.

레오나는 이동장을 쥔 손에 힘을 주었다. 이 아이를 돌려주고 여기서 나가자. 하지만 그렇게 하기 전에 의사가 먼저 얼굴을 더 가까이 디밀었다. 태연하게 미소를 짓고 있었다.

"오늘은 어떤 일로 오셨습니까?"

너무 가까워.

축축한 코끝을 디미는 고양이 같다. 의사의 코끝이 부옇게 보이고, 그 뒤의 눈도 흐려진다. 너무 가까워서 초점이 맞지 않는다.

어떤 일이냐니, 아무 일도 없어. 어질어질한 기분으로 대답한다.

"엄마가 싫어요."

그 말에 레오나 자신도 놀랐다.

……나, 지금, 뭐라고 했지?

반항기의 어린아이 같은 발언에 식은땀이 흘렀다. 엄마가 싫다니, 초등학생 수준이다.

부끄러워서 눈동자가 흔들리는 레오나에게 의사는 싱긋 미소를 지었다.

"그렇습니까."

"아니요, 아닙니다. 방금 말은 없었던 걸로, 못 들은 걸로 해주세요."

당황해서 머리를 흔들자, 의사가 다시 미소를 지었다.

"전 귀가 무지 밝아서 못 들은 걸로 하기는 어렵습니다. 그러면 가지와라 씨. 고양이를 처방하겠습니다. 그러네요. 지금, 이동장 안에 있는 고양이로 할까요."

"네?"

레오나는 이동장을 내려다보았다.

"샤샤를?"

"네. 거기에 있으니 마침 잘됐네요. 그 고양이랑……."

"잠깐만요!"

이번에는 아까보다도 더 날카롭게 말을 막아서며 도모야를 꼭 닮은 의사를 노려보았다.

"거기에 있으니 잘됐다니요. 그렇게 물건 취급을 하다니 너무하지 않습니까? 애초에 아무리 정신의학과라고 해도 모르는 사람에게 고양이를 빌려주다니, 고양이가 스트레스를 받지 않겠어요?"

"자주 착각하시는데요, 이곳은 정신의학과가 아닙니다. 게다가 고양이는 빌려주고 그러는 게 아닙니다. 그런 짓을 했다가는 고양이도 저를 할퀼 겁니다. 전부 기가 센 녀석들이니까요. 그렇지?"

의사는 고개를 살짝 숙이고는 이동장 입구를 들여다보았다. 하지만 샤샤는 반응이 없었다.

"오, 얌전한 척. 쪼그만 녀석이 연기파일세. 여하튼 좁은 우리 안이건 드넓은 하늘 아래건 자신의 세계를 만들어내는 것이 고양이입니다. 그것은 그 아이만의 세계로, 인간이 어찌할 수 있는 게 아니죠. 고양이의 허락이 없으면 들어갈 수도 없습니다. 열리지 않는 문처럼."

의사는 의기양양한 얼굴로 고개를 끄덕였다. 레오나는 의심스러운 눈초리로 듣고 있었다. 전혀 의미를 알수 없었다. 그래서 무슨 말을 하고 싶은 걸까.

"저, 그러니까 고양이가 받을 스트레스도 고려했으면 합니다만."

"하하하. 그렇게 말해주는 사람일수록 고양이의 효과도 큽니다. 가지와라 씨에게 그 고양이를 처방할 테니 지금 있는 고양이도 잊지 말고 함께 챙겨주시기 바랍니다. 이중 효과로 환부를 공략할 겁니다. 하하하."

의사는 종합감기약 광고 같은 소리를 했다. 어안이 벙벙해 있는 레오나에게 쇼스케가 조그맣게 말했다.

"저기, 레오나. 괜찮아? 뭔가 상황이 이상해졌는데."

"응. 이중 효과래."

"그게 아니라."

쇼스케는 말하기 거북한 듯했다.

"너희 엄마 말이야. 아까 싫다……고."

"아…… 아냐. 아냐, 아냐!"

순식간에 얼굴이 달아올랐다. 망했다. 이 녀석도 못 들은 걸로 해주지는 않을 것이다. 수치심에 쇼스케를 마주 볼 수조차 없었다.

"그게 아니야. 진지하게 듣지 마."

제대로 변명도 못 하고 목소리가 작아졌다. 쇼스케는 난처한 웃음을 지으며 "응." 하고 고개를 끄덕였다.

정말 어떻게 된 모양이다. 의사가 도모야를 닮아서 동요한 것일까.

엄마에게는 화가 날 때도 있는 건 사실이다. 하지만 말로 내뱉고 나니 느낌이 달랐다. 화가 나는 것과 싫은 것은 전혀 다른 감정이다.

우울한 마음으로 고개를 숙이고 있는 레오나에게 의사가 말했다.

"고양이는 열흘 치를 처방하겠습니다. 처방전을 드릴 테니 접수처에서 물품을 받아 가시기 바랍니다."

이번에는 쇼스케가 반문했다.

"열흘이나요? 그렇게 오랫동안 맡기면 샤샤의 주인이 걱정하지 않을까요?"

"괜찮습니다. 이 아이는 아직 주인이 없습니다. 브리더가 데려갔었는데, 털색 배합이 더 마음에 드는 아이를 찾았다며 돌려보냈죠. 자주 있는 일입니다. 고양이와의 인연은 한번 맺으면 오래가니까요. 겉모습이든 혈통이든 수긍할 만한 아이를 데려가는 건 나쁜 일이 아닙니다. 그 결과 누군가의 무언가를 바꾸게 되었다고 해도, 알 도리가 없으니까요."

무슨 의미일까.

멍하니 이야기를 들으면서 답답한 기분이 들었다. 안고 있는 이동장을 통해 고양이의 온기가 전해진다. 이렇게 귀여운 아이가 파양되었다니 너무하다는 생각이 들었다.

"네. 오늘은 이걸로 문을 닫겠습니다. 전 배터리 아웃입니다. 만약 하고 싶은 말을 할 수 있게 되면 열흘이 되기 전이라도 반납하러 오세요."

의사는 웃는 얼굴로 거의 쫓아내듯 두 사람을 진료실에서 내보냈다. 들어갔을 때와 마찬가지로 이동장은 여전히 레오나에게 있었다. 두 사람은 마주 보았다.

"너도 고양이를 처방받아 버렸네."

"음……. 그럴 생각으로 따라온 건 아니었는데."

"어떡할래? 열흘이나 맡을 수 있겠어? 집에 고양이가 있잖아."

"하지메는 워낙에 얌전하고 이미 할머니라 싸우지는 않을 것 같긴 한데."

레오나는 당혹스러웠다. 설마 자신에게도 똑같은 일이 일어날 줄은 꿈에도 몰랐다.

지금까지 다른 고양이를 집에 들인 적은 없었다. 하지메도 예방접종을 위해 동물병원에 갔을 때 외에는 집 밖으로 나간 적이 없었다. 바깥세상도 모르고 다른 고양이도 모르는 하지메가 어떻게 반응할지 알 수 없다.

"가지와라 씨."

접수처에서 간호사가 손짓했다. 레오나는 시키는 대로 처방전을 건네고 대신 종이 가방을 받았다.

"지급품입니다. 안에 설명서가 있으니 꼭 읽어주시기 바랍니다."

"내가 들게."

쇼스케가 종이 가방을 받아 들고 안에 있던 설명서를 꺼냈다. 둘이서 같이 읽는다.

☑ 이름: 샤샤. / 암컷. 2개월. 먼치킨.

☑ 식사: 아침과 저녁에 적정량.

☑ 물: 상시.

☑ 배설물 처리: 적당한 때.

사회성을 기르는 중요한 시기입니다. 형제 고양이들과의 장난을 통해 통증과 펀치의 강약을 학습합니다. 성묘가 됐을 때 주위에 상처를 입히지 않도록 확실하게 학습시키도록 합니다. 실외로 나가지 않도록 해주세요. 이상.

저번에 받았던 설명서와 비슷한 내용이었다.

고양이를 키우고 있는 사람에게는 그다지 도움이 되

지 않는 조언이다. 가방 안에는 최소한의 필요 물품밖에 없다.

레오나는 뜻밖의 전개에 얼떨떨했지만, 이내 그 무책임함에 화가 치솟았다. 고양이의 세계가 이러니저러니 했지만, 결국 환자에게 떠맡기는 것 아닌가. 만약 떠맡은 환자가 무책임한 사람이라면 불쌍한 건 고양이다.

드센 성격이란 건 자신도 알고 있다. 레오나는 간호사에게 따졌다.

"고양이를 다른 곳에 맡기기에는 설명서가 너무 대충대충 아닌가요? 샤샤는 겨우 2개월인데 훨씬 많은 주의 사항이 필요하다고 생각합니다만."

"그런 건 직접 알아보시기 바랍니다. 안녕히 가세요."

간호사는 고개도 들지 않는다. 기분 나쁜 여자다. 레오나는 물고 늘어졌다.

"저는 고양이를 키우고 있어서 기본적인 건 알고 있습니다. 하지만 이 친구는 아무것도 모르는데 똑같은 설명서 한 장 줬을 뿐이잖아요. 너무하지 않습니까?"

"처방받은 고양이에 대해 직접 알아보는 것도, 그냥 시키는 대로만 하는 것도 그 사람의 몫이 아닐까요."

"지당하신 말씀."

하고 싶은 말이 있는 당신에게

쇼스케가 뒤에서 조그맣게 맞장구를 쳤다. 레오나가 째려보자 모른 척한다. 간호사가 조금 미인이라고 편을 드는 것이다.

의사는 이상하고 간호사는 고압적이다. 이런 병원이라면 차라리 찾지 못하는 편이 나았다.

"……알겠습니다. 저희 오빠가 고양이 보호 센터에서 일하니 모르는 건 오빠에게 물어보겠습니다. 오빠는 고양이에 대해 아주 잘 알죠. 아무래도 전문가니까 믿음직하죠."

"그러십니까. 아까 선생님도 말씀하셨지만, 하고 싶은 말을 할 수 있게 되면 반납하러 오셔도 됩니다."

"대체 하고 싶은 말이라는 게……."

"안녕히 가세요."

"뭡니까?"

"안녕히 가세요."

아무리 언성을 높여도 간호사는 꿈적도 하지 않는다. 도모야를 내세워 우위에 서려고 했지만, 그것도 무시당했다. 병원을 나오자 쇼스케가 웃으면서 말했다.

"네가 말싸움에 지는 건 처음 봤네."

"저 간호사, 진짜 짜증 나!"

큰 소리를 내자 이동장 안에서 샤샤가 움직였다.

"아, 미안. 샤샤에게 화낸 게 아니야. 샤샤 외에는 전부 열받아. 그 의사도 간호사도, 나도, 쇼스케도."

"나까지? 하긴 내가 발단이니까. 하지만 레오나. 너도 여기 온 게 다행 아닐까. 와야 해서 왔다고 생각해."

"……아니거든. 아까는 왜 그런 말을 했는지 나도 잘 모르겠어."

레오나는 말을 얼버무렸다. 쇼스케는 더 이상 추궁하지 않았다.

"고양이는 어떡할래? 안 될 거 같으면 내가 맡을까?"

"아니야. 내가 처방받았으니까 내가 맡을 거야. 여기 저기 떠맡기는 짓은 안 해."

"하지만 너희 부모님이 안 된다고 하면?"

"그건 괜찮아. 다 작전이 있어."

고양이에 무관심한 아빠는 상관없다. 문제는 잔소리 많은 엄마다.

하지만 엄마의 행동 패턴은 단순하다.

레오나는 집 앞까지 데려다준 쇼스케를 향해 이동장을 단단히 안아 보였다.

하고 싶은 말이 있는 당신에게

"데려다줘서 고마워. 샤샤는 걱정하지 마."

"안 되면 전화해. 내가 맡을 테니까."

"응. 하지만 괜찮아. 아까 확인해봤더니 오빠는 이미 자기 집으로 간 모양이야."

레오나는 쇼스케가 떠나는 모습을 지켜본 후 아무렇지 않은 얼굴로 집에 들어갔다. 아빠는 아직 귀가 전이었고 엄마는 주방에서 설거지를 하고 있다. 기분이 좋아 보였지만 레오나의 얼굴을 보자마자 잔소리를 했다.

"대체 넌. 오빠가 모처럼 왔는데 놀러 나가다니, 너무 매정하지 않니?"

내게도 내 사정이라는 게 있다. 평상시라면 버럭 화를 냈겠지만, 오늘은 흘려듣는다. 대놓고 말한 건 아니지만 엄마가 싫다는 말을 했던 게 마음에 걸렸다.

"쇼스케랑 이미 약속을 했는데 어떡해."

"아, 쇼스케 만났니? 쇼스케도 입시로 고생하는 건 알지만, 사회에 나가면 더 힘들어. 오빠도 고양이 보호 센터같이 힘든 곳에 취직하지 않았으면 좋았을 텐데. 워낙에 섬세한 성격이라서 괴로운 일도 많을 거고."

무슨 말을 해도 오빠, 오빠. 엄마는 뭐든 오빠랑 연관을 짓는다. 이런 부분도 평상시라면 짜증이 났겠지만,

오늘은 예상대로라며 득의의 미소를 지었다.

아무렇지 않게 이동장을 바닥에 내려놓았다. 샤샤가 집에 머무는 기간은 겨우 열흘이다. 괜한 말다툼으로 불편한 열흘을 만들고 싶지 않다. 이동장을 열어 두 손으로 샤샤를 꺼냈다.

정말로 털 뭉치 같다. 긴장한 탓인지 가느다란 털이 곤두서서 마치 정전기가 인 것처럼 펴졌다. 어리둥절한 회청색의 눈동자. 레오나의 두 손에 걸친 앞발은 갓난아이 주먹 같았다.

"어머!"

엄마의 표정도 어리둥절해진다.

"그건 뭐니?"

"귀엽지? 먼치킨이라고 하는 인기 품종묘야."

"그게 아니라, 어디서 데려온 거냐고. 안 된다. 하지메가 있는데."

엄마는 화가 난 게 아니라 당황한 듯했다. 레오나는 샤샤와 코끝을 맞대고 말했다.

"안 될까. 하지메가 싫어할까."

"당연히 그렇겠지. 갑자기 다른 고양이가 나타나면 놀라지 않겠니?"

하고 싶은 말이 있는 당신에게

"그래? 어쩔 수 없네. 그럼 오빠한테 돌려줄게."

"뭐?"

엄마의 목소리가 변했다. 방심했던 얼굴에도 갑자기 긴장감이 돌았다.

"이 고양이는 오빠가 센터에서 임시로 맡게 된 고양이야. 새로운 주인이 데리러 올 때까지 열흘 동안 맡아야 하는데 너무 어려서 돌봐줄 사람이 필요하다고 나한테 맡겼거든."

"어머, 그러니? 그러면."

"역시 안 되겠지. 오빠한테 데려가라고 할게."

"무슨 소리니."

엄마의 태도가 돌변했다.

"오빠 집에는 이미 고양이가 있잖니. 게다가 일도 바쁠 텐데 우리가 맡아주면 되지. 이런 작은 고양이를……. 안 돼, 안 돼. 도모야는 안 돼."

"그래?"

예상대로다. 너무 오빠 편을 들다 보니 그 역정이 레오나에게 향한다. 평상시라면 그것도 짜증 났겠지만, 오늘은 감쪽같이 속였다는 생각에 통쾌한 기분이 들었다. 엄마는 조심스럽게 샤샤를 보고 있었다.

"꼭 인형 같다. 하지메가 질투하지 않으려나."

"혹시 하지메가 싫어하는 것 같으면 가까이 못 가게 할게. 샤샤는 내 방에……."

불현듯 기척이 느껴져 뒤를 돌아보았다. 언제부터 그곳에 있었는지, 하지메가 열린 장지문 틈새로 이쪽을 보고 있었다. 까만 나이프처럼 눈을 가늘게 뜨고 있었고, 연녹색과 노란색이 섞인 홍채는 수축해 있다.

고양이는 표정이 없다. 인간처럼 웃으면 눈이 반달이 되거나 입꼬리가 올라가거나 하지 않는다. 기쁘다거나 즐겁다는 걸 말로 표현하지도 않는다.

하지만 14년이나 같이 살다 보니 그 얼굴이 무얼 말하는지 알 수 있다. 하지메는 조용히 거실로 들어왔다. 약간 경계하는 듯 발톱의 움직임이 신중하다. 꼬리를 길게 뻗어 좌우로 천천히 흔들고 있다.

손바닥 안에서 샤샤가 폭주했다. 내려가고 싶은 것이다. 레오나는 손에 힘을 풀지 않고 몸을 꽉 잡았다. 샤샤는 천진난만하게도 눈앞의 고양이가 자신을 받아줄 거라고 믿고 있다. 갑자기 달려들면 아무리 얌전한 하지메라도 반격하게 된다. 샤샤가 공격받지 않도록 하는 것이 중요하다.

하고 싶은 말이 있는 당신에게

하지메가 다가왔다. 킁킁 냄새를 맡으면서 레오나 주변을 어슬렁거렸다. 그리고 샤샤에게 얼굴을 대고 코끝으로 이곳저곳을 찌른다. 샤샤는 가만있지 못하고 바둥거린다.

"샤샤, 얌전히 있어. 하지메의 체크가 아직 끝나지 않았어."

"그래, 냥이야. 하지메의 검사는 엄격하단다."

엄마와 둘이서 긴장한 채 두 마리의 움직임을 지켜보았다. 하지메는 레오나의 옆구리에 억지로 머리를 들이밀고는 샤샤의 엉덩이 냄새를 맡기 시작했다. 샤샤가 짧은 다리를 바둥거렸다.

"어머, 어머. 우리 냥이가 부끄럽구나. 엉덩이 냄새를 맡아서."

엄마는 웃고 있었다. 하지메는 신중하게 샤샤의 엉덩이 냄새를 맡더니, 이제 됐다는 듯 다다미 위에 앉았다.

"하지메, 체크 끝났니?"

"그런 거 같네. 냥이야, 다행히 합격인가 보다."

고양이의 습성인지, 하지메는 뭐든 냄새를 맡는다. 대체로 가볍게 킁킁거릴 뿐이지만, 마음에 들지 않을 때는 의심 가득한 표정으로 꼬리를 높이 든다. 샤샤에 대한 체크는 처음부터 호의적이었다. 표정이 없어도 코를 갖다 대는 방식으로 알 수 있다.

샤샤를 다다미 위에 풀어주었다. 샤샤는 하지메 옆으로 달려가더니, 짧은 앞발로 톡톡 건드렸다. 아마도 조금 전 자신이 당했듯이 상대의 엉덩이 냄새를 맡고 싶은 듯했다. 하지만 하지메의 엉덩이는 다다미에 묵직하게 내려앉아 있고 비집고 들어갈 틈도 없다. 색깔도 다다미와 똑같은 연갈색이어서 마치 처음부터 그곳에 뿌리를 내리고 있는 것처럼 보였다.

샤샤는 포기하지 않고 집요하게 하지메의 엉덩이와 다다미 사이로 냄새를 맡으며 돌아다녔다. 하지메는 무표정 그 자체였다.

"……하지메는 완전히 무시하고 있네."

레오나는 웃음을 힘겹게 참고 있었다. 엄마도 빙긋 웃고 있다.

전혀 상대를 해주지 않던 하지메가 갑자기 일어나더니 반대로 샤샤의 엉덩이를 뒤쫓기 시작했다. 샤샤도 당하지 않겠다고 열심히 도망갔지만, 애초에 상대가 되지 않았다. 하지메의 코끝이 샤샤의 엉덩이를 들어 올리는 바람에 샤샤의 다리가 공중에 떴다.

"이런, 이런. 우리 냥이 또 엉덩이 수색을 당했네. 아이고 부끄러워라."

"샤샤, 힘내! 엉덩이 수색에 지면 안 돼!"

"저기 봐, 하지메가 다시 왔어. 그러다 또 엉덩이 수색 당한다!"

"앗, 샤샤, 기회야! 하지메한테 플레멘 반응이 왔어!"

레오나는 엄마와 함께 두 고양이가 빙글빙글 도는 모습을 바라봤다. 한껏 풀어진 얼굴에서 웃음이 배시시 새어 나온다.

그날 밤의 엉덩이 공방은 하지메의 압승으로, 샤샤는 한 번도 엉덩이 냄새를 맡지 못하고 끝났다.

***

몽글몽글 김이 올라오는 뚝배기를 몇 번이나 손님에게 옮겼을까.

벚나무의 꽃망울이 맺힐 즈음이 되면 교토의 관광객은 폭발적으로 늘어난다. 단풍철에도 마찬가지다. 난젠지 주변의 음식점 앞에는 모두 줄이 늘어섰고, 레오나가 아르바이트를 하고 있는 물두부집에도 대기하는 줄이 몇 시간씩 길게 늘어섰다.

수업이 끝나고 곧장 가게로 가서 유니폼인 기모노로 갈아입은 후 여덟시까지 쉴 새 없이 일했다. 매장의 잔심부름을 하는 것이 주된 업무지만, 뚝배기나 맥주 상자 등 무거운 것은 직접 날랐다.

손님 응대가 한차례 끝나고 나서야 간신히 화장실에 갈 수 있었다. 이미 몇 시간을 참았다. 같은 타이밍에 동료도 화장실로 뛰어 들어왔다.

"이러다 야단나겠어. 조만간 손님 앞에서 싸버리는 거 아냐?"

"나도 간신히 참았어."

레오나는 기모노의 옷소매를 가다듬으며 웃었다. 이 식당에서 아르바이트를 한 지 2년이 되었지만, 성수기에는 늘 이런 상황이다.

동료는 크게 한숨을 쉬었다. 그녀도 쉴 새 없이 일한 탓인지 기모노가 구깃구깃했다.

"난 이번 주말에 쉬는 날 없어. 토, 일에 계속 나와달래. 너는?"

"난 내일부터 당분간 쉴 거야."

"진짜? 시험 기간이야?"

하고 싶은 말이 있는 당신에게

"고양이가 와 있어."

"고양이?"

"잠깐 임시로 맡았는데, 먼치킨 아기 고양이야. 엄청 귀여워."

"고양이…….."

동료는 안타까운 표정으로 중얼거렸다.

"그러면 알바 따위 하고 있을 때가 아니지. 우리도 고양이를 키우는데, 아깽이 시절은 한순간이잖아. 놓칠 순 없지. 얼른 집에 가. 뒷정리만 남았으니까 내가 할게."

"고마워."

고양이의 효과는 정말 엄청나구나 하는 생각에 웃음이 나왔다. 고양이의 어린 시절을 지켜볼 기회는 흔치 않다. 어제 근무 스케줄을 변경해버린 탓에, 오늘은 도저히 쉴 수 없었지만, 샤샤가 있는 동안에는 되도록 집에 있을 생각이었다. 서둘러서 뒷정리를 도운 후 날아가듯 집으로 돌아갔다.

"샤샤는?"

숨을 헐떡이며 신발을 벗어 던지는 레오나를 보고 엄마가 웃었다.

"이미 안쪽 방에서 자고 있다. 아홉시잖니."

"에이, 서둘러 왔는데."

아쉬웠지만, 자는 모습이라도 보려고 불 꺼진 다다미 방으로 들어갔다. 하지메가 자주 잠을 자는 방이다. 하지메는 기분에 따라 집 안의 이곳저곳에서 잔다. 오늘은 이 방을 샤샤에게 양보해준 걸까.

다다미방 구석에 방석이 한 장. 그곳에 하지메가 등을 돌리고 잠들어 있었다. 샤샤는 어딨나 싶어서 방 안을 둘러봤지만 보이지 않았다. 아직 장롱 위는 무리일 거고, 숨을 만한 곳도 없다.

혹시나 하는 마음에 하지메에게 다가가보니 그 앞에 폭신폭신한 흰색 털 뭉치가 보였다.

샤샤였다. 두 고양이가 마주 보며 껴안은 채 자고 있었다. 껴안고 있다고밖에 할 수 없을 만큼, 제대로 팔을 두르고 붙어 있었다.

미치겠네…….

자신도 모르게 입이 벌어졌다. 얼굴근육이 너무 풀어진 나머지 침까지 흘러내릴 것 같다. 레오나는 한참을 바라보다 거실로 돌아갔다.

"하지메가 샤샤를 껴안고 있어."

"종일 사이좋게 지냈어. 샤샤는 정신없이 뛰어다녔는

데 하지메가 능숙하게 놀아줬어. 암컷이라서 엄마라도 된 기분인가 봐."

"그렇구나."

가슴 언저리가 옥죄는 느낌이었다. 새끼 고양이의 귀여움에 힐링되는 건 고양이도 마찬가지인 듯하다.

게다가 엄마의 표정도 평상시보다 부드러웠다.

"샤샤를 보고 있으니까 하지메가 꼬맹이였을 때가 떠오르더라. 도모야가 하도 졸라서 어쩔 수 없이 맡았지만, 너무 어려서 고생했어. 아직 이유식도 안 뗐지, 맨날 설사하지."

"그랬어?"

하지메가 집에 온 것은 레오나가 대여섯 살 정도였을 때다. 기억 속의 하지메는 그리 작지도 않았고 손이 많이 간다는 인상도 없었다. 새끼 고양이라 귀엽다는 생각보다는, 같은 수준의 놀이 친구였다.

"그때 도모야는 학교 공부도 못 따라가고, 친구들과 사이도 안 좋아서 걱정이 많았어. 고양이가 좀 위로가 되려나 했는데, 하지메는 도모야를 따르지도 않았지. 그래도 애가 착해서 열심히 돌봐줬지만."

"하지메는 엄마를 따랐지."

"그랬지. 도모야에게는 미안한 일이야."

엄마는 조금 아련한 눈빛을 하고 있었다. 무엇을 생각하든 오빠로 귀결된다. 엄마는 아직 자식에게서 독립하지 못했구나 하는 생각에 슬쩍 웃음이 났다.

"하지만 오빠도 이제 자기 고양이가 있잖아. 지금까지 한 번도 집에 데려온 적은 없지만. 하지메는 사이좋게 지낼 수 있을 것 같으니까 다음에 만나게 해줄까."

"도모야의 고양이는 까만 고양인데? 너, 까만 고양이 싫어하잖아."

무슨 말이지? 되물어 보려는데 현관에서 소리가 났고 아빠가 들어왔다. 아빠의 귀가는 늘 늦었고, 피곤한 기색이 역력했다.

"아, 지친다. 배는 별로 안 고프니 대충 차려도 돼. 고양이는? 싸우진 않았어?"

"연어 있으니까 오차즈케* 해줄게. 고양이는 자고 있어. 사이좋아."

"그래?"

아버지는 고양이를 보러 가지 않았다. 레오나를 보며

• 밥에 차나 맑은 국물을 부어 먹는 것.

하고 싶은 말이 있는 당신에게

덧붙이듯 말했다.

"넌?"

"건강해."

"그래. 학교는?"

"그럭저럭."

"그래."

짧은 대화였지만, 샤샤가 더해지면서 평상시보다 조금은 길어졌다. 가족의 나이테가 한 겹 늘어난, 그런 느낌이었다.

"어쩌면 우리 엄마는 오빠한테서 하지메를 빼앗았다는 죄책감을 갖고 있는지도 모르겠어."

병원에서 샤샤를 처방받은 지 8일째. 오늘은 토요일이라서 학교는 가지 않는다. 오전은 집에서 느긋하게 보내고 오후에 쇼스케의 집에 놀러 왔다. 샤샤도 이동장에 넣어 데려왔다.

쇼스케는 샤샤를 눕히고는 배를 간질이면서 말했다.

"하지메는 너희 집 고양이 말하는 거지? 원래는 도모야 형이 데려온 고양이."

"응. 어렸을 때부터 오빠는 곤충이나 물고기를 키우

긴 했지만, 큰 동물은 하지메가 처음이었어. 그런 하지메가 엄마만 따르니까 사실은 슬펐을 거야. 나도 샤샤가 엄마만 따르면 분할 것 같거든. 그래서 최대한 열심히 돌보는 거야. 이번 주는 알바도 쉬면서."

"흐음."

배를 간지럽히자 샤샤는 흥분했다. 한 번씩 쇼스케의 손가락을 깨물었다.

"아야얏! 이 녀석 이빨이 제법 날카로워졌네. 설명서에는 형제 고양이들과 놀면서 학습하게 하라고 했지만, 형제가 없잖아."

"하지메가 가르치고 있어. 그냥 하지메 주위를 샤샤 혼자 돌아다닐 뿐이지만. 근데 한 번씩 하지메가 강하게 막아설 때가 있어. 이건 지나쳐, 하고 말하는 것처럼. 함께 노는 게 아니라 지켜보고 있는 느낌이야."

"제법 세게 깨무는데? 어린 동생이라고 봐주나?"

"맞아. 그런 느낌이야."

하지메는 이미 고령이다. 힘이 넘치는 샤샤를 상대하는 일은 피곤할 터다.

"아얏!"

쇼스케가 손을 뺐다.

"안 돼, 아프다고. 레오나, 교대."

"나도 아픈 건 싫거든."

"넌 하지메 덕분에 익숙하잖아."

"하지메는 깨물거나 할퀴는 행동은 안 해. 마음에 안 들면 하악질은 하지만. 공격에 익숙한 건 오빠지. 센터에서 고양이를 돌보고 있잖아. 엄청나더라. 팔이 온통 상처투성이야. 콧등까지 물려서는."

"보호 센터 업무는 엄청 힘들 거 같아. 고양이들이 공격하기도 하고 도망가기도 하고."

"맞아. 오빠가 대단한 건 직장에서 그렇게 고양이를 대하면서도 자기도 키운다는 거야. 몇 년 전엔가 구조된 고양이를 입양했어. 그때는 역시 정상이 아니라고 생각했는데, 어쩌면 하지메 대신이었는지도 몰라."

"하지메를 엄마에게 빼앗겨서?"

"응."

레오나는 꼬물꼬물 침대로 향하는 샤샤를 응시하며 말했다.

"내게 하지메는 그냥 가족일 뿐 고양이라는 느낌이 없어. 그래서 누구를 따르든 건강하기만 하면 그만이었어. 근데 샤샤가 온 뒤로는 너무 귀여워서 나를 제일 좋아해 주었으면 하는 생각이 드는 거야. 독점욕이랄까. 이런 감정을 오빠도 느꼈다면 분명 복잡한 기분이었을 거야. 오빠는 착해서 다른 사람 탓도 못 하고."

"너, 뭔가 아줌마랑 도모야 형에 대해 관대해진 것 같은데? 고양이를 두 마리나 키우고 있어서인가."

쇼스케의 말에 레오나는 쓴웃음을 지었다. 그는 자신이 긍정적으로 변한 게 그 이상한 의사 덕분이라고 믿고 있었다. 쇼스케는 조금 조심스러운 표정을 지었다.

"근데, 그건 하지 않는 게 좋겠어."

"그거라니, 뭘?"

"레오나가 하고 싶은 말. 엄마가 싫다는."

"아!"

다시 식은땀이 흘렀다.

"아니라니까, 그건."

"말하지 않으면 모르는 것도 있겠지만, 말하면 끝인 것도 있어. 수습할 수 없는 말은 감정적으로 말하지 않는 편이 나아."

"쇼스케, 그러니까 그건."

"만약 꼭 말해야겠다면 내가 같이 있어줄게. 요전에 우리 부모님께 교토대 포기한다고 했을 때, 정말 힘이 됐어. 나도 부모님이랑 좀 삐걱대고 있었거든. 네가 없었다면, 나도 하면 안 되는 말을 했을 것 같아."

"그랬어?"

"응."

쇼스케는 온화하게 미소 짓고 있었다. 쇼스케는 늘 밝고 상냥하다. 그런 그도 부모와는 여러 가지 일이 있는 것이다. 자기만 그런 게 아니라는 생각에 조금 위로가 되었다.

"고마워. 하지만 난 정말로 하고 싶은 말이 없어. 하고 싶은 말은······."

사실, 있었다.

문득 깨달았다. 집 안은 밖에서는 보이지 않는다. 한발 들어가보면 나름의 사연들이 있다.

"아니, 하고 싶은 말은 있었어. 하지만 이미 말했어. 그러니까 괜찮아."

그랬다. 그 이상한 의사가 진료실에서 하고 싶은 말을 하게 해주었다. 그걸로 무언가가 떨어져 나간 기분이 들었다.

샤샤를 이동장에 넣고 집으로 돌아오니 엄마가 바로 방에서 나왔다.

"레오나, 하지메가 샤샤를 찾아다니고 있어."

"에이, 설마."

거실에 이동장을 내려놓은 순간 고양이 울음소리가 들렸다. 하지메였다. 하지메는 꼬리를 꼿꼿하게 세우고 다가왔다. 찾고 있던 샤샤를 발견해서 기쁜 것이다. 샤샤도 이동장에서 나왔다. 샤샤의 꼬리는 마치 핸디 타입의 먼지떨이처럼 복슬복슬해도 분명히 세우고 있다. 두 꼬리 모두 자신의 의사를 확실하게 표현하고 있다.

레오나는 두 마리의 고양이를 보고 있었다. 귀여워서 절로 미소가 지어진다. 엄마도 두 녀석을 보고 있었다.

"하지메는 샤샤가 귀여운가 봐. 가고 나면 외로워할 거 같은데."

"응, 그럴 거 같네. 친구가…… 필요했나."

"어쩔 수 없지. 샤샤는 도모야의 직장 고양이니."

가슴이 아렸다.

샤샤를 데려옴으로써, 하지메는 외로움을 알게 되었는지도 모른다. 그리고 그 일로 엄마도 마음 아파한다. 자신의 행동이 생각지 못한 방향으로 향하고 있다.

이대로 샤샤를 키우자. 그 생각이 몇 번이나 머리를 스쳤다.

하지만 고양이는 수명이 길다. 하지메가 집에 왔을 때 레오나는 아직 어린아이였는데 지금은 성인이 되었다. 인생의 상당 부분을 함께 보내게 된다는 것을 알기에 쉽게 나서지 못하는 것이다.

갑자기 스마트폰이 울렸다. 아르바이트하는 물두부 집이었다. 휴일인데 전화가 오다니 불길했다. 예상대로, 다른 아르바이트생이 몸이 안 좋아 쉬게 되었으니 출근해줬으면 한다는 것이다. 레오나는 거절했지만, 단체 예약이 들어와서 일손이 부족하다고 사정한다. 레오나는 낙담한 표정으로 전화를 끊었다.

"무슨 일이니?"

"알바하는 곳인데, 와달래. 곤란한 상황인가 봐. 도와주고 올게."

"급할 때는 어쩔 수 없지. 샤샤 밥은 엄마가 챙길게."

엄마는 기뻐하는 듯했다. 샤샤도 밥이라는 말을 듣고 다가온다. 레오나는 마음이 편하지 않았다. 그러다가 문득 깨달았다.

마음이 불편한 건 샤샤를 빼앗겨서? 아니면 엄마의 관심이 샤샤를 향하고 있어서?

"……어린애도 아니고."

"응? 뭐라고 했니?"

"아무것도 아니야. 샤샤 밥 잘 부탁해. 그리고 하지메 사료는 조금씩 꺼내고 먹다 남은 건 버려줘. 오빠가 그러라고 했어."

"어머, 그래? 도모야가 그랬다면 그렇게 해야지."

오빠의 이름이 나온 것만으로 엄마의 기분이 확연하게 좋아진다. 엄마도 어린애 같다는 생각이 들었다.

***

마지못해 가게에 나왔지만, 정말 잘못된 선택이었다.

갑자기 쉬는 사람이 생겨서 일손이 부족한 게 아니었다. 단체 손님 외에도 끊임없이 손님이 들어와서 종일 만석 상태였고, 눈이 핑핑 돌 만큼 바빴다.

점원도 요리사도 쉴 틈도 없이 줄곧 일만 했다. 맛있게 먹었다는 인사와 함께 마침내 마지막 손님이 나갔다. 화장실에 가니 이번 주에 계속 출근했던 동료가 있었다. 그녀도 기진맥진이었다.

"레오나, 쉬는 날인데 와줘서 고마워. 나, 오늘 처음으로 화장실 온 거야."

"심한데? 오늘 종일 근무였잖아."

그러는 레오나도 가게에 온 이후로 한 번도 화장실에 가지 못했다. 너무 바쁜 나머지 물 마실 틈도 없었기 때문에 요의도 느끼지 못했다.

"너무 바빠서 갈 틈이 없었어. 전에 화장실 참다가 방광염에 걸린 적도 있어. 그거, 간질간질하고 굉장히 기분 나빠. 걸린 적 있어?"

"아니, 없어. 조심해야지."

"그래. 뒷정리는 내가 할 테니까 그만 가. 고양이가 기다리잖아. 새끼 고양이는 매 순간이 소중하니까."

애묘가는 마음이 넓다. 아무런 이득이 없는데도, 본적도 없는 다른 집 고양이에 대한 애정까지 마냥 깊다.

레오나는 고맙다고 말하고 가게를 나왔다. 다리가 후들후들 떨렸고, 졸음이 쏟아지면서 몸이 뜨거워졌다. 두녀석은 또 끌어안고 자고 있겠지. 고양이는 안 그래도 체온이 높은데, 달라붙어서 자면 얼마나 따뜻할까.

집에 도착하니 이미 10시가 넘어서고 있었다. 오랜만에 일을 한 탓인지 정말로 피곤했다. 시야가 흐릿하고 몸도 노곤하다.

뭔가 이상한데?

단순히 피곤 때문이라고 생각했는데, 아무래도 이상했다. 열도 나고, 아까 지하철역에서도 화장실에 달려갔었는데 또 가고 싶었다. 더구나 아랫배가 조금 아프다. 지금까지 느껴본 적 없는 통증이었다.

화장실에 들어간 레오나는 사색이 되었다. 쿡쿡 찌르는 듯한 통증에 허리도 펴지 못하고 화장실을 나왔다. 엄마는 이미 잠옷 차림으로 텔레비전을 보고 있었다.

"어, 엄마."

목소리에 힘이 들어가지 않았다. 엄마는 곧바로 미간을 찡그렸다.

"왜 그래? 안색이 안 좋은데?"

"피가, 엄청나. 변기에…… 소변이 새빨개."

"뭐어?"

엄마는 황급히 뛰어와서 레오나의 이마에 손을 얹어 보았다.

"큰일이네. 엄청 뜨거워. 그거 분명 방광염이야. 게다가 열까지 나는 걸 보면 상당히 심각한 상태인데. 텔레비전에 나왔었어."

"그, 그런 거야?"

레오나는 화장실에서의 처참한 광경에 상당한 충격

을 받았다. 아랫배의 찌르는 듯한 통증과 간지러움이 멈추질 않아 가만히 있을 수가 없었다.

"얼른 응급실로 가자. 여보!"

엄마는 욕실에 있는 아빠를 억지로 끌어냈고, 아빠는 물기도 못 닦은 채 운전을 했다. 레오나는 곧바로 응급실로 옮겨졌다. 뭐라 형용할 수 없는 간지러움에 계속해서 다리를 비벼댔다.

진료 결과는 신우신염. 들어본 적도 없는 병명이었다. 세균이 증식해서 신장에 염증이 생긴 것이다. 소변을 오래 참거나 수분 섭취가 부족한 것이 원인이라고 의사가 말했다.

경증이었지만 하룻밤 입원하게 되었고, 레오나는 침대에 누워 항생제 링거를 맞았다. 바로 옆에는 엄마가 철제 의자에 앉아 있었다.

"조심 좀 하지. 신장병은 고양이가 잘 생기는 건데, 사람이 걸리면 어떡하니."

"미안. 물을 좀 마셨어야 했는데 바빠서 그만."

물 좀 안 마셨다고 입원까지 할 줄은 몰랐다.

노곤함이 가시지 않은 상태로 천장을 올려다보았다. 잔병치레도 거의 없는 건강 체질이라 병원이 낯설었다.

공기는 건조하고 시트는 서늘하다. 불안했다.

하지만 바로 옆에 엄마가 있다. 반드시 옆에 있어줄 엄마가 레오나에게는 있다. 왠지 어렸을 때처럼 같이 자고 싶다는 생각까지 들었다. 불안하거나 외로울 때는 그런 기분이 든다는 것을 깨달았다.

집에 있는 두 고양이는 그래서 서로 껴안고 잤을 것이다. 힘껏, 단단하게, 꼭 껴안고. 레오나는 병실 천장을 향해 불쑥 말했다.

"……하지메랑 샤샤는 오늘도 꼭 껴안고 잤어?"

"응. 우리가 소란스럽게 나왔으니 깼을지도 모르겠네. 하지만 또 금방 잘 거야. 특히 새끼 고양이는 자는 게 일이니까."

"샤샤가 가면 하지메는 또 혼자가 되겠네."

"어쩔 수 없지. 도모야 고양이도 늘 혼자잖아. 다 그런 거야."

또, 도모야, 도모야. 큭큭 웃음이 나왔다.

"오빠네 고양이……. 진짜로 한번 데려오라고 하자. 얌전하다고 했어."

"뭔 소리야. 너 검은 고양이 싫어하잖아."

엄마는 어이가 없다는 듯 웃었다. 또 그 소리다. 전에

하고 싶은 말이 있는 당신에게

도 같은 말을 했었다. 레오나는 똑바로 누운 채 고개만 돌렸다.

"나, 검은 고양이 안 싫어해. 어떤 고양이든 좋아해."

"말은 잘하네. 도모야가 처음에 데려온 고양이, 까매서 무섭다고 난리굿을 쳐놓고. 기억 안 나니?"

레오나는 황당했다.

내가, 검은 고양이를 무서워했다고? 오빠의 첫 번째 고양이?

엄마는 웃고 있었다.

"만화에 나온 검은 고양이가 나쁜 마법을 사용하느니 어쩌니 하면서 울고불고. 네가 하도 울어대니까 도모야도 어쩔 수 없이 고양이를 친구한테 돌려주러 갔잖아. 그냥 두면 너도 고양이도 불쌍하다면서. 도모야는 착하고, 옛날부터 동생을 살뜰히 챙겼으니까. 그래서 검은 고양이 대신 데려온 애가 하지메였고. 너, 정말 전혀 기억 안 나?"

"기억 안 나……."

아무리 기억을 더듬어봐도 오빠가 데려왔다는 검은 새끼 고양이가 떠오르지 않았다. 그 고양이는 레오나가 거절한 탓에 원래의 집으로 되돌아갔다. 그리고 우리 집에 온 하지메는 도모야를 따르지 않았다.

그 의사가 말했었다. 결과적으로 누군가의 무언가를 바꿨다고 해도 알 도리가 없다고.

레오나의 선택이 여럿에게 영향을 미쳤다. 그것이 좋았는지 나빴는지는 알 도리가 없다. 하지메는 우리 집에 와서 좋았을까. 돌려보낸 고양이는 어떻게 되었을까.

만약 그 검은 고양이가 우리 고양이가 되었다면?

도모야는 무척 귀여워했을 것이다. 물론 하지메도 귀여워하지만, 훨씬 더 귀여워했을 것이다.

그랬어도 도모야는 지금의 직업을 선택했을까. 그 사건이 어떤 영향을 미친 건 아니었을까. 도모야는 몇 년 전에 구조된 고양이를 입양했다. 그 검은 고양이는 레오나 탓에 키우지 못했던 검은 새끼 고양이 대신이었을 수도 있다.

그 무엇도 알 도리가 없다. 그저 결과만 있을 뿐이다.

다음 날 아침, 퇴원한 레오나를 하지메가 평상시처럼 천천히 마중해주었다. 딸랑 하고 울리는 목걸이의 방울 소리는 예전에는 훨씬 힘차게 울렸었다. 지금은 움직임과 마찬가지로 온화하다.

발등에 부드러운 머리를 비벼댔다. 이런 마중을 늘 당

하고 싶은 말이 있는 당신에게

연하게 생각해왔다.

"하지메."

발밑에서 갸르릉거리는 하지메를 내려다보았다. 레오나가 쪼그려 앉자 하지메는 잽싸게 도망가버렸다. 맞은편에는 샤샤가 낮잠을 자고 있었다. 어린 고양이는 하루 대부분을 잠으로 보낸다. 자고 있는 샤샤 옆에 하지메도 엎드렸다. 나이 차이가 나는 고양이들은 사이좋게 지내기 힘들다고 들은 적이 있다. 그러니 이 만남도 당연한 게 아니다.

도모야처럼 착한 하지메는 레오나를 할퀴거나 깨문 적도 없었다.

갑자기 진짜로 하고 싶은 말이 생겼다.

"하지메, 우리 집에 와줘서 고마워."

이 모든 것이 당연한 것이 아니라는 사실을 깨달았다. 어젯밤 엄마는 입원에 필요한 짐을 가져다주었다. 아빠도 운전을 해주기 위해 월차를 냈다. 이런 것도 당연한 것이 아니다.

"엄마, 고마워. 아빠도 고마워."

"그래, 그래. 처방받은 약은 끝까지 먹어. 먹다 말면 안 돼."

엄마의 말에 레오나는 화들짝 놀랐다. 샤샤를 처방받은 지 오늘로 9일째. 하고 싶은 말을 하게 되면 열흘 안에도 반납하러 와도 된다고 의사는 말했었다.

"……아빠, 엄마. 할 말이 있어."

레오나가 진지한 표정으로 말하자 부모님은 의아한 듯 미간을 찡그리며 서로의 얼굴을 보았다.

***

병원에 도착하니 접수처에는 그 고압적인 간호사가 앉아서 고개도 들지 않고 말했다.

"가지와라 씨, 아직 하루가 남았습니다만, 고양이를 반납하시는 건가요."

"아니요. 고양이는 집에 두고 왔어요. 선생님과 상의하고 싶은 일이 있어서."

레오나가 말하자 간호사는 살짝 눈을 치켜떴다.

"그러세요? 그러면 진료실로 들어가세요."

레오나는 조금 긴장한 채 안으로 들어가서 기다렸다. 만약 안 된다고 하면 어떡하지. 좀 더 빨리 왔어야 했다는 후회가 밀려들었다. 이미 샤샤의 입양처가 정해졌을

하고 싶은 말이 있는 당신에게

지도 모른다. 그렇게 생각하자 초조해서 어찌할 바를 몰랐다.

마침내 안쪽 커튼이 열리고 의사가 들어왔다. 레오나는 의자에서 일어나 의사에게 다가섰다.

"선생님!"

"앗, 깜짝이야. 왜 그러시죠?"

의사는 놀라서 잔뜩 몸을 움츠렸다.

"샤샤를 입양하고 싶습니다! 하지메의 동생으로, 소중하게 키우겠습니다. 부디 입양하게 해주세요! 부탁합니다!"

레오나는 의사를 벽까지 밀어붙였다.

"엄청난 박력이네요. 이러다 코가 닿겠습니다. 자, 자. 진정하세요. 일단 앉아서 심호흡부터."

의사가 시키는 대로 레오나는 의자에 앉아, 숨을 크게 들이마시고 크게 내뱉었다. 의사는 싱글벙글 웃으면서 레오나를 보고 있었다.

"어떻습니까. 어머니에 대한 문제는 아직 해결되지 않았습니까?"

"아, 아니요."

얼굴이 달아올랐다.

"이제 괜찮아졌…… 아니, 원래 싫어하지 않았습니다. 엄마가 오빠만 신경 쓰니까 질투가 나서 좀 삐졌던 것뿐입니다."

"하하하. 질투심입니까. 질투심, 질투심. 하하하."

"하아……."

제발 그만 좀 했으면.

부끄러움을 간신히 억눌렀다. 레오나는 마음을 진정시킨 후 자신의 감정을 전했다.

"평소에 부모님이 당연하게 해주셨던 일들 모두가 감사하다는 생각이 들었어요. 우리 집 고양이 하지메에게도 고맙다는 생각이 들었고, 하지메가 좋아하는 것 같아서 샤샤에게도 고마웠습니다. 두 마리가 행복하게 지낼 수 있도록 소중하게 보살피겠습니다. 부모님께 허락도 받았습니다. 저희가 입양할 수 있게 해주세요."

그렇게 말하고 고개를 숙인 채 기도했다. 제발, 샤샤의 입양처가 아직 정해지지 않았기를. 우리 집과 인연이 닿기를.

"흠."

재미있어하는 듯한 반응에 레오나는 고개를 들었다. 의사는 어째서인지 싱글싱글 웃고 있다.

"좀 더 일찍 올 거라 생각했는데, 아주아주 느긋하시네요."

"죄, 죄송합니다. 한 마리를 더 입양하는 데에는 용기가 필요했어요."

"그렇죠. 오랜 시간을 같이하게 될 테니까요. 하지만 조금만 더 빨랐다면, 정말, 아주 조금만 더 빨랐다면."

"아⋯⋯."

레오나는 정신이 아득해지는 기분이었다. 늦은 것이다. 충격에 눈물이 날 것 같았다.

그때 안쪽 커튼이 거세게 젖혀졌고, 눈을 치켜뜬 간호사가 나타났다.

"니케 선생님! 조금 전만 해도 연장할까 말까 미적거렸으면서, 무슨 쓸데없는 장난입니까?"

간호사는 의사를 매섭게 몰아붙인 후, 레오나에게는 다소 온화한 표정으로 말했다.

"저 아이가 있던 곳은 브리더가 정상적으로 운영하는 곳입니다. 입양하고 싶다면 연락처를 알려드릴 테니 직접 절차를 밟으시면 돼요. 그리고 분명히 말해두는데, 가격은 좀 있습니다. 사람을 매개로 태어난 이상 어쩔 수 없어요."

"네, 네."

간호사의 강렬한 눈빛에 레오나는 조금 떨었다. 그러면서도 깊게 깊게 고개를 끄덕였다.

"아르바이트로 모아둔 돈이 있어서 괜찮아요."

"그렇군요. 그럼 니케 선생님, 쓸데없는 소리는 이제 그만하시고요. 예약 환자분이 오실 겁니다."

간호사는 차갑게 말하고 커튼 너머로 돌아갔다. 의사는 불만스러운 듯 투덜거렸다.

"장난 좀 친 거 갖고 뭘 저렇게 화를 내는 거야."

"저기, 선생님."

"네, 말씀하세요."

의사는 아무 일도 없었다는 듯이 가볍게 웃었다.

"선생님 성함이 니케입니까?"

"그렇습니다. 예전에는 다르게 불렸지만요. 그리고 당신이 입양할 아이는 돌봐주던 사람이 샤샤라고 부른 거니까, 이제 마음에 드는 이름으로 지으면 됩니다. 당신 집의 아이가 되는 거니까요."

이상한 이름의 의사는 말하는 것도 하나하나가 다 이상하다. 레오나는 머릿속으로 몇 개의 이름을 떠올렸다. 하나같이 고양이에게 어울리는 귀여운 이름이다. 그러나 이내 전부 지워졌다.

레오나처럼 응석받이 기질이 있고, 깨무는 버릇도 조금 있는 샤샤. 잠만 자는 샤샤. 깨면 잠시도 가만히 안 있는 샤샤. 하지메가 좋아하는 샤샤.

"그대로 할래요. 샤샤는 처음부터 샤샤였으니까."

"그렇습니까."

의사는 미소 지었다. 지금까지 잊고 있었다. 이 의사는 역시 도모야의 판박이다.

진료실을 나오자 간호사가 불렀다. 레오나는 브리더의 연락처가 적힌 종이를 받아 들고 유심히 보았다.

"저기……."

"네?"

"이곳은 쉽게 찾아갈 수 있는 곳입니까? 이곳처럼 그날그날에 따라 찾을 수 없다거나 그러지는 않겠죠?"

"아마도 그런 일은 없을 겁니다. 하지만 걱정된다면 누구보다 믿음직한 고양이 전문가, 오빠를 보내면 어떨까요."

간호사는 무뚝뚝하게 말했다.

간호사는 무심한 척하면서도, 레오나가 말한 것을 하는 지점을 잘 기억하고 있었다. 퉁명스러우면서도 친절하게 정보를 주기도 하고, 여하튼 의사 못지않게 특이한 사람이었다. 왠지 귀엽다는 생각이 들었다.

"사실은 그냥 허세였어요. 고양이 전문가인 건 맞지만, 누구보다 믿음직하다는 건 허풍입니다. 오히려 조금 어설픈 부분도 있어요."

"어머!"

간호사는 살짝 눈을 흘겼다.

"하지만 오빠잖아요."

"어느 정도의 나이가 되면 오빠와 여동생의 관계가 역전되기도 하지 않나요? 우리 집에서는 오빠를 더 못 미더워합니다."

"……어머, 그렇군요. 아무튼 저랑은 상관없지만요. 안녕히 가세요."

그러고는 다시 새침한 표정으로 돌아갔다. 의사와 간호사, 둘 다 인연이 있는 사람이다. 하지메가 우리 집에 왔듯이, 샤샤가 우리 아이가 되었듯이, 모든 것이 먼 곳에서부터 이어져 있다.

건물을 나와 골목길 입구에서 뒤를 돌아보았다. 막다른 길은 어둡고 희미해서 잘 보이지 않았다. 오늘부터는 두 고양이의 보호자다. 더는 이곳에 와서 고양이를 처방

하고 싶은 말이 있는 당신에게

받는 일은 없을 것이다.

　하지만 고민이 있는 누군가가 있다면, 니케 선생님이 있는 고코로 병원을 가르쳐줘도 좋겠다고 생각했다.

제4화 | 아픈 고양이를 사랑하는 당신에게
고양이를 처방해 드립니다

언제부터 집에 오는 게 싫어졌을까.

가지와라 도모야는 현관 문고리를 쥔 채 순간 멈칫했다. 숨을 죽이고 귀를 기울였다. 맨션 복도의 전등이 희미하게 지잉 소리를 내고 있었다.

그뿐이다.

가볍게 숨을 내쉬고 집 안으로 들어갔다. 캄캄한 어둠이다. 불을 켜고 가방을 내려놓고 겉옷을 벗었다. 귀가 후 일련의 행동이 끝날 때까지 도모야는 눈을 내리뜨고 있었다.

이것이 평범한 삶이다. 일을 내팽개치고 집으로 달려

가거나, 초조한 마음으로 집에 뛰어 들어가고 싶지 않다. 할 일을 다 끝내고서야 시선이 케이지로 향했다. 도모야의 키보다 조금 낮은, 스테인리스 재질의 고양이 케이지다. 3단 선반이 엇갈려 걸려 있고, 가장 높은 곳에 해먹이 달려 있다.

하지만 해먹은 사용하지 않는다.

가장 아랫단의, 화장실과 급수기 사이를 메우듯 검은 고양이가 몸을 웅크리고 있다. 얼굴은 벽을 향하고 있어서 보이지 않는다. 엉덩이부터 등까지, 광택이 있는 검은 털이 부드럽게 물결치고 있다. 숨을 쉬고 있다.

"니케."

도모야는 케이지 앞에 앉아 한쪽 무릎을 세웠다. 검은 고양이는 잠이 든 채, 호흡 외에는 어떤 움직임도 보이지 않았다. 잠시 그 모습을 지켜본 후 케이지의 문을 열고 사료와 물의 양을 확인한다. 사료는 절반이 남았고, 물은 아침보다 이백 밀리리터 정도 줄었다. 화장실을 밖으로 꺼내 분뇨를 확인하고, 오늘은 최소한의 필요량을 클리어했다고 안도했다.

"니케, 빗질해줄까."

검은 고양이를 양손으로 들어서 케이지 밖으로 꺼냈

다. 힘없이 축 늘어진 네 개의 다리를 손으로 잘 지탱해 주지 않으면 고개가 기울어진다. 도모야는 무릎을 사용해가며 니케를 꺼냈다. 가부좌 자세로 앉아 다리 사이로 니케의 몸을 끼워 넣고 배가 보이게 눕혔다.

그러고는 고양이용 고무 브러시로 정성껏 털을 빗어 주었다.

"어때, 기분 좋지?"

양손으로 들어 올려 옆구리 부분도 빗는다. 저항도 거부도 없어서 편하지만 그래서 더욱 자극이 심하지 않도록 조심해야 한다. 아프다는 표현을 해주면 좋으련만. 문득 빗질을 멈춘다.

니케는 눈 위의 털도, 양쪽 볼의 수염도, 코도 까맣다. 발바닥 젤리까지도 까매서, 자고 있을 때는 가까이서 보지 않으면 얼굴 윤곽을 알 수 없다. 깜깜한 밤을 그대로 오려낸 듯한 니케는 보름달 색 눈동자 이외에는 담흑빛이다. 형광등 아래에서 우아하게 걸으면 그 흑색에 빛이 반사되어 더없이 아름다웠다. 하지만 그 모습을 못 본 지도 벌써 몇 달째였다.

아니, 금빛 눈동자조차도 본 지 오래다.

"……자, 니케. 아주 예뻐졌어. 편하게 자렴."

마지막으로 꼭 안아서 목덜미 털에 코를 묻었다. 고양이는 좋은 냄새가 난다. 햇볕에 말린 이불 냄새다. 굳게 닫힌 집 안에 태양이 있다.

도모야는 니케의 머리가 떨어지지 않도록 손바닥으로 받쳤다. 고른 숨소리를 내고 있는 니케는 무척이나 따뜻했다. 털 손질을 막 끝낸 몸은 매끄러웠고 힘이 빠져 있었다. 하지만 꼬리만은 늘 꼿꼿했고 지금도 천천히 흔들리고 있다. 행복한 꿈을 꾸고 있다고, 그렇게 믿고 싶었다.

니케를 케이지 안에 눕히고 살며시 등을 쓰다듬은 후 문을 닫았다.

오늘 밤도 니케는 잠에서 깨지 않는다.

**

"가지와라, 무슨 고민 있는 거 아니야?"

오타 센터장이 조심스럽게 물었다.

도모야는 사육동 뒤편에서 고양이 화장실을 씻고 있었다. 고무장갑과 고무장화 차림의, 평상시 모습이다.

"당연히 있죠. 어떻게 하면 안정적으로 운영할 수 있

238   아픈 고양이를 사랑하는 당신에게

을까, 어떻게 하면 알바생이 그만두지 않을까."

옅은 미소를 지으며, 이번에는 무상으로 지원받은 바구니와 사료통을 씻었다. 깨끗한 상태로 왔더라도 실내에 넣기 전에는 다시 세척해야 한다. 동물에게는 다양한 병균이 있다. 시설에 있는 고양이를 감염병에서 지키는 일은 무척 중요하다.

할 일이 산더미다. 하루 종일 청소를 해도 감당이 안 되는데, 거기에 사무 업무와 외근까지 도맡고 있다. 당연히 고민은 끝이 없다.

도모야가 '미야코노이에 고양이 보호 센터'에 근무한 지 7년 정도가 된다. 부센터장이란 직함은 이름뿐이고, 용구 세척부터 분뇨 처리까지도 도모야의 업무다. 항상 일손이 부족해서 직원이건 아르바이트생이건 하는 일은 마찬가지였다.

오타 센터장도 나무 가지치기나 전구 교체 등 잡일에 투입된다. 지금도 일체형 작업복을 입고 손에는 낫을 들고 있다. 50대 후반의 남성으로, 쾌활하고 싹싹하다.

"센터 일 말고 자네 고민 말이야. 뭔가 개인적인 고민이 있으면 편하게 얘기해도 돼."

"왜 그러세요? 저, 뭔가 고민이 있어 보입니까?"

도모야는 바구니를 씻으면서 쓴웃음을 지었다.

"그런 건 아니지만, 요즘 들어 좀…… 피곤해 보여서."

오타의 말투는 어딘가 망설이는 듯했다. 사담을 나눌 여유도 없는 상황에 굳이 이곳까지 와서 말을 걸었다. 그냥 온 것은 아닐 터다.

도모야는 고무장갑을 벗고, 바구니의 구석진 부분을 작은 솔로 문질렀다.

"일이 이렇게 많은데 피곤한 건 서로 마찬가지죠. 저보다 센터장님이 더 머리 아프시지 않습니까? 이번 입양회는 저번처럼 되면 안 되잖아요."

"아, 그때. 뒤끝이 찝찝했지. 다음 개최 전까지 협의해야 하는데."

오타가 중얼거렸다. 다른 이야기로 잘 넘긴 듯했다.

도모야는 수도꼭지를 잠갔다. 셔츠가 축축했다. 날씨가 좋아서 씻은 물건들은 그대로 햇볕에 말린다.

이제 트럭을 몰고 가서 자재를 반입하고, 구조된 고양이들을 인수해야 한다. 돌아온 뒤에는 고양이의 건강을 위해 털을 손질하는 작업이 기다리고 있다. 얌전한 고양이는 자격증이 있는 다른 직원에게 맡기지만, 난폭한 녀석인 경우에는 여러 사람이 필요하다. 상처투성이가 되는 것은 주로 도모야의 몫이다.

"센터장님, 보건소에서 세 마리 인수 요청이 들어와서 다녀올게요. 협의는 다녀와서 해도 될까요?"

"아, 그래. 요즘 구조되는 고양이들이 많네. 고양이를 키우는 집도 많아지고 있지만 그만큼 센터에 오는 고양이도 많아지고 있다는 걸 사람들이 좀 알아야 할 텐데. 센터는 유지하기조차 힘든 상황인데."

오타는 크게 한숨을 쉰 후 이번에는 세차게 고개를 저었다.

"안 돼, 안 돼. 우울한 이야기는 금물. 우리 센터의 구호는 밝게 청결하게 야옹야옹이니까. 자, 가지와라 군도 같이 외치자. 밝게 청결하게 야옹야옹!"

"아니요, 전 사양하겠습니다."

오타를 남겨두고 그 자리를 떠났다. 좋은 사람이지만, 때때로 텐션이 너무 높아서 따라갈 수가 없다. 도모야는 예전부터 소란스러운 것을 싫어했다. 재미없다거나 얌전하다는 말을 듣지만, 자신의 페이스를 지키고 싶다.

고양이 보호 센터에는 여러 가지 궂은일뿐만 아니라, 직시하기 힘들 만큼 처참한 상황도 있다. 하지만 그런 때도 도모야는 회피하지 않고, 동요하지 않고, 냉정하게

고양이를 처방해 드립니다　　　　　241

대처했다. 울고 한탄하는 건 할 일을 끝낸 다음이다. 생명을 다루는 현장에 사적인 감정이 개입되면 지속하기 힘들다. 실제로 견디지 못하고 그만두는 아르바이트생이나 직원이 끊이지 않았다.

그래서 도모야는 자신의 페이스를 지키려고 노력했다. 그래야만 감정을 억제하고 담담하게 업무를 해나갈 수 있다.

지금까지는 그것이 가능했다.

"가지와라 씨. 무슨 고민 있어?"

조수석에 탄 데라다 마도카가 물었다.

도모야는 아무렇지 않은 척하며 트럭을 운전하고 있었다. 창피해서 일부러 그녀를 보지 않는다.

"무슨요. 그냥 실수였어요."

"그런 실수를 하지 않는 사람이니까 신경이 쓰이는 거야. 더구나 요즘 들어 계속 그러잖아."

마도카의 말투는 가벼웠지만, 염려가 담겨 있다. 도모야는 모른 척했다.

"제가 다른 실수도 했나요?"

자신이 생각해도 속이 빤히 보인다. 오늘의 실수는 황

당한 수준이었다. 자재를 가지러 트럭을 몰고 갔는데 발주가 되어 있지 않았다. 발주를 깜박한 것은 도모야 자신이었다. 주문했다고 생각한 고양이 사료와 모래, 배변 패드는 전부 당장 필요한 것들이었다. 다행히 어렵게 와줬다며 담당자가 먼저 가져갈 수 있게 해주었다. 특가로 제공해주었을 뿐만 아니라 여러 가지를 융통해주었다. 도모야는 그저 죄송하다는 말밖에 할 수 없었다.

그 외에도 툭하면 날짜나 시간을 착각했는데, 정신을 놓고 있기 때문이다. 정신을 놓으면 특히 부정적인 감정이 파고든다. 조심해야 한다고 마음을 다잡지만, 역시 머리 한편에서는 다른 생각이 떠나질 않았다.

"실수했지. 어제 회의도 깜빡했잖아. 가지와라 씨가 까먹으면 누가 나를 부르러 와."

"그래서 같이 지각했죠."

도모야는 그 일을 떠올리고 웃었다. 황급히 마도카를 부르러 갔더니, 그녀는 휴식 시간이 끝난 것도 모르고 책상에 엎드려 졸고 있었다.

"그러니 내가 걱정이 되겠어, 안 되겠어? 집에서는 딸이, 직장에서는 가지와라 씨가 있으니까 내가 안심하고 자는 건데……. 아, 무슨 이야기를 했었지? 맞다, 고민

있냐고."

마도카의 이야기는 늘 딴 길로 새는데, 오늘은 재빠르게 궤도를 수정했다.

"피곤해서 그런 거면 일을 좀 줄여. 가지와라 씨가 야근도 제일 많이 하고 외근도 전부 도맡아서 하잖아. 일주일에 하루도 제대로 안 쉬지?"

"틈틈이 쉬고 있어요. 얼마 전에도 본가에 가서 쉬고 왔고요."

가볍게 웃어넘겼다. 마도카는 도모야보다 조금 나이가 많은, 초등학생 딸을 둔 싱글맘이다. 도모야만큼 센터에서 오래 일했다. 마도카는 고양이나 동물을 좋아해서가 아니라, 집이 가까워서 이 직장을 선택했다고 한다. 처음 이곳에 왔을 때는 딸이 취학 전이었는데 벌써 4학년이 되었다.

"센터장님도 걱정하는 눈치야."

마도카의 어투가 평상시보다 조금 무거워진다. 진지하다는 뜻이다.

"만약 가지와라 씨가 쓰러지거나 그만두면 센터 사람 모두가 힘들어져. 입양회에서도 가지와라 씨가 말을 걸면 신기하게도 순조롭게 입양으로 이어지잖아. 분명 인

아픈 고양이를 사랑하는 당신에게

연을 꿰뚫어 보는 능력이 있어."

"그냥 우연이에요. 센터의 고양이가 입양되는 건 잘 적응할 수 있도록 매일 사랑해주는 트레이너 덕분이죠. 전 오히려 고양이와는 인연이 없는 사람이라서."

마지막의 자포자기한 듯한 말투에 스스로 움찔했다.

하지만 마도카는 눈치채지 못한 듯했다.

"여하튼 고민이 있으면 혼자 끌어안지 말고 상담을 하는 게 좋아. 우리 딸에게 들었는데, 상당히 실력 있는 정신의학과가 있대. 근데 거기가 고코로 선생님 병원 근처인 모양이야."

"스다 선생님의?"

"응. 딸의 학교 같은 반 친구의 부모의 지인의 자녀가 간 적이 있대. 롯카쿠 거리에서 오른쪽인가 왼쪽이라고 했을걸."

"끝내주게 막연하네요."

"원래 그 주변은 거리명이 복잡하잖아. 북쪽이니 남쪽이니. 결혼해서 교토에 막 왔을 때는 일부러 어렵게 말하는 거 같아서 짜증이 났을 정도니까. 전남편도 자기 고향이라고 과시라도 하듯 이상한 주소를 사용했거든. 나중에 알았는데, 그 사람 본가는 야마시나였어. 거의 시가현에 가깝잖아. 그 말을 했더니 야마시나도 교토 시내라며 화를 내는 거야. 이해가 안 가. 원래 도쿄 여자와 교토 남자는 안 맞아……. 이런 또 딴 길로 샜다. 병원 주소는 나중에 보내줄게. 가지와라 씨의 고양이, 고코로 선생님께 진료받지? 진료받으러 갈 때 들러봐."

나카교구의 도미노코지 거리에 있는 스다 동물병원의 수의사, 스다 고코로는 센터의 비상근 의사다. 센터에서의 검진은 물론이고 외부 출장까지 마다하지 않는, 열정적인 동물보호 활동가다. 니케를 구조했을 때 진찰해준 사람도 스다 고코로였다. 그때 같이 발견된 고양이들도 어떻게든 살려보려고 무척 애를 썼었다.

하지만 사육이 방치된 처참한 현장에서 살아남은 고양이는 두 마리뿐이었다. 3년 전의 일이다.

도모야는 최대한 담담하게 말했다.

"우리 고양이, 이제는 선생님께 진료 안 받아요."

"어머, 그래? 병원 바꿨어?"

"네. 선생님 병원은 집에서 좀 멀어서요."

"그럼 갈 기회가 별로 없겠네. 정신과는 왠지 쉽게 발길이 안 가잖아. 어느 정도 믿을 만한 곳이 좋지 않을까 싶어서 얘기한 거야. 왜, 말하는 것만으로도 편해질 때

아픈 고양이를 사랑하는 당신에게

가 있잖아. 음……. 내가 이야기를 들어주고 싶은데, 내 딸 말로는 나한테 고민을 얘기하면 이야기가 중구난방으로 흩어져서 더 혼란스러워진대."

"큭."

웃음이 삐져나왔다. 도모야는 슬쩍 웃으면서 앞을 응시했다.

"……걱정해주셔서 고맙습니다. 혹시 근처에 갈 일이 있으면 들러볼게요."

"응. 그렇게 해."

마도카는 안심한 듯했다. 오타도 마도카도 좋은 사람이다. 고양이에게 따뜻하고, 사람에게도 따뜻하다. 도모야가 그런 따뜻함을 받을 가치도 없는 지독한 인간임을 두 사람은 모른다. 그들이 신경 써주는 것이 불편하고 미안했다. 도모야가 마음에 품고 있는 감정을 표출하면 주위 사람들이 곤란해질 것이다.

그래서 센터 내의 누구에게도 상담할 수 없다. 친구나 가족에게도 말하고 싶지 않다. 아니, 입에 올리는 것도 싫다. 세상에는 말하면 안 되는 것이 있다.

정말로 말하면 편해질까……. 도모야는 머릿속 한구석에 그 병원을 담아두었다.

***

스다 동물병원을 방문할 기회는 일찍 찾아왔다.

나카교구의 좁은 골목에 있는 스다 동물병원은 상가 사이에 있는 작은 건물로, 뒤쪽은 주거지다. 옛날부터 있었던 오래된 병원으로, 최신 의료기기는 없다. 그나마 있는 엑스레이 촬영기기와 혈액검사기도 오래된 것들이라 진료는 대게 촉진과 경험에 의지했다.

진료 대상은 주로 개와 고양이. 수의사라고 해서 모든 동물에 정통한 건 아니다. 하지만 반려인 대부분은 수의사가 진료할 수 없는 동물이 있다고 생각하지 않는다. 대기실 보드판에 붙어 있는 환자 사진을 보면서 정말 힘든 직업이라고 도모야는 생각했다. 손바닥 크기의 거북이 사진이 있었다. 거북이도 반려인에게는 소중한 가족이다. 어디가 아파서 병원에 왔을까. 거북이는 완치됐을까. 오래오래 살면 좋을 텐데.

치료실 문이 열리고 스다가 나왔다. 수술용 모자와 마스크를 벗자 흰 머리카락과 부드러운 미소가 나타났다.

"가지와라, 훌륭한 판단이었네."

스다의 부드러운 말투에 도모야는 안도의 한숨을 쉬

었다.

"다행이다……. 몇 마리 낳았습니까?"

"두 마리야. 두 녀석 다 몸집이 커."

스다는 문 안쪽의 수술대에 눈길을 주었다. 어미 고양이는 이미 케이지 안에서 몸을 말고 있었다. 배 아래에는 이제 막 태어나 털이 축축한 새끼 고양이가 비척비척 꼬물거리고 있었다.

"어미가 아직 어리기도 하고, 가느다란 체형의 서양 품종이 섞인 것 같아. 샴 같은 품종은 난산이 되기 쉽지. 자네가 눈치채서 다행이야. 역시 가지와라야."

스다는 수술복을 벗으면서 제왕절개 수술의 뒤처리를 했다. 고양이는 일반적으로 외부의 도움 없이 출산할 수 있다. 하지만 경찰서에 인수하러 갔을 때, 고양이는 이미 힘겨워 보였다. 밴 뒷좌석에 케이지를 쌓아놓고 운전하다가 출산이 임박했음을 눈치챘다. 도모야는 순간, 시간이 너무 부족하다고 판단했다. 일반적인 출산은 몇 차례 경험한 적이 있지만, 이번에는 달랐다. 센터에 도착하면 늦을 수도 있다.

그때 스다 동물병원이 떠올랐다.

병원으로 달려갔을 때는 오전 진료가 끝난 뒤였고, 접

수처도 닫혀 있었다. 스다가 안쪽 거주 공간에 있지 않았다면, 도모야는 뒷좌석에서 고통스러워하는 고양이를 다른 응급병원으로 데려갈 수밖에 없었을 것이다.

"정말 감사합니다. 눈치챘을 때는 이미 어미에게 산기가 있어서, 정말 식은땀을 흘렸습니다."

"이 한 마리를 인수하러 경찰서에 갔던 건가?"

"다른 용무가 있어서 외출 중이었어요. 근데 구조한 고양이의 상태가 나빠 보이니 와줬으면 좋겠다고 경찰서에서 연락이 온 거죠. 조금 돌아가는 길이었지만 일단 인수하러 갔는데 가길 잘했어요. 자칫하면 위험했을 겁니다. 경찰관님께 감사한 마음입니다."

"그렇군."

스다는 고개를 끄덕였다.

"휴식 시간을 방해해서 죄송합니다. 이 아이는 아직 보호 센터에 접수가 안 된 상태라 진료비는 사비로 내겠습니다."

"하하. 나도 접수하는 걸 깜박했으니 실비만 청구하지. 오늘은 이대로 입원시켜도 돼. 일요일에 센터에 갈 거니까 그때 데려가겠네."

"늘 감사합니다."

도모야는 고개를 숙였다. 동물병원 치료비는 고액이고, 공적인 보험이 없어서 전액을 부담해야 한다. 비용은 병원마다 기준이 제각각이고, 비싸다고 치료가 잘되는 것도 아니다. 그래도 시설비나 인건비가 상당하다는 사실은, 센터 운영에 관여하는 사람으로서 크게 공감한다.

동물을 키우는 데에는 돈이 든다. 세상에 마냥 좋기만 한 건 없다.

"자네 고양이는 좀 어떤가?"

갑작스러운 질문에 도모야는 흠칫했다. 스다는 평상시처럼 온화한 모습이었다. 깊은 의미가 있는 질문은 아니다. 그저 도모야 저 혼자 찔려서 식은땀을 흘린다.

"똑같아요. 항상 잠들어 있고, 제가 집에 없을 때만 움직입니다."

"그런가. 그래도 제대로 활동한다니 다행이네. 만약 신경 쓰이면 카메라를 달아보는 건 어떤가."

"카메라……."

낮 동안의 니케를 직장에서 본다?

순간, 기지개를 켜는 니케가 떠올랐다. 앞발을 바닥에 붙이고, 엉덩이를 높이 들고, 천천히 등을 편다. 기분이 너무 좋아 보여서 따라 하고 싶은 마음이 들곤 했었다.

하지만 그런 모습도 오랫동안 보지 못했다.

카메라를 다는 것은 묘안이다. 하지만 수단이 있으면 실천을 하고 싶어진다. 휴식 시간뿐만 아니라, 업무 중에도 보고 싶어질 것이다. 안절부절못하는 자신의 모습을 상상하자 쓴웃음이 나왔다.

"아닙니다. 카메라를 달아도 볼 여유가 없어요."

"그런가. 여하튼 무슨 일이 있으면 마음에 담아두지 말고 편하게 얘기하게."

"감사합니다."

눈을 내리뜨고 인사를 하면서, 주변 사람들에게 꽤나 걱정을 끼치고 있구나 싶어서 자신이 한심하게 느껴졌다. 그만큼 감정이 잘 드러난다는 뜻일 터다.

도모야는 병원을 나왔다. 어떻게 하면 강인한 마음을 가질 수 있을까. 비슷한 업계에 종사하는 사람으로서, 어떤 상황에서도 냉철하게 임하는 스다 선생님이 부러웠다. 업무에 집중하다가도 느닷없이 불쾌한 초조감에 휩싸여 모든 걸 내던지고 싶어진다. 조만간 진짜 큰 실수를 저지를 것만 같았다.

비록 일시적인 위안일지라도 누군가에게 상담하는 편이 나을까.

마도카가 문자메세지로 알려준 정신의학과 병원이 분명히 근처였다.

교토시 나카교구 후야초 거리로 올라가서,

롯카쿠 거리 서쪽으로 들어가서,

도미노코지 거리로 내려가서,

다코야쿠시 거리 동쪽으로 들어가면

고코로 병원. 건물의 5층.

황당한 주소를 보면서 웃어넘겼지만, 진료를 받아보는 것도 나쁘지 않을 것 같다.

"……어?"

스다 병원 바로 옆에 세워둔 회사 차가 보이지 않았다. 멍하니 걷다가 반대 방향으로 온 모양이었다.

"이거, 완전히 중증인데."

바둑판 같은 나카교 거리에서 혼자 우두커니 서 있었다. 비슷비슷한 건물과 상가가 늘어선 거리에서는 잠깐의 방심으로도 자신이 어디에 있는지 알 수 없게 된다. 이렇게 안쪽에도 건물이 있나 싶어 들여다보니 어두침침한 골목길 막다른 곳에 좁고 긴 낡은 건물이 있었다.

"여기는……."

이상하다고 생각하면서 다가갔다. 니케를 구조했던 건물과 구조가 똑같았다. 하지만 그 건물은 길가에 있었고, 분위기도 이렇게 어둡지 않았다.

기묘한 기분이었다. 열려 있는 건물 출입구 안쪽으로 보이는 통로가 낯설지 않았다. 3년 전, 아래층까지 새어 나온 악취에 코를 감싸 쥐며 관리 회사 담당자와 같이 5층 사무실의 문을 열었다. 층층이 쌓인 작은 우리 안에 고양이가 한 마리씩 들어 있었다. 무슨 일이 있었는지 한눈에 알 수 있었다.

도모야는 간신히 숨이 붙어 있는 고양이 몇 마리만 우리에서 꺼내 스다 동물병원으로 달려갔다. 그때 빈사 상태에서도 도모야에게 달려들어 깨물었던 고양이가 니케였다. 지금도 팔뚝 상처가 있다.

이상하다고 생각하면서도 건물 안으로 들어갔다. 5층까지 올라가서 기억하는 대로 안쪽 두 번째 문 앞에 섰다. 니케와 다른 고양이가 우리에 갇힌 채 며칠이나 방치됐던 곳이다.

문손잡이를 쥐자 거의 힘을 주지 않았는데도 문이 열렸다. 조금 어두운 실내는 완전히 달라져 있었고, 이내

아픈 고양이를 사랑하는 당신에게

긴장이 풀렸다. 당연하다면 당연하다. 입주자가 바뀌었을 것이다. 정면에 작은 접수처가 있었다. 혹시 이곳이 그 병원일까.

타닥타닥하고 슬리퍼가 바닥을 치는 소리가 들리고 간호사가 나타났다. 20대 후반 정도의 여성이었다.

"가지와라 도모야 씨죠. 기다리고 있었습니다."

"어……?"

어떻게 이름을 알고 있을까. 당황해하는 도모야를 무시하고 간호사는 눈으로 안쪽을 가리켰다.

"지금 선생님은 예약 환자를 진료하고 있습니다. 저기 소파가 있으니 앉아서 기다리세요."

"아니요, 그럼 다음에 다시 오겠습니다."

"가지와라 씨도 예약이 되어 있습니다. 하도 늦게 오셔서, 다른 분이 먼저 들어간 겁니다."

간호사가 입꼬리를 올렸다. 미소라기보다는 놀리는 듯한 느낌이었다. 아주 요염한, 조금 버거운 타입이다.

하지만 자세히 보니 얼굴이 낯익었다. 도모야가 뚫어지게 쳐다보자, 간호사가 눈썹을 찡그렸다.

"뭐죠?"

"저기, 언제 만난 적이 있죠?"

"뭐예요, 그거. 꼬시는 건가요?"

"네?"

깜짝 놀란 도모야의 얼굴이 순식간에 빨개졌다. 땀이 비 오듯 흘렀다.

"아, 아니요. 그런 게 아닙니다. 그저, 정말로 어디서 본 적이 있는 것 같아서."

간호사는 땀을 뻘뻘 흘리는 도모야를 보고 코웃음을 쳤다.

"낡은 수법이네요. 그딴 수작에 안 넘어갑니다. 거기에 앉아서 기다리세요. 그냥 가시면 안 됩니다. 선생님이 계속 기다리고 있었어요."

"네, 네."

도모야는 너무 창피한 나머지 황급히 안쪽으로 들어갔다. 좁은 대기실에는 소파 하나가 있을 뿐이었다. 의기소침해져 소파에 앉았다. 조금 전 자신의 진부하고 촌스러운 대사를 떠올리자 얼굴이 화끈거렸다.

잠시 기다리는 동안 달아오른 얼굴도 가라앉았다. 새삼 실내를 둘러보았다.

단순하고 깔끔한 벽과 천장. 불필요한 물건은 아무것도 없다. 쓰레기와 오물로 뒤덮였던 참상의 흔적은 찾아볼 수 없었다.

그 이후 불법 번식업자는 찾지 못했다고 보건소 직원에게 들었다. 구조된 고양이와 죽은 고양이의 생김새를 봤을 때, 증명서가 있는 순종이 아닌 외모가 예쁜 잡종들이었다. 경영이 어려워서인지 무슨 문제가 생겨서인지, 도망친 이유도 불분명했다.

'왜, 어째서' 따위의 생각은 하지 않는다. 사람의 사정 따위 알아봐야 아무런 도움도 되지 않는다. 도모야 일행은 그때 할 수 있는 일을 필사적으로 할 뿐이었다. 하지만 구하지 못한 고양이들에게는 어쩔 수 없이 책임감을 느낀다. 하루만 빨랐다면 몇 마리는 더 구했을 텐데 하는 후회는 지금도 남아 있다.

이런저런 생각에 잠겨 있는데, 진료실 문이 열렸다. 안에서 작은 체구의 청년이 나왔다. 소년이라고 해도 될 만큼 어려 보였다. 작은 키에 동글동글한 얼굴의 청년은 소파에 앉아 있는 도모야를 힐긋 쳐다봤다.

그리고 이내 흠칫하듯 눈을 크게 떴다. 놀란 듯했다.

뭐지? 처음 보는 얼굴인데, 아는 사람인가. 의아해하면서 상대를 다시 보고는 깨달았다.

소년이 아니라 여성이었다. 짧은 머리에 중성적인 차

림새를 한 여성은 여동생 레오나와 나이가 엇비슷할 듯했다. 강인한 눈매의 여성은 입을 꼭 다문 채 이동장을 끌어안듯 들고 있었다. 플라스틱 이동장의 망사 너머로 새하얀 고양이가 보였다.

순간적으로 빛나는 듯한 하늘색과 노란색이 스쳐갔다. 오드아이였다.

진료실에 고양이를?

"도리이 아오 씨, 이쪽으로 오세요."

접수처에서 간호사가 하얀 손을 들어 여성을 불렀다. 교대하듯 진료실 안에서도 목소리가 들렸다.

"가지와라 도모야 씨, 안으로 들어오세요."

도모야는 아직도 기이하다는 듯 자신을 보고 있는 여성에게서 얼굴을 돌려 진료실로 들어갔다. 책상과 컴퓨터, 간이 의자뿐인 소박한 방이었다. 흰 가운을 입은 남성이 앉아 있다.

"기다리게 해서 죄송합니다. 이게 또 겹칠 때는 겹치는 법이죠. 한가할 때는 한가합니다만."

의사의 말투는 쾌활하고 가벼웠다. 나이는 자신과 마찬가지로 서른 살 정도일까. 체격도 비슷한 느낌이다.

"조금 전의 환자분도 많이 늦게 오셨죠. 기다리기 지

루해서 직접 찾으러 갈까 하고 아래를 내려다봤는데 마침 환자분이 오셨더군요. 화가 나서 다시는 오지 않을 줄 알고 졸고 있었는데, 그렇게 졸아서 다시 노여움을 사고. 하지만 두 사람 모두 이렇게 잊지 않고 와주셔서 다행입니다."

의사는 말이 많았지만, 흔히 말하는 예쁘장한 남자였다. 온화하고 친근한데, 웃는 얼굴이 묘하게 경박해서 신뢰가 가지 않았다. 정신의학과는 원래 이런 분위기인가? 조금 전의 여성처럼 고양이를 데리고 와도 진료를 받을 수 있는 걸까. 아무래도 미심쩍었다. 하지만 의사는 생글생글 웃으면서 말했다.

"가지와라 씨. 격조하다면 격조했죠. 오늘은 어떻게 오셨습니까."

느닷없이 진료가 시작되었다. 이런저런 생각에 빠져 있다 보니 이곳에 왜 왔는지 순간적으로 생각이 나지 않았다.

"그게…… 직장에서 멍하니 있는 일이 늘어났습니다. 가끔 실수도 저지르고 하니까 주변 사람들이 걱정하면서 상담을 한번 받아보는 게 좋겠다고 했습니다."

"그렇습니까."

의사는 싱긋 미소 지었다. 조금 전까지의 미심쩍은 웃음이 아닌, 어디선가 본 적이 있는 듯한 웃음이었다.

"고양이를 처방하겠습니다. 힘들 때는 참지 말고 고양이에게 의지하는 게 좋습니다. 참아서 좋은 일은 하나도 없죠. 기대든 쓰다듬든 좋을 대로 하십시오. 그래 봐야 고양이 마음이 인간 마음대로 되지는 않지만요. 그럼, 이만."

그리고 장난치는 어린아이 같은 얼굴로 컴퓨터 키보드를 두드렸다.

"자, 어느 고양이가 좋을까. 고양이의 이중 처방은 특히 효과가 좋죠. 이중 효과로 환부를 공략하죠. 하하하."

도모야는 혼자 떠드는 의사를 황당한 표정으로 보고 있었다.

도대체 왜 웃고 있는 걸까. 도저히 이해가 되지 않았다. 도모야의 얼굴이 굳어 있자, 의사는 헛기침을 했다.

"이상하군. 저번에 왔던 환자한테는 완전히 먹혔는데. 뭐, 됐어. 지토세 씨, 고양이 데려와요."

의사는 의자를 뒤로 돌리고 커튼 안쪽을 향해 말했다.

아까의 그 간호사를 부르는 걸까. 도모야는 추파로 오해받았던 조금 전 상황이 떠올라 수치심에 몸을 살짝 움츠렸다. 하지만 아무도 오지 않았다.

"지토세 씨?"

의사가 다시 불렀지만, 묵묵부답이었다.

"이런. 예약 환자가 왔다고 벌써 잽싸게 사라져버렸나. 그러고도 남지. 박정하기도 해라. 너무하지 않습니까, 가지와라 씨?"

의사의 말에 뭐라고 대답해야 좋을지 알 수 없었다. 진찰하는 동안 간호사가 사라졌다?

의사는 팔짱을 낀 채 고개를 갸웃했다. 연기라도 하는 듯한 저 작위적인 행동에는 어떻게 반응해야 할까. 진료를 받을 수 없다면 나가는 게 낫지 않을까.

그때 커튼이 거칠게 열렸고, 간호사가 눈을 치켜뜨고 서 있었다.

"박정하다니요! 정말로 박정했으면 예전에 선생님을 두고 떠났겠죠."

"농담이에요."

의사는 실실 웃고 있다.

"지토세 씨에게 하루 한 번 혼나는 게 버릇이 돼버려서 그래요. 하하. 응? 가지와라 씨에게 처방할 고양이는?"

간호사의 손에는 아무것도 없었다. 그저 얼굴에 화가

있을 뿐이다.

"이제 없어요. 조금 전 처방한 게 마지막입니다."

"어? 그런가요?"

의사는 컴퓨터 화면을 들여다보았다.

"이상하네. 남은 고양이가 많다고 생각했는데. 그럼 탄제린은?"

"관광 시즌이라 고양이 카페 일이 바빠서 못 온대요."

"비비는?"

"캣 쇼에 다시 도전하고 있어서 다른 음식은 먹고 싶지 않대요."

"마루고는?"

"지금 만삭이라 산휴 중입니다. 고테쓰와 노엘은 입양됐고요. 탱크는 결혼 준비 중이라 맞선 예정이 꽉 차 있답니다."

"맞선이라. 부럽군. 고양이가 없을 줄이야. 어쩌나."

의사는 팔짱을 낀 채 중얼거렸다. 어떻게 돌아가는 상황인지는 모르겠지만 도망갈 핑계가 생긴 듯했다.

"…… 저기, 그러면 전 일단 가서."

"가지와라 씨는 이미 이 병원에서 고양이를 처방받았습니다."

간호사는 의사와 도모야를 고압적으로 내려다보며, 단호하게 말했다.

"선생님, 제대로 확인하셔야 하는 거 아닙니까? 가지와라 씨 집에는 상비 고양이가 있잖아요. 그 고양이의 처방 기간이 끝나기 전에는 다른 고양이를 처방할 수 없습니다."

"아니, 하지만 지토세 씨."

의사는 쩔쩔맸다.

"그 고양이는 이미 약효가 별로 없어서."

"무슨 말도 안 되는 소리입니까! 효과가 없는 고양이는 없습니다!"

간호사의 커다란 목소리가 진료실에 울렸다. 보통 성질이 아니다. 눈을 치켜뜨고 의사에게 호통치는 모습에 도모야까지 몸이 움츠러들었다. 혼이 난 의사는 토라진 듯 입을 삐죽 내밀었다.

"흐음. 고양이가 없으니 어쩔 수 없지. 그러면 가지와라 씨. 일단 집에 있는 고양이를 챙기시고 그래도 효과가 없으면 다시 오세요. 그때는 다른 고양이를 처방해드리겠습니다……. 맞죠, 지토세 씨?"

"그렇습니다."

간호사는 차가웠다.

"하지만 그 고양이는 분명히 당신에게 맞는 고양이입니다. 그 고양이 외에 당신에게 맞는 고양이는 없습니다. 그러니까 그 제멋대로고 불평불만 많은 비뚤어진 고양이를 어떻게든 남아 있게 해야 합니다. 발톱을 세우고 달려들게 해야 합니다."

간호사가 눈으로 날카로운 광선을 쏘고 있었다. 눈뿐만이 아니다. 목소리와 표정에서도 엄청난 압박이 느껴졌다. 시선은 도모야를 향하고 있지만, 어딘가 다른 곳에 압박을 가하는 듯했다.

"당신은 나을 겁니다. 나와 달리, 그 고양이는 아직 당신 곁에서 노력하고 있으니까요. 분명 이곳에 다시 올 일도 없을 겁니다. 진료는 이걸로 끝입니다. ……그렇죠, 선생님?"

간호사의 눈빛이 갑자기 어두워졌다. 조금 전까지의 냉정한 느낌과 달리, 옅은 미소를 띠고 있는 지금은 여리디여리게 보였다.

그리고 의사는 가볍디가벼웠다.

"하하하. 그렇게만 되면 좋죠. 가지와라 씨. 그 세련되고 멋지고 인기 만점인 고양이에게 안부 전해주세요. 하하하."

이 두 사람은 대체 뭘까. 도모야는 결국 아무런 치료도 받지 못한 채 병원을 나왔다. 밖으로 나와 건물을 올려다보니, 그곳은 역시 니케가 있던 그 건물이었다.

도저히 영문을 알 수 없었다. 당혹스러운 마음으로 골목길을 나오자 바로 옆에 주차해둔 회사 차가 있었다. 아무래도 방향감각이 이상해진 것 같았다. 여하튼 더는 미적거릴 수 없다. 업무 중에 꽤 긴 시간을 개인적으로 써버린 것이다.

센터로 돌아온 도모야는 이상한 생각에 빠지지 않으려고 일부러 바쁘게 일했다. 작업에 몰두한 표정이 꽤 심각해 보였는지, 마도카에게 얼굴이 무섭다는 말을 들었다.

집에 돌아오니 밤 열한시였다. 크게 한숨을 내쉬며 불을 켰다. 이전에는 직접 만든 종이 상자 집과 종이 가방이 집 안 곳곳에 있었고, 고양이용 풀을 키우는 화분도 있었다. 지금은 전부 정리해서 바닥이 깨끗하다. 도모야는 신발과 겉옷을 내려놓고 바닥에 앉았다.

한참을 그 상태로 움직이지 못하던 도모야는 무언가를 좀 먹어야겠다는 생각에 고개를 들었다. 그 순간 등을 곧게 세우고 앉아 있는 니케와 눈이 마주쳤다. 금빛 눈동자.

처음에는 아무런 반응도 할 수 없었다. 온통 새까매서 눈만 알아볼 수 있는 니케. 동글동글한 보름달 같은 눈망울의 니케.

도모야는 케이지로 달려들었다.

"니케! 니케, 너! 오랜만이잖아!"

마음이 급한 나머지 케이지 문을 여는 손이 마음대로 움직이지 않는다. 간신히 문을 열자 니케는 엉덩이를 들고 스스로 다가왔다. 도모야는 니케를 양손으로 안아 올렸다.

"너, 뭐야! 괜찮은 거야? 계속 잠만 자더니. 움직이는 거 본 게 몇 달 만인지 알아? 응? 밥은 언제 먹었어? 아무리 기다려도 안 일어나니까 이제 틀린 줄 알았잖아."

니케의 머리부터 등까지 한 번에 쓸어내린다. 털은 풍성하고 벨벳처럼 부드러웠다. 니케는 곧바로 일어나 도모야에게서 스르륵 벗어나더니 몸을 크게 한 번 흔들었다. 잔털이 공중에 화악 퍼져나갔다. 그리고 방 안을 어슬렁거리기 시작했다.

정상적으로 움직이고 있다. 걷고 있다. 힘이 없거나

아픈 고양이를 사랑하는 당신에게

위태로운 게 아니라, 등부터 꼬리까지 힘 있게 직선을 그리고 있다. 착각일까. 풍성한 털도 그렇고 늠름한 얼굴도 그렇고 이전보다 젊어진 듯한 기분이 들었다.

하지만 그런 건 어찌 되든 상관없다. 니케가 눈을 떴다는 기쁨에 도모야는 한껏 고양되었다.

"그래, 그래, 밥이랑 물도 밖으로 꺼내줄게."

사료 통과 물그릇을 케이지 밖으로 꺼내고, 장난감이 없을까 싶어서 옷장을 헤집었다. 돌아보니 니케는 어느새 도모야의 운동화에 머리를 박고 있었다.

"이 녀석, 그건 안 돼!"

하지만 니케는 한 발, 두 발 운동화 속으로 들어가더니, 천천히 엉덩이를 내렸다. 딱히 무언가를 하는 게 아니라, 그저 새침한 얼굴만 도모야를 향하고 있었다.

마치 이 신발은 처음부터 자신의 것이었다고 주장하는 듯하다.

하고 싶은 건 한다. 하고 싶지 않은 건 하지 않는다. 그것이 당연하다는 듯, 기죽는 기색도 없고 애교도 없는 니케의 무표정한 얼굴을 보자 도모야는 눈가가 뜨거워졌다.

니케가 흔들어도 들어 올려도 깨지 않게 된 건 1년 정도 전부터였다. 털을 빗어도 얼굴 주위를 닦아도 눈을 뜨지 않았다. 평상시라면 있을 수 없는 일이었다. 하지만 혼수상태와는 달리, 도모야가 없을 때는 정상적으로 행동하는 듯했다. 사료도 물도 줄었고 화장실도 사용한 흔적이 있었다.

스다 동물병원에 데려가서 엑스레이 촬영과 혈액검사를 받았지만, 이상은 없었다. 그런데도 눈꺼풀을 손가락으로 벌려봐도 잠에서 깨지 않았다. 스다의 진단은 신체 능력 저하에 따른 과도한 수면이었다. 구조했을 때의 추정 나이가 한 살이었고 도모야가 입양한 지는 이제 3년. 노화라고 하기엔 너무 일렀다.

열악한 사육 환경이 본래의 수명을 단축했다고 해도, 알 방법이 없다. 스다 병원에는 몇 차례 갔었지만 축 늘어진 몸에 주삿바늘을 꽂는 모습에 죄책감이 들어 발길이 멀어졌다.

니케가 잠자는 모습만 보여주기 전에는 아무리 늦게 귀가해도 반드시 날마다 놀아주었다. 사실 혼자 노는 니케를 바라보고 있거나, 반대로 집에 가져온 서류 업무를 하고 있으면 니케가 옆에서 바라보고 있을 뿐인, 조용한 관계였다.

　　　　　아픈 고양이를 사랑하는 당신에게

그래도 가끔 혼자 노는 니케를 보고 황홀경에 빠지곤 했다. 방 안의 불빛을 반사할 정도의 윤기 있는 털. 한 올 한 올이 빛났다. 센터에서 수십 마리의 고양이를 만났고, 그중에는 사람들이 구경을 올 정도로 귀여운 고양이도 있었지만, 오직 니케에게만 마음이 빼앗기는 느낌이 들었다.

그 끌림은 상상 이상이었다. 본가에도 하지메가 있지만, 가족 모두가 귀여워하는 하지메와 달리 니케는 자신만의 고양이라는 점에서 어린애 같은 만족감을 느꼈다. 너무 유치해서 여동생에게도 말하지 않았다.

니케는 지금도 무언가를 하는 게 아니라, 그저 신발 안에 정좌한 채 천장과 벽 사이를 보고 있었다. 고양이에게만 보이는 무언가가 있다고 하지만, 굳이 옆에 앉아 같은 곳으로 시선을 보내지는 않는다. 한 점을 응시하는 니케를 더 보고 싶었다.

이대로 이전과 마찬가지로 활동 시간이 길어진다면.

아주 조금이라도 좋다. 니케가 있다는 사실을 실감하고 싶다. 내일도 모레도, 같이 있고 싶다.

싫증이 난 니케가 신발에서 나오기까지 도모야는 말 한마디 없이 바라보고만 있었다.

***

　모래 봉투를 쌓은 손수레를 창고에서 사육동으로 옮기는 중이었다. 뒤에서 다른 손수레를 밀던 마도카가 물었다.

"가지와라 씨, 전에 말한 병원에는 가봤어?"

"네. 갔었어요. 근데 아무런 처방도 못 받고 왔어요."

"정말? 이야기도 안 들어줬어?"

"들어준 것도 같고 아닌 것도 같고."

"어느 쪽이야?"

"말이 많은 의사라서 그쪽 얘기를 듣는 시간이 더 길었어요. 하지만 재미있었습니다. 기분 전환은 됐어요."

"잘됐다! 그럼 좋은 병원이라는 거네. 내 덕이야."

　뒤에서 들려오는 마도카의 목소리는 기쁜 듯했다. 도모야는 앞을 향한 채 미소 지었다. 걱정해주는 사람이 있어서 기쁘다.

"맞습니다. 나중에 주스 한잔 살게요."

"야호! 근데 사실은 어떤 병원인지 직접 가본 사람의 의견을 듣고 싶었어. 지인의 딸이 마음의 병이 있어서 좋은 병원을 찾고 있거든."

"뭐야, 그럼 전 실험 대상이었어요?"

도모야는 웃었다. 그런 걸 솔직하게 말하는 점이 마도카답다고 생각했다.

"의사는 어떤 사람이야? 친절해?"

"젊은 남자 선생님입니다. 제 나이 정도? 조금 경박한 느낌이 들고 간호사에게 꼼짝도 못 하던데요. 여하튼 전 아무런 치료도 받지 못했어요. 그게 정신의학과의 치료 방식인지도 모르겠지만요."

"분명 그럴 거야. 가지와라 씨, 왠지 즐거워 보여."

그 말에는 살짝 웃음으로만 답했다.

걱정거리가 조금 줄어든 것은 그 병원과 무관했다. 지금의 도모야는 집에 가는 게 기다려졌고, 그 기분이 표정에 드러난 듯했다. 불과 며칠 전만 해도 주변 사람들이 걱정할 정도였는데, 자신이 이렇게 단순할 줄은 몰랐다.

자재를 다 옮긴 후 두 사람은 사무국으로 돌아갔다. 다음 입양회에 대한 회의가 있었다. 평상시와 마찬가지로 입양 보낼 고양이의 선출, 지금까지 입양된 고양이들의 현재 상황 공유, 홍보 활동 보고 등이 이루어졌다.

그리고 마지막으로 오타 센터장이 저번에 있었던 사건을 화제로 꺼냈다.

"아시다시피 입양 대상이 되는 고양이는 보호 기간이 끝나더라도 적성 훈련과 치료로 두 달 정도는 센터에서 맡고 있습니다. 그중에서 새로운 가족을 만날 수 있겠다고 판단되는 아이들만 입양을 보내고 있죠. 그러니까 요전의 비난은 신경 쓸 것 없습니다. 단지……."

"어린애가 우리 고양이를 보고 울음을 터뜨린 건 솔직히 상처였습니다."

도모카가 슬픈 듯 말했다. 소란을 피운 가족을 상대했던 사람이 도모카였다.

입양회는 한 달에 한 번, 센터의 가장 넓은 홀에서 진행되며, 누구라도 당일 참가가 가능하다. 입양에는 서류 심사와 며칠간의 시범 입양이 필수다. 시범 입양에는 위법적인 전매를 막기 위해 보증금 제도를 두고 있다. 계약서 조항과 입양 후의 보고 규정도 많아서 서로 간에 손이 많이 간다.

그래도 요즘은 반려동물 붐이 있어서 신청자가 많다. 지난달 센터를 방문한 네 살 정도의 아이와 그 부모도 그런 유행에 동참한 전형적인 사례였다.

"애초에 보호 센터가 어떤 곳인지 전혀 모르고 있었죠. 그저 흥미가 생겨서 와본 느낌."

마도카는 그때를 회상하듯 턱을 괴고 있었다. 오타는 고개를 끄덕였다.

"그런 식으로 참가하는 게 나쁜 건 아닙니다. 무턱대고 문턱을 높였다가 아무도 안 오면 센터에도 타격이 오니까. 오히려 별다른 준비 없이 가볍게 왔으면 하는 게 제 생각입니다."

"그건 저도 마찬가지입니다. 우선 우리 고양이들을 봐주지 않으면 인연은 시작되지 않습니다. 하지만 가벼운 마음으로 이곳에 오면 우리가 생각한 것 이상으로 충격을 받는 듯합니다. 우리는 익숙해져 있어서 일반적인 감각에서 벗어나 있습니다. 특히 아이들의 예민한 감수성을 간과한 부분이 있습니다."

"그 아이, 엄청 울었죠."

"아이 부모님도 당황하셨고요."

마도카와 오타는 한숨을 쉬었다. 두 사람은 착하고 좋은 사람이다. 도모야는 사실 거절당한 고양이를 더 가여워하고 있었다.

하지만 아이가 입양회에서 울음을 터뜨린 것도 무리는 아니다. 그들이 떠나기 전에 직접 사정을 들을 수 있었는데, 아이는 계속 고양이를 키우고 싶어 했고 동영상과 책을 보며 나름대로 공부도 했다고 한다. 그리고 그토록 원하던 고양이를 보러 왔지만, 그곳에는 펫 숍이나 고양이 카페의 고양이처럼 아름다운 털을 지닌 혈통 있는 고양이는 없었다. 케이지 속 고양이는 모두 상처와 날카로운 눈빛으로 보는 사람을 위축시켰다. 귀여운 몸짓으로 미소를 부르는 고양이는 한 마리도 없었다.

아이는 어린이용 고양이 도감을 품에 안은 채 눈물을 글썽이고 있었다. 그 가련함에 마음이 옥죄듯 아팠다. 아이의 부모님도 악의가 있었던 것은 아니다. 그저 고양이를 키우겠다고 결심했을 때, 유기묘를 입양하면 선행이 될 거라고 가볍게 생각했을 것이다.

공부와 지식 부족이 결과적으로 기대에 부푼 어린 소년에게 상처를 주었다.

"역시 양육 경험이 없어도 괜찮고 유아가 있어도 된다는 조건은 너무 느슨했을까요."

다른 직원이 말했다. 또 다른 직원 몇몇도 고개를 끄덕였다.

입양 조건에 대해서는 늘 고민 중이었다. '미야코노이에 고양이 보호 센터'가 내건 조건은 다른 곳에 비해 느슨했다.

아픈 고양이를 사랑하는 당신에게

"가지와라 씨는 어떻게 생각해요?"

오타가 지원을 요청하듯 물었다.

"문턱을 높이면 신청자는 분명히 줄어들겠죠."

"그렇지. 그러니까……"

"하지만 신청 인원이 준다고 그에 비례해서 입양 건수가 줄어드냐 하면 그렇지 않습니다. 물론 아주 조금은 줄겠지만요."

오타와 마도카가 마주 보더니, 동시에 말했다.

"그렇다는 건?"

"진지하게 입양을 고민하는 사람은 결국 일부라고 생각합니다. 쓰고 싶지 않은 표현이지만, 대부분은 호기심에 이곳에 왔다가 현실의 무게를 깨닫게 됩니다. 그리고 의욕을 잃고 돌아가는 거죠. 그 이후에 다른 선택지가 생긴다면 그것도 인연입니다. 다시 이곳에 올지, 다른 곳에서 입양할지, 아니면 포기할지."

센터의 고양이를 보고 울음을 터뜨린 아이를 떠올렸다. 고양이 품종도 많이 외우고 있어요, 하며 퉁퉁 부은 얼굴로 말했었다.

그 아이가 어른이 되었을 때 어떤 선택을 하게 될까.

문득 돌아보니 회의에 참가한 사람 모두가 자신을 보

고 있었다. 도모야는 쑥스러움에 살짝 고개를 숙였다.

"입양 조건은 참가 인원과 기부에 영향을 미칩니다. 세상에는 고양이를 키워본 적이 있는 사람보다 키워본 적이 없는 사람이 압도적으로 많습니다. 확실히 말하건 대, 입구를 넓히는 건 입양 때문만이 아니라, 경험이 없는 사람도 구조 활동에 관심을 가져 기부를 하도록 만들 수 있기 때문입니다. 사람들이 많이 올수록 기부금은 늘 어납니다."

오타가 눈을 반짝이며 말했다.

"오! 그거야 그거. 나도 그 말을 하고 싶었어."

"다음 입양회 공지에 크게 적어놓을까요. 고양이를 키운 경험이 없는 분은 이곳에서 조금 충격을 받을지도 모른다고. 하지만 그래도 꼭 오셨으면 한다고 솔직하게 말하는 건 어떨까요."

"맞아, 맞아. 솔직한 게 제일이지. 우리 센터의 구호가 솔직 건강 야옹야옹 아닙니까. 자, 가지와라 군도 같이 해봐요. 솔직 건강 야옹야옹!"

"아니요, 전 됐습니다. 퇴근 시간이니 전 그만 가봐도 되겠습니까."

"아, 그러세요. 별일이군. 가지와라 군이 이렇게 일찍

아픈 고양이를 사랑하는 당신에게

퇴근하다니."

도모야는 가볍게 웃음을 짓고 회의 장소에서 나왔다. 최근 며칠은 되도록 야근을 하지 않았다. 퇴근길에 아까 운반했던 자재의 빈 상자 앞에서 쪼그리고 있자 마도카가 말을 걸어왔다.

"가지와라 씨, 고마워."

"뭐가요?"

"좋게 마무리해줘서. 가지와라 씨가 착하다는 건 모두 알고 있으니까 수긍한 거야."

"하하."

도모야는 종이 상자를 고르면서 눈을 내리떴다.

"전 착하지 않습니다. 오히려 지독한 놈이죠."

"뭐?"

"이 상자, 가져가도 됩니까?"

"물론 되는데. 어제도 가져가지 않았어?"

"구멍을 잘못 뚫어 고양이 마음을 얻지 못했어요."

도모야는 그렇게 말하고는 적당한 종이 상자를 골라서 센터를 나왔다. 집으로 향하는 발걸음이 급했다.

"니케, 나 왔어."

현관문을 열자 니케가 천천히 다가왔다. 닷새째, 도모

야가 귀가했을 때 니케가 깨어 있었다. 한때는 포기했던 니케가 눈을 뜨고 있는 것만으로 감동이 밀려왔다. 이전에는 닫아두었던 케이지 문도 자유롭게 드나들도록 계속 열어두고 있었다. 집 안이 엉망이 되어도 상관없었다.

"그래. 잠깐만 기다려."

도모야는 저녁 식사도 뒤로 미루고 종이 상자 집을 만들기 시작했다. 어제 만든 집은 측면의 구멍이 너무 컸던 듯했다. 니케는 잠시 흥미를 보였지만 무표정 속에서도 확실하게 불만을 드러내며 들어가지 않았다.

오늘은 실패하지 않을 것이다. 종이 상자를 앞에 두고 커터칼로 신중하게 구멍을 뚫었다. 어제보다 작은, 니케의 얼굴만 들어갈 만한 딱 좋은 크기였다.

"이거야. 느낌이 좋아!"

꽤 만족스러운 결과물이었다. 하지만 니케는 이미 어제의 실패작 종이 상자에 들어가 있었다. 상자에서 검은 얼굴만 내밀고 눈을 가늘게 뜨고 있었다.

"어라? 니케, 왜? 이쪽이 예쁘게 됐어. 이걸 써."

애써 만든 완성도 높은 종이 상자 집이 아까워서, 도모야는 니케 앞에서 즐거운 듯 구멍에 손을 넣어보기도 하고, 바닥에 얼굴을 붙이고 구멍을 들여다보기도 하면

아픈 고양이를 사랑하는 당신에게

서 열심히 어필했다. 하지만 니케는 머리만 내민 상태로 다시 천장과 벽의 경계를 응시할 뿐, 앞에서 온갖 어필을 해대는 도모야를 완전히 무시했다.

"그래, 오늘은 그쪽 기분이구나. 알았다."

고양이의 행동은 읽을 수가 없다. 읽을 수 없음은 알고 있다. 니케뿐만 아니라 센터의 고양이들도 마찬가지다. 저녁 식사도 미루고 만든 종이 상자 집이 필요 없어져도 이상하게 실망스럽지 않았다. 오히려 엉뚱한 결말에 웃음이 나왔다. 희롱당하는 자신이 귀엽다는 생각까지 들었다.

도모야는 책상다리를 하고 앉아 벽의 한 곳을 응시하는 니케를 응시했다.

"니케, 다 알아. 안 보는 척하면서 보고 있지? 마음속에서 달려들고 있는 게 전해진다고."

말을 걸어도 여전히 무시였다. 꿈쩍도 하지 않는다.

하지만 사실은 듣고 있다. 보고 있다. 그리고 온몸으로 놀리고 있다. 아무런 반응도 하지 않으면서 허둥지둥, 안절부절못하는 반려인을 보고 재밌어하는 것이다.

"……착하구나, 니케. 착해."

장난감 상자에서 튀어나온 듯한 니케를 보고 있으면

저절로 말을 걸게 된다. 마음 깊은 곳에서 나오는 말이다. 정말로 착한 아이다. 달리 표현할 말이 없다.

스마트폰이 울렸다. 다음에는 언제 올 건지 재촉하는 어머니의 연락이었다.

바로 지난달에 갔었는데, 하며 쓴웃음을 지었다. 그때도 사실은 갈 생각이 없었다. 의무적으로 집에 들르기 위해 무리해가며 시간을 만들었다. 더구나 예정했던 날에는 바빠서 가지 못했고, 결국 다음 날에 억지로 시간을 짜냈다. 여동생은 도모야의 부자연스러운 태도를 분명히 의심하고 있었다.

평상시에 하지 않는 일을 하면서 시간을 보내고 싶었다. 억지로 업무를 늘려 바쁘게 지내고 싶었다. 그 결과 머릿속이 멍해져 버렸지만 그렇게 해서라도 집에 돌아가고 싶지 않았다. 집에 갈 수 없는 핑계를 계속해서 찾았던 것이 바로 며칠 전이었다.

그런데 지금은 종종걸음으로 계단을 뛰어 올라간다. 기쁜 마음에 발걸음이 가벼웠다.

니케는 어느새 종이 상자에서 나와 옆에 있었다. 도모야의 발을 발끝으로 톡톡 치더니 기어 올라왔다. 불안정한데도 한쪽 무릎 위에 앉는다. 그리고 눈을 감았다.

아픈 고양이를 사랑하는 당신에게

보름달 같은 눈이 감기고, 니케는 다시 암흑이 되었다. 서늘한 느낌이 등줄기를 타고 올라왔다.

"니케, 안 돼. 자면 안 돼."

무릎을 흔들자 니케는 이내 눈을 떴다. 스르륵 하고 매끄러운 동작으로 케이지로 들어가더니 까만 몸을 동그랗게 말았다. 도모야의 바람대로 눈은 뜨고 있었다. 허공을 응시하는 듯한 눈동자는 무심하고 감정이 없어 보인다.

하지만 니케는 분명히 도모야의 생각을 알고 있을 것이다. 주변 사람들에게 착한 사람이라는 말을 듣지만, 사실은 제멋대로이고 차갑다는 것도. 바로 얼마 전까지 왜 집에 돌아오고 싶지 않았는지도 모두 간파하고 있을 것이다.

그런데도 잠에서 깨어나준 니케의 착한 마음에 가슴이 옥죄듯 아팠다.

***

입양회는 홈페이지에 주의 사항을 덧붙이고, 평소처럼 개최하기로 했다.

토요일 아침부터 직원이 총출동해서 시설 준비를 하고 있었다. 센터에서 가장 넓은 홀에 테이블을 늘어놓고 고양이를 한 마리씩 케이지에 넣어 옮겼다. 서류 작업과 강습회, 기부용 상품 판매 등을 위한 부스도 여러 개로 준비한다.

　도모야는 고양이를 넣은 케이지를 옮기고 있었다. 센터의 고양이는 원래 이름이 있어도 번호로 부르게 되어 있다. 번호가 비면 새로운 고양이가 그 자리에 들어간다. 물건 취급하는 것 같다는 부정적인 반응도 있지만, 직원과 정들지 않게 하기 위함이다. 새로운 가족이 새로운 이름을 지을 수 있도록 배려한 것이기도 하다.

　케이지를 전부 옮긴 후 도모야는 한숨을 쉬었다. 쪼그리고 앉아 고양이와 눈높이를 맞췄다.

　"가쓰라. 너도 이제 제법 오래됐지. 오늘은 누군가 좋은 사람이 와주면 좋을 텐데."

　9번 케이지에는 흰 바탕에 검은 털이 섞인 수컷 고양이가 있었다. 얼굴 정면은 하얗고, 눈썹 부근부터 후두부까지 검은색이어서 가쓰라라고 불렀다. 정을 주지 않기 위해 번호를 붙이지만, 결국 저절로 별명이 생긴다. 가쓰라는 벌써 2년 가까이 센터에 있었다. 지금까지 몇 번인가 시범 입양까지는 진행됐지만, 불행히도 입양으로 이어지지 않았다.

마도카가 자신의 작업을 끝내고 도모야 옆으로 왔다.

"입양 대상이 아닌 아이들의 부스 설치는 끝냈어. 저 번처럼 아이들이 함부로 다가가지 않도록 보드에 큼지막하게 주의 사항도 적어놨고."

"고맙습니다."

도모야는 미소 지었다. 그 회의 후에 입양 대상이 아닌 고양이를 입양회에 내놓지 않는 편이 좋겠다는 의견이 있었다. 하지만 통과되지 않았다.

"그 아이들을 입양회에 내놓지 말자는 안건에 가지와라 씨가 하도 완강하게 반대해서 깜짝 놀랐어."

마도카가 놀리듯 웃는 바람에 도모야는 조금 부끄러워졌다.

"제 말투가 너무 단호했죠?"

"아니야. 그렇지 않아. 센터의 상황을 알리는 것도, 돌고 돌아 유기묘를 줄이는 활동이라는 말을 듣고 맞는 말이라고 새삼 생각했어. 불편한 부분을 감춘다고 문제가

• '가발'을 뜻함.

근본적으로 해결되는 건 아니니까."

"하지만 입양회에 내놓는 아이도 그나마 일부이고 심각한 문제를 안고 있는 고양이는 사육동에 감춰두는 것, 그것도 현실이죠."

"그러고 보니 가지와라 씨의 고양이도 원래 우리가 구조한 고양이였지?"

"네, 맞아요. 센터에 오기 전에 제가 입양했지만요."

"왜 그런 거야?"

"고코로 선생님 병원에서 치료한 후에 직접 우리 집으로……."

"그게 아니고."

마도카는 평상시처럼 해맑게 물었다.

"왜 그 아이였어? 그동안 구조한 고양이는 수없이 많았잖아. 가지와라 씨는 그 애들 모두를 극진하게 보살폈고. 그러면서도 정확하게 선을 긋고 있어서 대단하다고 생각했거든. 물론 지금도 마찬가지고. 그 아이만 입양한 건 흔히 말하는 인연? 운명? 그런 느낌이 찌르르 왔어?"

도모야는 눈을 깜빡였다. 니케를 입양한 이유 같은 건 생각해본 적이 없었다.

만남은 강렬했다. 좁은 우리에 갇혀 있던 니케는 오물

아픈 고양이를 사랑하는 당신에게

이 잔뜩 묻은 검은 몸을 축 늘어뜨린 채 누워 있었다. 죽었다고 생각했다. 하지만 양손으로 조심스럽게 우리에서 꺼낸 순간, 갑자기 송곳니를 드러내며 도모야를 공격했다. 네 개의 송곳니가 팔뚝에 깊이 박혔고, 피가 솟구쳤다. 그 상처는 아직도 팔뚝에 남아 있다.

"……찌르르가 아니라, 비명을 지를 정도의 강렬한 세례를 받았어요."

"뭐?"

떠들썩한 소리가 들렸다. 입양회의 시작 시간이었다. 아이를 데려온 가족, 젊은 여성, 고령의 부모님을 동반한 청년 등 참가자는 다양했다. 기대감으로 눈을 반짝이는 사람, 불안한 듯 멀찍이 떨어져서 케이지 안을 보고 있는 사람, 불편한 듯 서로 얼굴을 마주 보더니 바로 돌아가는 커플도 있었다. 사진과 상세한 설명은 미리 홈페이지에 올렸는데, 센터의 고양이는 대부분 카메라에 익숙하지 않아서 사진이 예쁘게 나오질 않는다. 직접 보니 전혀 다르다는 말을 자주 듣게 된다. 그래서 더욱 현장으로 찾아와주길 바라는 것이다.

직원들은 모두 참가자들을 응대하느라 정신없이 바빴다. 마침 가쓰라를 보여달라는 여성이 있어서 도모야가 응대했다. 여성은 고양이에 익숙한 듯했지만, 가쓰라는 귀를 뒤로 젖힌 채 긴장하고 있었다. 상성이 맞지 않는 걸까, 아니면 타이밍이 좋지 않았을까. 너무 가까이 가지 않는 편이 좋다고 판단한 도모야는 가쓰라를 넘겨주지 않았다. 여성은 한참을 고민한 끝에 아쉬운 듯 돌아갔다.

"아쉽네."

도모야는 팔 안에 안겨 있는 가쓰라에게 미소를 지었다. 가쓰라는 귀찮다는 듯 하품을 하고 있었다.

이럴 때는 사실 조금 적극적으로 권하면 입양이 성립되기도 한다. 하지만 반대의 경우도 있어서 응대가 어렵다. 고양이와 인간의 관계에서는 아주 사소한 계기로 그날, 그 순간의 모든 것이 변하게 된다.

마도카가 난처한 표정으로 다가왔다.

"가지와라 씨. 지난달에 왔던 그 가족이 또 왔어."

"지난달이면, 고양이를 보고 대성통곡한 아이?"

도모야는 목을 길게 빼고 입양회장의 수많은 인파 속에서 그 가족을 찾아냈다. 젊은 부부와 유치원생 정도의 아이였다.

"진짜네. 그렇게 무서워했는데 또 데려오다니."

아픈 고양이를 사랑하는 당신에게

아무리 고양이에 관심이 있다고 해도, 무서워하는 어린아이를 데려오는 건 경솔하다. 저번에도 아이는 불에 덴 듯 울었고, 그 울음소리에 놀란 고양이들이 겁을 먹는 바람에 입양회가 잠시 중단되기까지 했다. 똑같은 소동은 피하고 싶다.

"제가 잠깐 얘기해볼게요. 가쓰라 좀 부탁해요."

가쓰라를 마도카에게 넘겨주고 그 가족을 향해 걸어갔다. 그쪽에서도 도모야를 봤는지 부부가 먼저 어색하게 인사를 했다.

"요전에는 죄송했습니다. 부센터장님이시죠?"

"네, 가지와라입니다. 안녕하세요."

도모야는 아이에게도 웃어 보였다.

"안녕?"

"안녕하세요."

아이는 힘차게 인사했다. 당연히 겁먹고 있을 줄 알았는데 의외였다. 아이는 도모야에게 그림책을 내밀었다.

"이거!"

"어…… 뭐니?"

아이는 막무가내로 그림책을 디밀었다. 당황하면서 그림책을 받아 든 도모야는 깜짝 놀랐다.

"유기묘에 대해 공부했구나?"

그 책은 동물 보호 운동에 관한 어린이책이었다. 동물과 인간의 공존을 위해 보호시설이 어떤 일을 하는지 등을 큰 글씨와 그림으로 설명한 책이었다. 특히 유기견과 유기묘를 귀여운 그림으로 묘사해서 친근감을 더했다.

지난번에 이 아이가 갖고 있던 책은 고양이 도감이었다. 오늘 책에는 고양이의 귀여움이 아니라, 고양이와 살아가는 일의 어려움이 실려 있다. 아이가 이 책을 읽어준 것이다. 그 사실에 눈언저리가 뜨거워졌다.

아이의 엄마가 조심스럽게 말했다.

"이 녀석이 이곳에 다시 오고 싶다고 하도 떼를 써서요. 우리 아이가 고집이 세서 한번 말하면 절대 포기하질 않아요. 오늘은 소란 피우지 않도록 단속할 테니, 견학을 허락해주실 수 있을까요?"

"아, 네. 물론입니다."

도모야는 아이에게 그림책을 돌려주고 고개를 숙였다. 입구를 넓히느니 어쩌니 했던 자신이 부끄러웠다. 센터에서 다양한 상황의 고양이를 접했기 때문에 합리적인 판단을 할 수 있다고 자부했다. 하지만 필요한 건 진심을 가지고 고양이를 대해주는 사람이다. 예컨대 오늘 입양을 하지 않더라도 어디선가 다른 형태로 그 따뜻함을 전해줄 것이다.

그 이후에도 계속해서 참가자에게 설명하고 상담해주느라 정신이 없었다. 문득 보니 아까 그 아이와 부부가 마도카와 이야기를 하고 있었다. 마도카가 안고 있는 고양이는 가쓰라였다.

마도카가 아이 앞에 자세를 낮추고 앉았다. 가쓰라와 아이의 거리가 좁혀졌다. 아이는 가쓰라를 안고 싶은 듯두 팔을 뻗었지만, 작은 아이가 안기에는 너무 큰 고양이다. 혼자서는 안을 수 없어서 주위에서 받쳐주었다.

가쓰라는 힘을 뺀 채 몸을 맡기고 있었다. 아이가 꽉껴안아도 멋대로 하라는 듯 내버려두었다. 조금 전 여성에게 보였던 긴장감은 전혀 없었다.

아, 그렇구나. 이런 것이 인연이다. 이유 따위는 없다.

가쓰라를 데리고 시범 입양 절차를 밟으러 가는 가족을 응시하면서, 인연은 선택이 아니라 저절로 맺어지는 것이라고 깨달았다. 아이는 돌아가기 전 다시 도모야 옆으로 다가왔다.

"내 고양이, 머리에 헬멧을 쓴 애로 했어요. 이름도 헬멧으로 할 거야."

"큭…… 그래? 멋진 이름이네."

"형아는?"

"응?"

"고양이. 고양이 키우죠?"

"키우지. 형 고양이는 니케야."

"어때? 어떤 고양이야?"

아이는 흥미진진한 표정이다. 이 아이가 가쓰라의 반려인이 될지는 모른다. 하지만 아이의 흥미가 파문처럼 퍼져가기를 바랐다.

"형의 고양이는 새까만 고양이야. 새까맣고 착한 고양이지."

말을 하면서 다시금 깨달았다. 니케는 착한 고양이다. 아이에게 손을 흔들면서 자신의 팔뚝을 보았다. 니케에게 물린 상처가 아직도 남아 있었다. 그때 니케는 몸도 제대로 가누지 못하면서도 도모야를 깨물었다. 놀란 도모야가 손을 떼자, 다른 고양이를 구조하고 있던 직원들을 위협했다. 어쩌면 니케는 자신의 무리를 지키고 있었는지도 모른다. 그들은 일종의 가족이 아니었을까.

입양회가 끝나고 많은 고양이가 시범 입양을 위해 일반 가정에 맡겨졌다. 입양까지 이어지는 건 몇 마리나 될까. 입양 후에도 수년 동안 고양이의 상황을 보고하도록 의무화되어 있다. 센터에서 입양된 고양이가 죽을 때까지 지켜보는 것이다.

시설물 정리와 사무 업무 등을 마치고 센터를 나온 건 한밤중이었다. 정신적으로도 육체적으로도 기진맥진한 상태였다. 아무 생각도 할 수 없는 상태로 집에 도착해서 불을 켰다. 밥 먹는 것조차 귀찮아서 모든 걸 내일로 미루기로 하고 별생각 없이 집 안을 둘러보았다. 3단 케이지 맨 아래 칸에 니케가 누워 있었다.

순간 숨이 멈췄다.

몸보다 머리가 먼저 움직였다.

죽었다. 죽었다.

도모야는 황급히 케이지 안으로 손을 뻗었다. 니케는 꿈쩍도 하지 않고 눈을 감은 채 몸을 내맡기고 있었다. 조심스럽게 다뤄야 한다는 냉정함 따위 끼어들 틈도 없이, 양손으로 니케를 들어 올리자 머리가 툭 하고 꺾였다. 간신히 니케를 케이지 밖으로 꺼냈다.

"니케!"

니케는 따뜻했다. 까맣고 매끄러운 배 부근에 손을 대어보니 움직이고 있었다. 아직 살아 있는 것이다.

깊은 안도감에 도모야는 떨리는 숨을 내뱉었다. 하지만 아무리 이름을 부르고 몸을 흔들어도 눈을 뜨지 않았다. 이것이 진짜 혼수상태인지, 이전과 마찬가지로 다시 낮에만 활동하는 건지 알 수 없었다. 하지만 그냥 둘 수는 없었다.

집에서 가장 가까운 동물병원에서도 응급 진료는 가능했다. 하지만 어느 병원에서도 눈을 뜨지 않는 원인을 알아내지 못했다. 온갖 검사를 했지만 니케는 아픈 곳도 없었다. 도와줄 사람은 오로지 스다 선생님뿐이었다.

전철이 끊긴 시간이어서 콜택시를 불렀다. 스다 선생님은 응급 상황이건 아니건 진지하게 진료해준다. 니케를 담요로 감싸서 이동장에 넣고 집을 나오면서 동시에 병원에 전화를 걸었다. 몇 번의 신호음이 울린 후 스다 선생님이 전화를 받았다. 도모야는 상황을 설명하면서 택시에 탔다.

자신이 지금 옳게 행동하고 생각하는지 아닌지도 모른 채 한밤중에 나카교구에 있는 스다 동물병원으로 달려갔다. 스다는 쪽문을 열어둔 채 기다려주었다. 잠옷 위에 흰 가운을 걸치고 있었다. 도모야는 진료실로 들어가서 은색 진찰대에 니케를 눕혔다.

아픈 고양이를 사랑하는 당신에게

"선생님, 이렇게 늦은 시간에 죄송합니다."

"괜찮네. 전과 똑같은 상황인가?"

"네. 아무리 깨워도 깨어나질 않아요. 하지만 요 일주일 동안은 다시 움직이는 모습을 보여줬습니다. 오늘 아침에도 건강했어요."

"그래. 어디 한번 보세."

스다는 꼼짝도 하지 않는 니케를 다양한 각도에서 진찰했다. 눈꺼풀을 올려보고, 입을 벌려보고 엑스레이를 찍고 한차례 진료를 끝냈다. 그러는 동안에도 니케는 축 늘어진 상태였다.

"역시, 원인 불명이야."

스다는 어두운 표정으로 한숨을 쉬었다. 알고는 있었지만, 도모야도 무심코 한숨을 쉬었다.

"그렇습니까."

"미안하네."

"아닙니다."

도모야는 황급히 고개를 저었다.

"그런 말씀 마세요. 어디가 아픈 것도 아닌 고양이를 이렇게까지 정성껏 진료해주신 분은 선생님뿐입니다. 아무것도 해줄 수 없다는 걸 알면서도 도저히 내버려둘 수가 없어요. 어쩌면 내일 아침에는 눈을 뜨지도 모릅니다. 그랬으면 좋겠지만⋯⋯."

"전에도 그랬지만, 보통 주사를 놔도 눈을 뜨지 않는 것은 혼수상태야. 그런데 낮에는 활동하면서 사료도 먹고 배설도 하는, 이런 증상은 들어본 적이 없어. 뭐랄까⋯⋯ 의지 같은 게 느껴져."

스다는 니케를 담요에 눕히고 까만 몸을 부드럽게 쓰다듬었다.

"삶의 의지가 강한 아이야. 원래라면 그 건물에서 죽었을 텐데, 지금까지 살아남았어. 어쩌면 이미 한계인지도 모르겠네. 한계점에서 매달려 있는 것일 수도 있어."

스다의 말에 도모야는 깜짝 놀랐다. 누군가도 비슷한 말을 했었다.

니케에게 시선을 향했다. 검은 털이 진료실 조명 아래에서 아름답게 물결치고 있었다. 바로 얼마 전만 해도 잠들어 있는 니케가 있는 집에 들어가고 싶지 않았다.

"선생님."

"응?"

"니케는 이제 얼마 안 남은 걸까요."

억양 없이 묻자, 수다는 온화하게 대답했다.

"그럴 거야. 아마도."

"언제……."

도모야는 허망한 눈으로 니케를 보았다. 위아래로 움직이는 배. 검은 광택이 아름다웠다.

입에 올리기 꺼려져서 지금까지 말하지 못했다. 떠올리는 것조차 비열하게 느껴졌다. 하지만 이 까칠까칠한 것을 뱉어내지 않고는 견딜 수가 없었다.

"언제 죽습니까."

"가지와라."

"가르쳐주세요. 니케는 언제 죽습니까. 더는 안 되겠어요. 선생님, 전 이제 참을 수가 없어요. 니케가 눈을 뜨지 않게 된 날부터 매일, 집에 가면 니케가 죽어 있을지도 모른다는 생각에 그 어떤 것에도 집중할 수 없었습니다. 근무 중에도 멍하니 있다가 실수만 저지르고 있습니다. 어쩌면 이 순간에 니케가 죽어가고 있을지도 모른다는 생각이 들면 당장 집으로 가고 싶어서……. 옆에 있어주고 싶다는 생각만 합니다."

빗장이 풀린다는 게 이런 걸까.

어디선가 자신이 자신의 마음을 내려다보고 있었다. 빗장이 풀리고 나니 생각이 한없이 흘러나왔다.

"하지만 그건 무책임하죠. 제겐 업무가 있습니다. 돌봐줘야 하는 수많은 고양이가 센터에 있고, 해야 할 일이 산더미입니다. 그 모든 걸 내팽개치고 자신의 고양이를 위해서 집으로 뛰어가는 건 책임 있는 성인이 할 행동이 아니죠. 며칠씩이나 쉰다? 고양이를 위해서? 고양이는 소중한 가족이라며 일을 내팽개치고 집에 간다? 고코로 선생님, 가르쳐주세요. 가족이 사람일 때는 허용돼도, 고양이는 안 되는 겁니까? 소중한 건 사람마다 다르지 않습니까. 다른 사람에게는 아무것도 아닐지 몰라도 제게는 소중합니다."

머리로는 알고 있다. 상식적인 판단도 할 수 있다.

그래서 분명 행동으로 하지는 않을 것이다. 만약 주위 사람이 그렇게 행동한다면, 공감해주면서도 부드럽게 타이를 것이다. 도모야는 그런 위치에 있는 사람이다.

동물을 사랑하는 사람이면 누구나 걷게 될 길이다. 타협과 갈등에 괴로워하고, 그런 마음을 타인에게는 털어놓지 못한다. 이 정도만 해야 돼, 하고 스스로 덮개를 덮는다.

그렇게 마음을 막고 있는 덮개 때문에 괴로웠다. 도모야는 가슴 언저리를 꽉 쥐었다. 정말로 심장이 찢어질

아픈 고양이를 사랑하는 당신에게

듯 아팠다.

"언제, 어떻게 될지 모르니까. 오늘 모든 걸 내팽개친 다고 해도 내일은? 내일 같이 있고 그다음 날에 죽는다면? 그렇게 되면 모든 게 무의미해집니다. 전 고양이에게 끌려다니는 삶은 싫습니다. 아무리 소중해도 역시 선을 그어야 합니다. 그래서 일부러 일을 만들어 되도록 늦게 귀가했고, 본가에도 들르며 쓸데없이 시간을 보냈습니다. 그렇게 해서라도 스스로 괜찮다고 믿고 싶었습니다. 하지만 그런 바보 같은 짓을 해도 집에 돌아올 때는 두려워서 견딜 수가 없습니다. 집에 가면 오늘은 정말 니케가 죽어 있지 않을까 하고."

언제부터 떨고 있었는지 모른다. 언제부터 울고 있었는지 모른다.

흘러넘친 눈물이 눈동자를 뒤덮었다. 커다란 눈물방울을 뚝뚝 떨구며 자신의 주먹만을 내려다보고 있었다.

"집에 오면 움직이지 않는 니케를 보고 공포에 휩싸입니다. 나의 고양이가 죽었다. 하지만 니케가 아직 따뜻하다는 걸 알고 안도합니다. 내 고양이는 아직 살아 있다. 다행이다. 아직은 더 같이 있고 싶다. 하지만 선생님, 저는."

더는 얘기하면 안 된다고 생각했다. 니케는 의식이 없어도 듣고 있다. 주인이 이런 생각을 하고 있다는 걸 알게 하면 너무 가엾다.

고개를 들고 스다를 보았다. 스다는 슬픈 표정으로 침묵하고 있을 뿐이었다. 재촉도 비난도 하지 않았다. 도모야는 울음을 삼키며 마음에 담고 있던 것을 토해냈다.

"전 니케가 이제 떠났으면 좋겠다고 생각하고 있습니다. 제가 있을 때, 제 옆에서 떠났으면 좋겠다고 생각하고 있습니다. 혼자 죽게 하고 싶지 않습니다. 제가 없는 동안에, 홀로 쓸쓸히 죽게 하고 싶지 않습니다."

더 이상 억누를 수 없었다. 감정의 파도에 휘말려 제어가 되지 않는다. 도모야는 몸을 부들부들 떨면서 흐느껴 울었다.

한참을 울고 난 후에야 서서히 평정심을 되찾았다. 머리를 숙이면서 눈물과 콧물로 엉망이 된 얼굴을 어떻게든 수습해보려고 했다. 그러자 스다가 휴지를 내밀었다.

"……죄송합니다."

도모야는 우물거리면서 얼굴을 닦았다. 이렇게 운 건 처음이었다. 지나치게 감정적인 모습을 보인 게 부끄러웠다.

"여러 가지로 스트레스도 있겠지. 가끔은 이렇게 분출하는 것도 필요하다네. 주인이 버텨주지 않으면 그 여파가 동물에게 미치게 되거든."

스다가 온화하게 말했다.

다 큰 남자가 이렇게 흐트러진 모습을 보이다니, 사실은 어이가 없었을 것이다. 하지만 스다는 그런 기색은 일절 보이지 않았으며, 그렇다고 동정도 하지 않았다. 그는 인간에게도 동물에게도 공정했다. 감정이입도 하지 않고 무시하지도 않는다.

옛날 사람이라는 생각이 들었다. 자신의 경험치로 판단하는 수의사다. 아마도 임상이나 연구가 발전된 지금의 수의학과는 동떨어져 있을 것이다.

하지만 한밤중에도 싫은 내색 없이 진료해주고, 동물에게 헌신한다. 무엇보다 깊은 애정이 느껴진다.

언젠가 자신도 이런 사람이 될 수 있을까.

"선생님. 한심한 꼴을 보여서 죄송했습니다."

"괜찮네. 난 들어주는 것밖에 할 수 있는 게 없으니."

"아닙니다. 들어주셔서 정말이지 마음이 편해졌습니다. 동물과 관련된 일을 하는 사람이, 머릿속으로 지독한 생각을 하고 있었습니다. 정말로 니케에게 면목이 없습니다. 저도 선생님처럼 냉정하고 친절한 사람이 되고 싶은데."

"머릿속으로는 무슨 생각을 해도 괜찮아. 그것이 좋은 생각이든 나쁜 생각이든 열심히 생각하고 있는 거니까. 나처럼 아무 생각도 안 하는 것보다 훨씬 나아."

스다는 옅은 미소를 짓고는 다시 잠들어 있는 니케의 몸을 천천히 쓰다듬었다.

"나는 사람의 감정에도 동물의 감정에도 아주 둔감해. 고코라라니, 정말이지 아이러니한 이름이야."

스다가 자신의 이야기를 한 것은 처음이었다. 별일이네, 하고 도모야는 조금 놀랐다. 스다의 말에서 감정 같은 것은 느껴지지 않았는데, 뭔가 힘든 과거라도 있는 걸까. 그의 얼굴은 평상시와 마찬가지로 온화했다.

스다는 니케의 눈꺼풀을 다시 뒤집어보면서 의식이 있는지 확인했다.

"전혀 반응이 없군. 마치 의식이 이탈한 것 같아. 오히려 오늘 아침까지 괜찮았다는 게 더 이상하군. 뭔가 변화나 계기는 없었나?"

계기라는 말에 문득 생각나는 것이 있었다.

"그 병원."

아픈 고양이를 사랑하는 당신에게

"어디 동물병원인가? 어떤 시술을 했지?"

"동물병원이 아닙니다. 이 근처에 있는 고코로 병원이라는 곳인데 이상한 정신과입니다. 그곳에 갔던 날부터 니케가 제 앞에서도 깨어 있었습니다. 그저 우연이라고 생각은 합니다만."

병원에서 나눴던 대화를 돌이켜본다. 의사와 간호사가 뭐라고 했더라.

상비 고양이가 어쩌고 했고, 고양이 효과가 없다는 말도 했었다. 집에 있는 고양이가 효과가 없으면 다시 오라고, 하지만 더는 이곳에 올 일이 없을 거라는 말도 했었다.

"니케가 효과가 없으면……."

도모야는 조그맣게 중얼거렸다. 다시 그 병원에 가면 니케가 눈을 뜰까?

말도 안 되는 일이라는 것은 알고 있다. 초현실적인 현상은 믿지 않는 편이다.

하지만 백만 분의 일이라도 가능성이 있다면 가보자.

한낮인데도 골목길은 어두웠다. 막다른 곳에 있는 건물은 역시 니케가 갇혀 있던 그 건물과 똑같았다.

기이한 현상은 믿지 않는 편이다. 하지만 병원 문을 열고 접수처에 앉아 있는 간호사를 보자, 세상에는 자신이 모르는 신기한 일도 있다는 생각이 들었다.

이 여자⋯⋯. 스다 병원에서 몇 번인가 만난 적이 있다. 니케와 함께 구조된 삼색 고양이를 입양한 사람이다.

여자는 눈을 살짝 치켜뜨고 도모야를 보더니 요염하고 가느다란 한숨을 쉬었다.

"가지와라 씨. 저희는 지금 고양이가 없어요."

확실했다. 화려하지는 않아도 요염한 분위기가 나는, 슬픔을 띠고 있는 눈동자. 병원 대기실에서 두세 번 말을 나눈 정도였지만, 그때도 가슴이 살짝 두근거렸다.

그녀가 왜 이곳에. 도모야가 멍하니 생각에 잠겨 있자, 간호사는 이상하다는 듯 말했다.

"가지와라 씨?"

"아, 네. 그러니까, 역시 전에⋯⋯."

만난 적이 있죠, 라는 말이 나오지 않았다.

꼬시는 건가요? 놀리는 듯한 간호사의 웃음소리가 떠올라 얼굴이 빨개진다.

"⋯⋯아무것도 아닙니다. 오늘도 예약을 안 했는데,

괜찮을까요?"

"선생님은 기다리고 계십니다, 가지와라 씨. 하지만
전 되도록 당신이 이곳에 오지 않길 바랐습니다. 저 사
람은 바보라서 실실 웃으면서 당신에게 잘 듣는 새로운
고양이를 처방해줄 겁니다. 본인은 포기하고요."

눈을 내리깔고 있는 간호사의 표정은 슬퍼 보였다. 아
파 보이기까지 했다. 내원하지 않기를 바랐다는 말에 도
모야는 당황했다.

"어디 편찮으시면 다음에……."

"그 소파는 예약 환자 전용입니다. 앉아서 기다려주
세요."

"……네."

간호사가 시키는 대로, 저번과 마찬가지로 일인용 소
파에 앉아서 기다렸다. 대체 뭘까. 하나부터 열까지 전
부 이상한 병원이지만, 진료를 기다리는 기분은 다른 곳
과 똑같았다. 조금 불안하고, 이곳이라면 어떻게든 해줄
거라는 안도감. 무릎 위에 케이지가 없다는 게 어색하게
느껴지는 이유는 동물병원에 자주 다녔기 때문일까.

"가지와라 씨, 안으로 들어오세요."

진료실에서 목소리가 들렸다. 안으로 들어가자 흰 가

운을 입은 의사가 미소를 짓고 있었다. 도모야는 간이 의자에 앉아 아주 가까운 거리에서 의사를 마주 보았다.

"안녕하세요, 가지와라 씨. 어떻습니까, 좀 좋아지셨습니까?"

도모야는 상냥하게 말을 거는 의사를 유심히 보았다. 저번에도 이상하다고 생각했다. 뭘까. 자신이 자신을 마주 보고 있는 것 같아 현기증이 일었다.

"저기, 선생님."

"네."

"우리, 어디선가 만난 적이 없나요?"

있을 수 없는 일이지만, 마치 거울을 보고 얘기하는 기분이 들어 두렵기까지 했다.

하지만 긴장하고 있는 도모야를 향해, 의사는 밝게 웃음을 터뜨렸다.

"하하하. 가지와라 씨, 그거 추파 던지는 거죠? 안 됩니다. 진찰 중에 추파는 참아주세요. 하하하."

도모야는 경악했다. 시뻘게진 얼굴로 일어서려고 했지만, 당황해서 의자가 잘 밀리지 않았다.

"가겠습니다."

"아뇨, 아뇨. 농담입니다. 진지하게 듣지 마세요."

　　　　　아픈 고양이를 사랑하는 당신에게

생글생글 웃는 의사의 말에 마지못해 다시 의자에 앉
았다. 의사도 간호사도 장난을 치고 있다. 차분하다는
평가를 받는 도모야도, 불쾌함이 얼굴에 드러나버렸다.
의사는 태연한 얼굴이다.

"만남의 방식은 뭐든 상관없습니다. 추파든 맞선이
든. 인간은 무턱대고 만남에 의미를 부여하려고 하죠.
운명이니 일생의 한 번뿐인 기회니 하면서. 하지만 그런
건 그냥 갖다 붙이는 겁니다. 그날, 그때의 사소한 우연
이나 기분, 그 정도면 됩니다. 세상에는 사람도 고양이
도 수없이 많으니까요. 가지와라 씨, 정말로 많답니다."

몇 번이나 반복되는 말에, 짜증이 아닌 기묘한 기분이
들었다. 도모야는 의아했다.

"무슨 의미입니까?"

"그 의미를 깨닫길 바라는 겁니다. 그건 그렇고. 어땠
습니까? 이야기를 많이 하셨습니까?"

"뭐가 말인가요?"

대화가 중구난방이라 짜증이 났다. 도모야는 무심코
삐진 어린아이 같은 말투가 되었다. 의사는 여전히 생글
생글 웃고 있다.

"자꾸 멍해져서 실수를 많이 한다고 했죠? 지금도 그

렇습니까? 말을 하고 나니 편해졌습니까?"

무슨 말이냐고 하려다가, 문득 생각이 났다.

"고코로 선생님 말입니까?"

"당신을 치료해준 건 결국 내가 아니라 당신 자신과 당신 주변 사람이었군요. 건강해졌으니 무엇보다 다행입니다. 이제 잠만 자는 고양이는 없어도 되겠죠?"

"어떻게 우리 고양이를?"

아직 깊게 잠든 니케는 스다 병원에 맡겨져 있다. 내일은 출근해야 한다. 이대로 입원시켜서 스다 옆에서 상태를 지켜볼까, 아니면 집에 데려와서 다시 마음 졸이는 날들을 보낼까. 어느 쪽을 선택해도 후회할 것 같아서 두려웠다.

이 의사는 니케를 알고 있고, 스다 의사도 알고 있다. 간호사도, 분명 스다 병원에 드나들던 그 여성이다. 이곳은 스다 동물병원과 밀접한 관계가 있는 것이다.

이곳에 온 건 우연이 아니다. 분명 무언가에 이끌린 것이다. 도모야는 마음을 가라앉히려고 애썼다.

"우리 고양이는 벌써 일 년 가까이, 거의 혼수상태로 지내고 있습니다. 원인은 모릅니다. 하지만 이곳에 온 후 깨어났습니다. 그리고 다시 의식을 잃었습니다. 만약 무언가 알고 있다면 가르쳐주세요. 어떻게 하면 제 고양이가 예전처럼 건강해질 수 있을까요."

"당신의 고양이는 이제 깨어나지 않습니다."

의사는 옅은 미소를 지으며 말했다.

"그것이 수명입니다."

둘만 있는 좁은 공간의 시간이 멈췄다. 도모야는 자신의 심장이 고동치는 소리를 듣고 있었다. 그것이 답이라는 걸 지금 분명하게 깨달았다. 의사를 똑바로 보며 말한다.

"그렇다면 지금부터 계속 같이 있겠습니다."

"안 됩니다."

의사는 고개를 저었다.

"죽을 때는 모두 혼자입니다. 만남의 순간을 선택할 수 없듯이 죽음의 순간도 선택할 수 없습니다. 사람도 동물도 모두 그렇습니다. 부디 후회하지 않을 길을 택하기 바랍니다."

"하지만 우리 고양이는 고통스러운 경험을 한 아이입니다. 죽을 때 혼자라는 생각을 하지 않게 해주고 싶습니다."

"그렇다면 마음이 편해질 만한 사실 한 가지를 알려

드리죠."

의사는 갑자기 실실 웃기 시작했다. 조금 전까지의 신
비함을 날려버리는 웃음이다.

"고양이는 말이죠, 당신의 생각 이상으로 강인합니
다. 고양이가 눈을 감고 자고 있을 때, 머릿속에 떠오르
는 건 즐거운 일입니다. 설사 그때가 혼자라고 해도 고
양이는 즐거운 꿈을 꾸면서 떠날 수 있는 강인함을 갖고
있습니다. 여하튼 고양이는 모든 고민을 낫게 해주니까
요. 아니, 모든 고민은 지나친가. 최근에는 너무 과장해
서 말하면 여러 가지로 시끄러워지죠. 하하하."

경박한 웃음에 멍하니 있자, 의사는 멋대로 고개를 끄
덕인다.

"사실은 말이죠, 아주 효과가 좋은 귀여운 고양이를
처방해서 당신에게도 고양이와 지내는 즐거움을 상기
시키고 싶었습니다. 당신이 웃을 수 있도록 활동적인 아
이가 좋겠다고 생각했죠. 하지만 집에 있는 고양이도 아
직 코딱지만큼은 효과가 있었던 것 같아 다행입니다. 흐
음. 어떻습니까. 증상도 개선되고 있으니 이번에는 다른
고양이를."

"안 됩니다!"

아픈 고양이를 사랑하는 당신에게

뒤쪽의 커튼이 거세게 열렸고, 간호사가 장승처럼 우뚝 서 있었다.

"왜 그렇게 쉽게 물러납니까! 좀 더 매달리고, 떼를 쓰고, 버티면 좋지 않습니까! 새로운 고양이가 오면 맞붙어 싸워서 주인 쟁탈전을 하면 되지 않습니까! 당신은 가능하잖아요. 당신은 아직 이곳에 있으니까!"

간호사는 큰 목소리로 화를 내더니 거세게 커튼을 닫았다.

순식간에 일어난 일이었다. 도모야와 의사가 몸이 굳은 채 멍하니 있자, 다시 커튼이 열렸다. 눈을 치켜뜬 간호사가 서 있었다.

"남자잖아요! 불알을 달고 나왔으면 근성을 좀 보이세요!"

그리고 다시 거세게 커튼이 닫혔다.

두 사람은 정신을 차리지 못한 채 다시 커튼이 열리는 건 아닐까 하고 한참 동안 커튼을 바라보고 있었다. 마침내 의사가 의자를 돌려 도모야를 향했다.

"우와, 엄청나네요. 제대로 한 방 먹었어요. 개다래나 무차라도 진하게 마신 걸까요. 불알이란 말을 하다니."

"큭⋯⋯. 그, 그랬습니까? 전 잘 못 들었습니다만."

도모야는 몸을 떨면서 두 팔에 얼굴을 묻고 비져 나오는 웃음을 간신히 참았다. 사실은 똑똑히 들었지만 가까이에 있는 여성을 상대로 폭소를 터뜨리는 건 실례다.

"불알이라."

의사는 진지하게 말했다.

"그래, 근성이란 말이지. 지토세 씨는 정말이지 스파르타식이라니까요. 늘 머리를 강타하는 느낌이야. 정신이 번쩍 들게 해준다니까요."

"그…… 대담한 사람이네요."

달리 표현할 길이 없었다. 고집이니 고압적이니 하는, 딱 어울리는 말을 했다가는 머리를 얻어맞을 것 같았다.

"제 누이동생뻘이죠."

의사는 해맑게 웃었다.

"오랜 인연입니다. 인연이 있어서 계속 이웃 동지였습니다. 많은 동료가 있었지만, 그녀만이 끝까지 함께 노력해주었죠. 착하고 강한 사람입니다. 미인이고요."

그러고는 커튼 쪽을 슬쩍 보았다. 그 시선이 무척이나 따뜻하다. 그저 일방적으로 혼나고 있는 것처럼 보였지만, 강한 연대감이 있는 듯하다. 누이동생뻘이라는 말에 도모야는 자신의 여동생이 떠올랐다.

아픈 고양이를 사랑하는 당신에게

"그건 그렇고. 가지와라 씨, 어떻게 할까요?"

"네?"

"세상에는 수많은 고양이가 있습니다. 어떤 고양이든 그냥 고양이입니다. 하지만 당신이 소중하게 대하면 그냥 고양이가 아니게 됩니다. 정말로 효과가 있습니다. 힘들 때, 힘들어질 것 같을 때는 참으면 안 됩니다. 일찌감치 처방받으면 중증으로 이어지지 않는 경우도 있죠. 그건 전혀 나쁜 게 아닙니다."

의사는 싱긋 웃었다.

어디선가 본 얼굴. 거울을 보고 있는 듯했다.

서글서글하고, 그러면서도 희롱하는 듯한 경박함. 어디선가 본 듯한 얼굴이지만, 이런 웃음은 낯설다. 거울 너머로 보는 표정은 대체로 음침했다.

거울 너머로 보는 얼굴?

그럴 리가 없다고 도모야는 고개를 흔들었다. 대체 무슨 생각을 하게 된 걸까. 아무래도 이 병원의 기묘한 분위기에 잠식된 듯하다. 이곳은 정신의학과 병원이다. 진료 방식도 의사도 평범하진 않지만, 마음의 병을 낫게 해주는 곳이다. 자신을 위해서 자기 발로 왔고 스스로 문을 열었다.

"어떻게 할까요? 고양이를 처방할까요?"

의사는 다시 실실 웃었다.

도모야는 아주 살짝 미간을 찡그렸다. 역시 이 의사의
웃음은 경박하다.

진료실에서 나오자 일인용 소파만 덩그러니 있었다.
그 외에는 아무것도, 아무도 없었다.

도모야는 우두커니 서 있었다. 결국 아무런 치료도 받
지 못했다. 그저 기묘한 의사와 의미 없는 이야기를 나
눴을 뿐이다. 니케가 병원에서 기다리고 있는데 쓸데없
이 시간만 허비했다.

하지만 이상하게도 마음이 가벼웠다. 경쾌하다고 표
현해도 좋다.

"가지와라 씨."

접수처에서 하얀 손이 까닥까닥 도모야를 부르고 있
었다. 작은 창구 안쪽에서 간호사가 진지한 얼굴로 올려
다본다.

확실히 미인이다. 하지만 조금 전의 언동을 떠올리자
웃음이 터질 것 같았다.

도모야는 억지로 침을 삼켜 웃음을 참았다.

"저기, 예약 환자가 있으면 안으로 들어오라는 말을 전해달라고 하셨는데, 아무도 안 왔습니까?"

그러자 간호사가 한숨을 쉬었다.

"도리이 씨 때문에 걱정이에요. 겨우 왔나 했는데, 다시 발길이 멀어져서. 고양이 처방 기간도 이미 끝났을 텐데 약속을 어기네요. 역시 이곳은 아직 닫을 수가 없겠어요. 예약 환자가 나을 때까지 선생님이 어떻게든 버티게 해야겠어요."

그리고 갑자기 험악한 눈빛으로 도모야를 보았다.

"가지와라 씨."

"아, 네."

"저 사람은 자신에 대해선 무심하니까, 당신이 소중하게 대해주세요. 아시겠죠? 부탁드렸습니다."

"……아."

영문도 모른 채 혼나고 있었다. 역시 버거운 여성이다. 그만 돌아가려고 등을 돌리자, 의외일 만큼 상냥한 목소리가 들렸다.

"고양이가 먼 길을 떠날 때 떠올리는 건, 당신과의 즐거웠던 시간입니다."

돌아보니 간호사는 미소 짓고 있었다.

"저도 아무도 없는 곳에서 홀로 떠났습니다. 그래도 춥지 않았어요. 외롭지도 않았어요. 전 마지막까지 그녀와 함께 있었고 마지막까지 행복했습니다. 고양이가 사람을 사랑한다는 건 그런 겁니다. 혹시 언젠가 제 소중한 사람을 만난다면 전해주세요. 그럼, 안녕히 가세요."

그러고는 아무 일도 없었다는 듯 시선을 떨구었다.

의사와 간호사, 둘 다 정말로 이상한 사람이다. 도모야는 그대로 조용히 병원을 나왔다. 건물의 5층. 니케를 구조했을 당시, 5층은 그곳 외에는 전부 비어 있었다. 지금은 그 옆 호실에 누군가 입주 중인 듯했는데, 그것만으로도 이곳이 현실 세계구나 싶어서 안도했다.

이곳에 다시 오게 될까. 주변 사람들이 권한다면 올지도 모른다. 걱정해주는 사람이 있다는 것에 감사했다. 그러면서 더는 걱정을 끼치지 말자는 생각도 했다.

그러니까 이곳에 올 일은 이제 없을 것이다.

***

세탁이 끝난 담요와 고양이 침대를 한 아름 안고 돌아오자 입구에 가쓰라를 입양한 아이가 서 있었다. 엄마와 함께 게시판 앞에서 어린이 대상 세미나 안내를 열심히 보고 있다.

아이의 엄마가 도모야를 알아보았다.

"아, 고쿤. 부센터장님이셔."

그러자 아이가 도모야를 향해 달려왔다. 도모야는 안고 있던 짐을 내려놓고 쭈그리고 앉았다.

"안녕. 세미나에 참석하러 왔니?"

"네. 난 고양이 의사가 될 거예요. 그리고 또, 난 메트랑 메트의 친구 그림을 그리고 있어요. 볼래요?"

아이는 흥분해서 빠르게 말했다. 도모야는 의미를 알 수 없어서 눈으로 엄마에게 도움을 요청했다. 아이의 엄마는 웃고 있다.

"우리 고양이 얘기에요. 헬멧은 발음이 어려워서 메트라고 부르기로 했어요. 그렇지? 메트 그림을 그려서 부센터장님께 보여드리려고 왔어요."

"응."

아이는 힘차게 대답하고, 손에 들고 있던 도화지를 펼쳤다.

"이게 나의 메트야."

하얀 도화지에 크레용으로 다이내믹한 무언가가 그

려져 있다. 흰색과 검은색 크레용을 뒤섞은 게 가쓰라, 아니 메트일까. 삼각 귀와 수염 비스무리한 게 있었다. 그 외에도 아마 사람일 듯한 그림과 무명천 같은 무언가가 메트의 주위를 에워싸고 있다. 아이는 자신의 그림을 손가락으로 가리켰다.

"이게 고쿤, 이건 엄마. 그리고 이게 메트고 얘는 메트의 친구."

귀와 수염으로 간신히 고양이임을 짐작했다. 두 마리의 고양이를 아이와 엄마가 에워싸고 있는 그림이다. 모두 눈이 싱글벙글 웃고 있어서 보는 사람도 미소를 띠게 만든다.

"그렇구나. 메트의 친구구나."

도모야는 쪼그리고 앉은 채 모친에게 물었다.

"벌써 한 마리를 더 데려오셨어요?"

"설마요. 메트와 우리 아이만으로도 벅차요. 고쿤, 그 까만 고양이는 부센터장님 고양이지?"

엄마의 말에 아이는 크게 고개를 끄덕였다.

"응. 맞아요. 까만 아이는 형아 고양이야. 메트랑 사이가 좋아요."

그리고 다시 도화지를 내밀었다. 하얀색과 검은색 크

아픈 고양이를 사랑하는 당신에게

레용으로 그려진 것이 메트. 그 옆에 검은색 크레용을 손가락으로 펴 바른 게 니케. 니케도 웃고 있다.

"……그래? 내 고양이도 그려줬구나. 고마워."

"메트랑 기어오르기 시합하고 있어. 그치, 엄마? 엄청 잘해."

"그래."

모친은 도모야에게 미소를 지어 보였다.

"발톱으로 커튼이나 벽지에 매달리는 바람에 전부 너덜너덜해졌어요. 고양이는 아이들보다 더 장난꾸러기던데요. 부센터장님 댁도 장난 아니죠?"

"저희는……."

천처럼 보이는 물건이 아마도 커튼인 듯했다. 도화지 속에서 웃고 있는 니케를 본다. 생글생글 초승달 눈이, 지금도 잠들어 있는 니케의 눈과 무척 닮았다. 도모야는 이제 불안감에 애태우며 일부러 늦게 귀가하지 않는다. 평상시처럼 열심히 일하고, 그리고 퇴근을 기다린다. 고양이를 키우는 사람 누구나 그렇듯이 집에서 고양이가 기다리고 있으니까.

"맞아요. 저희 고양이도 장난꾸러기죠. 형 고양이도 커튼이나 벽 같은 높은 곳에 오르는 걸 좋아해."

"응. 둘이 경쟁해!"

아이는 기쁜 듯 웃고는 엄마의 손을 잡고 세미나 회장으로 향했다. 도모야는 두 사람의 뒷모습을 지켜보면서, 보이지 않는 인연과 연대감을 느꼈다.

그 이후로 보름달 같은 니케의 눈은 계속 감긴 상태였다. 사료와 물, 배설물을 확인한 후 움직이지 않는 몸을 빗질한다. 발톱을 자르고, 안아준다. 고양이는 따뜻하고 좋은 냄새가 난다. 목 뒤쪽 언저리에 코를 묻고 힘껏 들이마시면 햇살 냄새가 난다.

니케는 이제 높은 곳에 오르지 않는다. 다른 고양이와 놀 기회도 없다. 기지개를 켜거나 한 곳을 응시하는 일도 없다.

그래도 부디, 최대한 오랫동안 내게 매달렸으면 했다.

담요와 고양이 침대를 한 아름 안고 시설 뒤쪽으로 옮기던 중 세미나 준비 중인 마도카를 만났다.

"가지와라 씨, 봤어? 그 아이 또 와줬어."

"네. 여러 가지에 흥미가 생겼나 봐요. 세미나도 재미있었으면 좋겠는데. 즐겁게 밝게 야옹야옹."

그렇게 말하고 창고로 가려고 하자, 마도카가 놀란 얼굴로 보고 있었다.

"……왜 그러세요?"

"가지와라 씨, 뭐야. 전혀 낫지 않았잖아. 오히려 이상해졌어. 야옹야옹 같은 건 하지 않는 사람이었는데."

"뭐, 어때요."

"싫어, 싫어. 그런 캐릭터 아니야. 오타 씨, 가지와라 씨는 아직 안 되겠어요. 차도가 없어요."

오타까지 마도카에게 불려 나왔다.

"뭔데? 왜 그래?"

"가지와라 씨가 야옹야옹을 했어요."

"아니, 그런…… 많이 피곤한가 보네."

도모야는 호들갑을 떠는 두 사람을 두고 커다란 짐을 옮겼다. 정말로 할 일이 산더미였다. 최선을 다해 일하고, 그리고 오늘도 사랑하는 고양이가 있는 집으로 곧장 퇴근할 것이다. 니케의 다리는 여전히 축 늘어져 있지만, 꼬리만은 천천히 흔들리고 있었다. 즐거운 꿈을 꾸고 있다고, 지금은 도모야도 그렇게 생각하고 있다.

***

옆 사무실에서 다시 소리가 들렸다.

시나는 서둘러 텔레비전을 끄고 문에 귀를 바짝 댔다. 덜컥하고 문이 여닫히는 금속음이다. 복도에 발소리가 울렸다. 아마도 누군가가 나온 듯하다.

조용히 문손잡이를 돌리고 틈새로 상황을 엿보았다. 어두침침한 복도에 사람의 실루엣이 희미하게 보였고, 계단 쪽으로 가더니 사라졌다. 체구가 작은 소년 같은 뒷모습이었다.

문을 닫고 깊이 숨을 내뱉었다. 역시였다. 역시 옆에는 누군가가 살고 있다.

……아니면, 무언가가.

시나는 그 자리에 스르륵 주저앉았다. 사업은 호황이었고, 신체 나이는 이십 대. 사생활에는 조금 문제가 있지만, 의지와 근성으로 극복할 자신이 있었다.

하지만 불길하고 기이한 현상에는 자석의 힘도 효과가 없는 듯했다. 옆 사무실을 찾아오는 남녀노소는 줄지 않았다. 분통 터지는 건, 건물주와 관리 회사에 얘기해도 해결되지 않는다는 점이다. 어제 관리 회사 담당자와 함께 옆 사무실에 들어갔을 때는 고양이는커녕 쥐 한 마리 보이지 않았고, 완전히 텅 비어 있었다.

"제길. 이렇게 된 이상, 누구라도 오면 붙잡아서 무슨

아픈 고양이를 사랑하는 당신에게

일이 일어나고 있는지 밝혀내야겠어. 아니면 저번의 할아버지 때처럼 나도 같이 들어가보든가."

이전에 이상하리만치 무거운 문을 열고 실내를 본 적이 있었다. 정말로 놀라웠다. 그때만 인테리어가 완전히 달랐던 것이다. 잠깐 본 거지만, 병원 같은 접수처도 보였다.

대체 어찌 된 영문일까. 대규모의 사기 가능성도 배제할 수는 없다. 짜증이 나서 담배 생각이 났지만, 안 된다고 머리를 흔들었다. 담배는 이미 끊었다.

갑자기 다시 소리가 들렸다. 가느다란 울음소리. 고양이의 울음소리.

게다가 한 마리가 아니다.

"역시 있어. 분명히 있어. 뭔지는 모르지만 옆에 고양이가 있어."

……다음에는 꼭.

시나는 결심했다. 다음에 기회가 온다면 옆 사무실에 뛰어 들어가서 정체를 밝혀내리라. 설령 그것이 영적인 존재든 늙은 고양이든 상관없다. 그때를 대비해서 지금 목에 차고 있는 자석 목걸이를 최고급 사양 목걸이로 바꿨다. 자석의 파워를 최대치로 해놓는 것이다.

"좋아. 만약 이걸로 옆 사무실의 이상야릇한 존재가 없어진다면 영적인 파워도 검증되는 거야."

상품에 새로운 판매 문구를 더할 수 있을 것 같아서 갑자기 기분이 좋아졌다. 시나는 만족한 듯 빙긋 웃었다.

다음에는 그 무거운 문을, 자신을 위해 열 것이다.

"자, 이제."

니케는 등받이에 몸을 젖힌 채 좁은 진료실을 둘러보았다.

옛날과는 전혀 다른 모습이다. 그때는 곳곳에 종이 상자가 쌓여 있었고, 오른쪽을 봐도 왼쪽을 봐도 친구들이 있었다. 커다란 무리가 되어 같이 놀고 자고 싸움도 자주 했다. 자신의 케이지에 돌아가도 다음 날에는 다시 다정한 손길이 놀아줄 거라 믿고 있었다.

그런데 언제부턴가 하루, 이틀 방치되었고 마지막은 기억조차 또렷하지 않았다.

"많이 힘들었을 거야. 나을 수 있을까."

천장을 향해 중얼거리는데 커튼이 열렸다. 미간에 주름을 세운 지토세가 서 있었다.

"니케 선생님. 예약 환자가 언제 올지 모르는데 그렇

게 침까지 흘리며 졸고 있으면 어떡합니까."

"아니, 아니, 나 안 잤어요."

황급히 몸을 일으키고는 입 주변을 손으로 훔쳤다. 자
칫하면 의식이 날아가버린다. 침 정도는 흘렸을 수도 있
다. 니케는 지토세를 향해 턱을 내밀었다.

"어때요? 침 자국 있어요?"

"있어요. 그보다 얘기를 좀 해야겠어요. 요전에 그건
뭡니까?"

"요전의 그거?"

니케가 고개를 갸웃거리자 지토세의 표정이 험악해
졌다.

"가지와라 씨에게 말했잖아요. 제가 여동생뻘이라고.
반대 아닙니까? 선생님이 남동생이죠."

"엥?"

얼빠진 소리가 나왔다.

"……아니죠. 내가 지토세 씨보다 먼저 태어났어요."

"모르세요? 일정 나이가 되면 오빠와 여동생의 관계
는 역전합니다. 그러니까 앞으로는 선생님이 남동생입
니다."

"아니, 그런 게 어딨어요?"

"그러니까 제 말 잘 들으세요. 예약 환자인 그분이 완전히 나을 때까지 절대로 매달려 있으세요. 절대로요!"

"하지만 나도 이제 힘이 없어요."

"약한 소리 하지 마세요. 아, 이거 봐요."

지토세가 평상시의 차가운 눈빛으로 입구를 보며 말했다.

"또 누가 온 모양이네요. 선생님, 새로운 환자에게 너무 많은 시간을 쓰지 마세요."

지토세는 그렇게 말하고 커튼 안쪽으로 사라졌다. 길을 헤매다 들어온 환자를 가장 먼저 맞이하는 이는 언제나 그녀였다. 한 번도 되돌려보낸 적이 없었다.

니케는 미소 지었다. 고집스럽고 고압적인 그녀를, 반려인은 무척 귀여워했을 것이다. 그래서 그녀는 지금도 사람들에게 친절하다.

"어쩔 수 없군. 지토세 씨가 다시 힘을 낸다면, 나도 좀 더 힘을 내어볼까."

천장을 올려다보며 중얼거렸다. 천장만은 그때와 똑같았다.

소문은 바람을 타고 곳곳에서 돌다가 만나고 싶은 사람을 데려와준다. 도모야의 다정한 손길은 어딘가에서 다시 고양이 친구들을 구해줄 것이다. 고양이 종족에게 반드시 필요한 사람이다.

그리고 또 한 사람, 앞으로 나아갔으면 하는 사람이 있다. 한 번은 찾아와줬지만, 멀어져버린 사람. 바람이 돌고 돌아 다시 그 사람을 데려와주면 좋을 텐데.

문이 열렸다. 주춤거리며 들어온 사람은 어두운 표정을 한 정장 차림의 청년이었다. 미심쩍어하는 기색이 역력했지만, 그래도 자신의 고민을 털어놓았다.

니케는 싱긋 웃으며 말했다.

"그러면 고양이를 처방하겠습니다. 지토세 씨, 고양이 데려오세요."

고양이를 처방해 드립니다 2

초판 1쇄 인쇄 2024년 11월 21일
초판 1쇄 발행 2024년 11월 28일

지은이 이시다 쇼
옮긴이 박정임
펴낸이 김선식

부사장 김은영
콘텐츠사업2본부장 박현미
책임편집 조용우 **책임마케터** 오서영
콘텐츠사업6팀장 임경섭 **콘텐츠사업6팀** 정지혜, 곽수빈, 조용우, 이한민, 이현진
마케팅본부장 권장규 **마케팅1팀** 박태준, 오서영, 문서희 **채널팀** 권오권, 지석배
미디어홍보본부장 정명찬 **브랜드관리팀** 오수미, 김은지, 이소영, 박장미, 박주현, 서가을
뉴미디어팀 김민정, 고나연, 변승주, 홍수경
지식교양팀 이수인, 염아라, 석찬미, 김혜원, 이지연
편집관리팀 조세현, 김호주, 백설희 **저작권팀** 성민경, 이슬, 윤제희
재무관리팀 하미선, 김재경, 임혜정, 이슬기, 김주영, 오지수
인사총무팀 강미숙, 김혜진, 황종원
제작관리팀 이소현, 김소영, 김진경, 최완규, 이지우, 박예찬
물류관리팀 김형기, 김선민, 주정훈, 김선진, 한유현, 전태연, 양문현, 이민운
외부스태프 디자인 검정글씨 민희라

펴낸곳 다산북스 **출판등록** 2005년 12월 23일 제313-2005-00277호
주소 경기도 파주시 회동길 490
전화 02-704-1724 **팩스** 02-703-2219
이메일 dasanbooks@dasanbooks.com
홈페이지 www.dasan.group **블로그** blog.naver.com/dasan_books
용지 한솔피엔에스 **인쇄 및 제본** 한영문화사 **코팅 및 후가공** 제이오엘엔피

ISBN 979-11-306-5935-0 (03830)